JN185701

ソドムの百二十冊

エロティシズムの図書館

樋口ヒロユキ

青土社

ソドムの百二十冊　目次

ソドムの百二十冊　エロティシズムの図書館

レティシア・アルバレス・デ・トレードに捧ぐ

序章

闇夜に羽ばたく書物たち

この書物を手にとった読者諸氏よ、ようこそおいでくださった。

ここは真夜中の図書館である。昼間はぴたりと門を閉ざしているが、時計の針が十二時を回ると三々五々人が集まり、禁断の書物たちがページの襞をわななかせる、目には見えない図書館なのだ。そう、ここに並んでいる書物の群れは、すべてが何らかの意味でエロティックな書物ばかりだ。ある書物の扉を開いてみれば、そこには性愛の秘法が記されており、ある書物のページをめくってみれば、エロスをめぐる精神分析が開陳される。あるいは遠く離れた星の、我々とはまったく異なるセックスのあり方を記した書物もあるし、神話の世界の性的大系を説いた書物もある、といった具合なのである。

普通の図書館とはまったく違って、危険な場所だっていっぱいある。うっかりすると書物のページの間に引きずり込まれ、サディスティックで血腥いエロスの地獄に落ちてしまうかもしれないし、淫祠邪教の教義に犯されて、どろどろした性愛の沼に飲み込まれてしまうかもしれない。

ここには気難しい監視員もいないし、難しい話ばかりを暗記させる、厳めしい書誌学の先生もいない。その代わり、ナチス時代の少女型機械人形がカタカタと歩き回っていたり、魔女裁判の裁判官が周囲を睥睨しながら歩いていたりもするから、一人歩きは要注意だ。エロスとは愛にまつわるものばかりではなく、ときとして私たちに恐ろしい牙を剥くものにもなり得るのである。

また、この図書館の一角には美術館もあれば、教会も併設されている。ただし美術館とはいってもその収蔵作品は、いずれもエロティックなものばかり。教会にいるのだって、堅苦しく聖書を諳んじる坊さんばかりではない。娼婦を聖女として崇め奉る聖職者や、異端のエロスを説く説教師、サドを研究するクリスチャン作家などが集まって、夜な夜な奇妙な教理問答を語らう、世にもエロティックな教会なのだ。

きわめつけは遊郭だ。なんとこの図書館には、遊郭が一つ丸ごと併設されている。そこを行き交う遊女たちは、一人ひとりが色町の悲しさや苦悩の物語を語る、生きた書物なのである。入館者はそこで遊女たちと酒食をともにし、ときには寝所を一つにしながら、数々の寝物語に酔い痴れ、滂沱の涙で枕を濡らすことになっているのだ。

最後の部屋は普通の図書館にはまず存在しない部屋である。この部屋の書物は全て鏡でできている。どの書物を手にとっても、そこに映るのは自分の顔ばかりなのだ。

ある人がいつ、どんな本を手にとるかは、読者の問題意識や無意識のありよう次第である。読者とはまったく時代も場所も異なる他人によって書かれたものでありながら、そのくせ読者の姿を映し出す、鏡のような性質を持っているのが書物なのだ。したがってある人が自分の書棚を覗き込めば、そこには思いがけない読者自身の姿が映っていることになる。この鏡の部屋ではそうした読者自身の姿を閲覧できるのである。

このほかこの図書館にはマンガもあれば文芸書も人文書もあるし、歴史書もあれば美術書もある。しかもこの図書館は書誌通りの分類などまったくなく、混沌とした分類に基づいて書棚が形づくられており、しかも禁断の書を中心としている。そう、ここは神の怒りに触れて滅ぼされた街、背徳とエロスの都、ソドムの図書館なのである。

世間の常識に照らしてみれば、いささか危険過ぎる図書館かもしれないが、私個人はこのような図書館こそが、もっとも図書館らしい図書館なのだと考えている。なぜか。焚書坑儒を行った秦の始皇帝以来、書物というものは本質的に権力者に忌み嫌われるものだからである。したがって古今東西の書物をエロスの名のもとに再統合、再分類したこの真夜中の図書館は、制度外の存在であるどころか、まさに図書館の原点を示すものだとさえ私は考えているのである。

一九八〇年代のパリを震撼させた殺人鬼の手記の中に、日本文学の最高峰ともいえる諸作品の中に、平安朝の勅撰和歌集の中にエロスを見いだすこと。フランス現代哲学を、ロココ時代のフランス国王の評伝を、古事記や聖書の一節を、エロティックなまなざしで眺め直すこと。そうした逸脱の感覚に満ちた恍惚の果てにこそ、書物と出会う本当の面白さ、書物の中に潜む危険性と出会うスリル、そして書物と愛しあう知的エロティシズムがあると私は考えているのである。

さて、時刻はそろそろ深夜零時を回ろうとしている。私もぼちぼち開館の準備に取りかかろう。開館時刻を待ちかねた書物たちがコウモリのようにページを羽ばたかせ、夜空に飛び立つそのときを、いまや遅しと待っているようだから。

第一室

性の理論

禁止と侵犯のメカニズム

★ジョルジュ・バタイユの禁止と侵犯

さて読者諸氏、いや、ここでは入館者諸氏とお呼びした方が良いだろうか。当館では本格的な開架室に入る前に、図書ならぬ映像作品の並んだ小部屋を用意している。なにせこの映像時代、エロスを語るのに映像は不可欠の存在となっているからだ。

この小部屋は小さな外見にも似合わず、無尽蔵のアダルト映像を収蔵したサーバーをずらりと並べてあるのだが、なかでも注目していただきたいのは「無垢」というメーカーの作品だ。もちろんその名前とは裏腹に、同社の映像作品では純真無垢「そうに見える」女性たちが、あられもない姿をさらし、純真でも無垢でもない行為に及ぶわけだが、このメーカーのサイトの冒頭には、こんなキャッチコピーが掲げられている。

「シテハイケナイコト。」

無論「シテハイケナイ」からこそ「シタイ」ことが、当社の作品にはぎっしり詰まってますよ、という宣伝だ。誠に簡にして要を得た名コピーである。

さて、「シテハイケナイ」からこそ「シタイ」というこのエロティシズムの機微を「禁止と侵犯」というキーワードで捉えた人がいる。いまからおよそ百年前のフランスに生まれた思想家、**ジョルジュ・バタイユ**である。アダルト映像の部屋を抜けて、開架室に入るや真っ先に入館者の目に入るように並べられているのは、このバタイユの手になる大著『**エロティシズム**』だ。同書は禁止と侵犯のメカニズムを説いた、エロティシズム研究の大著なのである。

こんなふうに紹介すると、なかには「エロスに分析など不要だ！」と激高される入館者もいらっしゃるかもしれないが、ここで短気を起こしてはいけない。性行為そのものは犬や猫でもするが、アダルト・メディアやらエロ本やらを発明して、日々エロス文化を堪能しているのは、我々人間だけである。セックスそのものは動物的だが、エロスは優れて人間的な文化だというのがバタイユの考え方だ。当館が用意する最初の部屋は、こうしたエロスの原理をめぐる書物ばかりを集めた、性の理論の部屋なのである。

それにしてもバタイユの言う「禁止と侵犯」に基づくエロスの原理とは、一体どのようなものなのだろうか。ここでアダルト動画を例に取れば、そこには実にさまざまな制服の女性が登場してくる事実が目に入る。セーラー服、看護婦、メイド、巫女さん、ＯＬなどがそれである。まったくもって男の馬鹿さ加減が一目瞭然の光景だが、単に裸体が見たいだけなら、これだけ多様な制服を毎回用意する必要はない。

しかも制服は往々にして「それを身につけている人には手を出してはいけない」という禁止の記号である。高校生や白衣の天使、巫女さんなど、基本的にアダルト映像に登場する人々が身にまとうのは「性的な対象とは考えてはいけない人の記号」ばかりなのだ。つまり我々は裸体そのものでなく、裸体を包む衣服、つまりは文化的記号に込められた「禁止」というメッセージに接し、それを侵犯することで欲情しているのだ。エロスとはいっけん生理現象のように見えて、その実は文化的現象なのである。

ちょっと待て、それでは女性はどうなのか、とお考えになる入館者も多いと思うが、ここにもやはり同様のメカニズムは見て取れる。たとえば腐女子と呼ばれる一群の女性たちがいる。彼女たちはＢＬすなわちボーイズ・ラブ、すなわち男性どうしの同性愛の表象を好むことで知られている。彼女たちは「手を出してはいけない」どころか、原理的に手を出しようのない男性同性愛者どうしの性愛の場面に、日々欲情しているわけだ。もしＢＬ読者がリアルに男性同性愛者と出会って好きになったとしても、彼女がその相手に手を出してしまったとたん、相手は異性愛者になってしまう。彼女たちは禁止の彼方の不可能な関係に萌えているのである。

こうしたＢＬ特有の欲情のメカニズムは、ロリータ・コンプレックスのそれとよく似ている。まさに「無垢」な少女に欲情するのがロリータ・コンプレックスなわけだが、万が一その願望が叶って美少女と同衾しても、そのとたんに相手は少女ではなく「女」になってしまうからである。看護婦、メイド、巫女さん、ＯＬなど、いずれのケースでも同様で、念願叶って相手が服を脱いでしまえば、そこには属性を失った「女」が出現してしまう。だが相手の衣服を脱がして禁止を侵犯しなければ、欲望を叶えることはできない。いわば蜃気楼に恋をしているようなものだが、これこそ「禁止と侵犯」の構図なのである。「シテハイケナイ」から「シタイ」のであり、「シタイ」から「シテハイケナイ」のだ。

さて、それでは性にまつわる禁止の最たるものは、なんだろう？　制服だろうか、近親相姦だろうか？　姦通だろうか、同性愛だろうか？　ここで我々の脳裏には禁断のエロスのあれこれが走馬灯のようにくるくる回りだすわけだが、バタイユがここで禁じられたエロスの代表として出してくるものには、まったく度肝を抜かれざるを得ない。彼は「死」という現象こそが、禁じられたエロスの代表格だというのだ。


「エロティシズムとは死に至るまでの生の称揚である」


まったく度肝を抜かれる断言である。そんな馬鹿な、という気もする。だが、世に言う「腹上死」を思い浮かべながら、もう一度この言葉を味わってみて欲しい。腹上死こそまさに「死に至るまで」性愛に耽った結果起こることだが、日本ではなんと年間数百人もの人が、この禁じられたエロスに突進し、人知れず亡くなっているという。まさに「死に至るまでの生の称揚」である。

実際、以前に法医学者の上野正彦氏がテレビで語っていたところによると、いわゆる腹上死というのは男性にも女性にも見られる現象なのだそうだ。ただし男性の死因は心臓マヒだが、女性の死因は脳溢血なのだという。この番組の収録会場には女性観覧者が多数集っていたが、会場からは「ああ……」という妙に納得感のあるどよめきが起こっていた。思い当たる節があったのだろう。

このように人間は、放っておけばあの世に行くまで性行為を続けてやまない動物である。まったく度外れた恐るべきエロスへの欲望を持つ生物、それが人間という生き物なのだ。

実際ジョルジュ・バタイユによれば、こうした死とエロスの一致は、文化的なレベルで実践されているばかりか、精子と卵子の結合という生物学的なレベルの段階から始まっているのだという。たとえば細胞分裂によって増え続ける無性生殖の生物の場合、個体には明確な死が存在しない。だが有性生殖を行う生物の場合、オスの精子がメスの卵子と融合することで、それぞれ個としての境界を失う。つまり「個としては死ぬ」ことで、新たな生命が生まれるのである。また有性生殖を行う生物では、必ず個体には死が訪れる。生命は性によるダイナミックな世代交替や性交の快楽と引き換えに、個体の死を受け入れることになったのである。

しかも人間の場合だと、単純な生殖以外のエロス、つまりは「文化的エロス」をも併せ持つ。これは先に述べたようなさまざまな「属性萌え」ばかりを指すのではない。人間は性交時に着衣を脱ぎ捨てて裸になり、それぞれの個体性を象徴的な意味で脱ぎ捨てて相手と「溶解」しようとする。つまり人間にとってエロティシズムとは、文化的な意味でも愛と死の一致を意味するのである。

さらにバタイユは宗教的法悦の体験もまた、エロティシズムの経験であると考えた。彼によれば宗教的法悦とは、個体の死と引き換えに聖なる他者と「溶解」しあう、エロティックな行為なのである。たとえば生贄の血を浴びながら聖なるものとの合一をわかちあうブードゥーの儀式などは、その代表例だと言えるだろう。このようにバタイユにとっては、生物学的にも文化的にも宗教的にも、エロティシズムは愛と死の至高点における一致を意味するのである。

彼の大著『エロティシズム』は、そうしたエロスの見本市だ。そこでは実にさまざまな人間の文化が、愛と死の一致の例として挙げられている。たとえばメキシコにおける人間の供犠や、魔女集会における血みどろでエロティックな狂躁状態（オルギア）。ルネサンス期のドイツの画家、ハンス・バルドゥングのテンペラ画（図版1）をはじめとする「死と乙女」の画題、つまりは死体と美しい女性の接吻の光景や、ベルニーニの彫刻《聖テレジアの法悦》に見られる、宗教的法悦と性的絶頂との一致。さらにはサド文学における性的拷問の果ての死などがそれである。

バタイユはエロティシズムにおける禁止のメカニズムが生まれた理由について、それが恐怖を呼び寄せるからだと考える。エロティシズムとは個体の死に近接し、聖なる他者に合一することである。したがってそこに人間が恐怖を感じ、日常のなかで禁止するのは当然なのである。「汝殺すなかれ」と「姦淫するなかれ」という二つの禁止は、いずれもモーセの十戒のなかに同時に現れた掟である。殺人も姦淫も死の向こうに、聖なるものの顕現を見ようとする行為だからだ。

図版1　ハンス・バルドゥング《死と乙女》(1520)

さて、バタイユは『エロティシズム』において、こうした性にまつわる禁止と侵犯のなかで「性へのタブーが次第に強まっていった」とする歴史観を繰り返し論じている。乱交も性的な儀式もなんでもオッケー、侵犯行為に明け暮れた古代社会から、これを禁止した文明社会へと、人類の社会は変貌してきた。そんな性的社会進化論が、バタイユの思想の中心にはあるのだ。

こうした禁止以前の例として彼が考えているのが、古代ギリシャのディオニュソス信仰である。ディオニュソス信仰は悪名高い古代の邪教で、主に女性に信仰された宗教だが、この儀式の秘儀では同性、異性を問わずセックスに明け暮れ、犠牲のヤギを捌いて血まみれになって食べる祭りが行われていた。ここまで無茶な例は限られるが、古代における性への鷹揚さは、世界に広く見られる現象である。実際、我が国の古事記にも、冒頭から神々のセックスシーンが堂々と描かれていることは、読者の皆さんもよくご存知の通りだろう。こうした鷹揚な性を追放し、性を禁止の暗がりに追いやった犯人は、西洋のキリスト教道徳であったというのがバタイユの主張なのだ。

だが、こうした大らかな性を禁じたのがキリスト教だけだったかというと、そうでもないように私は思う。たとえば我が国の場合だと、既に江戸時代には売春は厳格な管理下に置かれ、遊女は一定の地域に幽閉されて、外出すら許されなかった。この時代には不義密通は死罪だったし、享保の改革以降は春画でさえも禁止となった。性への禁止体制は、近世の市民社会が生まれる歴史段階に至った社会では、おおよそどこの文化圏でも発生してくるものではないかと思う。

エロスをめぐる思想家として名高い碩学、ジョルジュ・バタイユの誤りを指摘するなど、ちょっと空恐ろしい気もするが、もし彼が江戸幕府の性への禁止を知ったとしたら、きっと彼は「キリスト教主犯説」を撤回し、新たな理論構築に向けて貪欲な研究を続けたに違いないとも考える。実際バタイユは机上の空論を何よりも嫌う、苛烈な体験至上主義者だった。たとえば小説家でもあったバタイユはその小説『空の青み』のなかで、登場人物にこんなことを言わせている。

「サドを賞賛する人間はいんちきなんだよ。(中略)やつらは糞を食べたというのかい。ええ、食べたのか、食べなかったのか、どっちなんだ」

右の台詞に出てくるサドとは、言うまでもなく「サディズム」の語源となったマルキ・ド・サド、つまりは考えうる限りの性的放縦を実践して書き綴った、十八世紀の貴族作家のことである。乱倫、拷問、肛門性愛、糞尿嗜好に快楽殺人と、サドの作品はおよそ「禁止の侵犯」のオンパレードだ。普通であればおおっぴらに内容を口にすることもはばかられるような書物だが、バタイユがこれを書いた当時には、そんなサドを賞賛する人士が、よほど世に溢れていたのだろう。長く禁書であったサドの作品を褒めそやすことは「私は権力による表現の抑圧と戦ってるインテリなんですよ」と、周囲にアピールすることを意味していた。いわば知的なアクセサリーのようなものだ。

おそらくバタイユはそうした周囲のインテリ気取り、机の上だけでエロスを語る知ったかぶり、実態も知らずに上っ面だけでサドを気取る空っぽな人間に、我慢がならなかったのだろう。バタイユは確かに理論家ではあったが、中身となる実体験を欠いたポーズだけのイデオロギー、事実に基づかない空理空論を忌み嫌う書き手だったのだ。

エロティシズムの歴史をひもとけば、禁止と侵犯のメカニズムは古今東西に見つかる。江戸幕府のエロス禁令は、むしろバタイユの論の射程範囲の広さを物語るものでもある。実際こうしたバタイユのエロス理論は、さまざまな日本人にも影響を与えている。たとえば画家の岡本太郎や作家の三島由紀夫は、バタイユの影響を濃厚に受けた芸術家として有名だ。なかでも後者は死とエロスの一致の彼方に宗教的法悦を見る考え方に魅了され、切腹して自らの命を天皇陛下に捧げるという衝撃的な最期を遂げた。日本の性の歴史の研究書を、もしバタイユが書いていたら？　そんな想像を膨らませながら、私はバタイユを楽しんでいる。

★筒井康隆と佐川一政の異端的エロス

死とエロスが隣接している生物は我々人間に限らないようで、求愛行動と威嚇行動が似ている動物は、自然界にも数多い。たとえば鳥類はいずれも求愛時に威嚇とよく似た振る舞いをするというし、ハエトリグモのオスもまた、求愛のときと威嚇のときとで、同じような動作をするらしい。求愛の時も威嚇の時も、彼らは脚をふりあげて歩くという同じ動作を見せるのである。

カメのオスも同様に、求愛の動作と威嚇の動作が似ていることで知られている。彼らは求愛を行うときに「ツメ振り」といって、小刻みにツメを振る動作をするのだそうだが、威嚇の際にも彼らはこれを行うのである。カワハギの一種のアミメハギという魚もそうで、求愛・威嚇のいずれの場合も、オスは相手にヒレや腹部を見せつけながら泳ぐという。相手がオスなら威嚇行動、メスなら求愛行動になるわけだ。

このように動物の求愛行動では、しばしば求愛と攻撃の動作が似ていることがある。人間だって愛を語らう際には相手を甘噛みしたりつねったりすることがあるが、ある種の動物の場合はこれがもっと明確にパターン化され、一つの動作で求愛も威嚇も兼ねてしまうのである。それにしても、なぜエロス的な行動と、タナトス的な行動が似てしまうのか？　ここでちょっと素人考えながら、その理由を推理してみよう。

動物のオスがエロスを発動させ、メスの体を求める際には、必然的にほかのオスとの競争が生じる。オスはライバルを威嚇、攻撃して追い払い、初めてメスを手に入れられる。つまりほかのオスへの威嚇行動が巧くて強いオスほど、メスを手に入れられる確率が高まるわけだ。

これをメスの方から見ると、自分の間の前に現れて性的な誘惑を演じるのは、きまって威嚇行動の巧いオスばかり、ということになる。こうしたカップリングが幾世代も繰り返されれば、自然とメスは威嚇行動の巧いオスに魅力を感じるようになるのは当然だろう。バタイユはエロスとタナトスの一致を歴史的観点から説いたが、エロスのすぐそばにタナトスがあるのは、生物学的に見ても理にかなったことなのだ。

それではこうした死の欲動＝タナトスを伴わないエロスというのは、自然界にありえるのだろうか？　タナトスによる生存競争を伴わず、エロスだけですべての行動原理が貫かれる生物種の大系、エロスだけですべての種や個体がつながる生態系というものは、果たしてありえるのだろうか？

答、ありえる。ただし、ほかの惑星の生態系なら。

……そんな架空の生態系を、惑星丸ごと一個分、妄想で作り上げて書かれたのが、ここにご紹介する**筒井康隆**の小説**『ポルノ惑星のサルモネラ人間』**である。

この小説は「ナカムラ星」という架空の惑星を舞台にしたSF作品だ。このナカムラ星という星は、どういうわけか徹頭徹尾、いやらしい生物ばかりで生態系ができた惑星ということになっている。そこへ地球からの探検隊がやってきて、この惑星の生態系の謎を解き明かすというのが本作のあらすじだ。作中に出てくる生物はいずれも奇想天外なものばかりである。

たとえば「妖草ゴケハラミ」は胞子を飛ばして、人間の女性を妊娠させてしまう植物だ。あるいは「水草クジリモ」は、動物と見るや絡み付いて陰部を摩擦し、射精させるという水草である。このほか頭部が陰茎に酷似したペニスズメや、常に全裸で生活し、不特定多数の異性とセックスを続けるママルダシア人など、植物、動物、霊長類まで、エロティックな生き物ばかりが住んでいるのが、この惑星の特徴なのだ。

しかもこの惑星では、食物連鎖ならぬ性欲連鎖の輪によって、生態系が保たれている。たとえばクジリモは川に入ってきた水棲動物を射精させるが、それを養分にクジリモが増え、このクジリモを水棲動物が食べて繁殖する、といった具合である。カバの歯にたまった食べかすを食べる小鳥の共生関係に似ているが、媒介になっているのが性衝動という点が変わっている。

こうしたエロスの結ぶ共生関係で、ナカムラ星は覆い尽くされている。それでは、どうしてこんな惑星ができあがったのか。そこを説明してしまうと面白くも何ともないので、同書を是非お読みになっていただきたい。奇想天外な過程を経て生み出された生態系が見事に謎解きされるそのラストは、不気味でありながらも感動的だ。いっけん奇妙に見えるこの惑星が、ひどく魅力的なものに思えてくること請け合いである。

だが、それと同時に同書を一読したあとは、我々の暮らすこの地球が、なんと殺伐とした惑星なのかと思わざるを得なくなる。既に見た通りナカムラ星では、エロスの原理で生態系が貫かれている。ところがこの地球では、人間ばかりか全生物が、常に競争と抜け駆けばかりを考えており、オスは常にほかのオスを蹴落とし、メスを奪い合っている。我らが地球上の生態系の原理は、エロスよりタナトスの方が支配的なのだ。逆にナカムラ星の住人が我々を見たらどう思うだろう。なんと逞しい生態系だと感嘆するだろうか、それとも愛を知らぬ野蛮な星だと軽蔑するだろうか。私には後者と思えてならない。

このように小説の形を採った、筒井康隆ならではのエロス論がこの作品である。ただし、本稿では話の都合上バタイユに拠りながら解説してきたが、実際には本作における理論的枠組みを支えているのは、バタイユでなくフロイトだ。精神分析家のジークムント・フロイトは、当初は人間の心理を全て性欲に結びつけて解釈するエロス一元論を唱えていたが、晩年にはエロスとタナトスの二元論に転じたことで知られている。筒井康隆は「フロイトかぶれ」を自認する作家であり、フロイト理論を応用した作品を数多く執筆してきた。同書もまたそうした「フロイト的小説」の一つなのである。

このように文学者の想像力というものは、途方もないエロスの姿を生み出すことがある。たとえば小説『**霧の中**』の作者、**佐川一政**が描くのは、『ポルノ惑星のサルモネラ人間』とはまったく逆に、エロスとタナトスが完全に融合してしまった世界である。本作に描かれる主人公の「私」はフランスに留学して文学を学ぶ大学院生だが、彼は留学先のパリで出会ったオランダ人女学生、ルネ・ハルテヴェルトを銃で撃ち殺してしまう。それどころか彼はその亡骸を死姦した上、その肉を調理して食べてしまうのである。「タナトスなきエロス」の惑星を描いた筒井とはまるで逆で、そこではエロスとタナトスが不即不離に一体化してしまっているのだ。

多くの人がご存知の通り、本作は作者が実際に犯した犯罪に基づくものだ。作者の佐川は一九八一年、留学先のフランスで、女性を殺害して食べてしまうという事件を起こしている。だがフランスの検察は、心神耗弱を理由にして、佐川を不起訴処分にしてしまう。佐川はそのまま帰国するが、フランス警察が捜査資料の引き渡しを拒んだために日本警察は起訴できず、そのまま無罪放免となってしまった。そして帰国後、本作をはじめとする小説の執筆により、佐川は一躍時の人となったのである。

「愛する人を愛故に食べた」というこの事件は、日本国内はおろか世界中に衝撃を与え、ロックバンドのザ・ローリング・ストーンズも、この事件を歌った曲「Too Much Blood」をリリースしたほどだ。かつて私はその事件の概要しか知らず、佐川はまったくの無法者であり、鬼畜のような極悪人なのだろうと思っていた。だが実際に同書を読んでみると、佐川というこの人物、予想外に真っ当な比較文学の研究者だった。

同書のなかでは伏せられているが、佐川は和光大学を卒業後、関西学院大の大学院で英文学を専攻したのち、パリではソルボンヌ大学大学院の比較文学科に留学している。ソルボンヌの優秀さは言わずもがなだが、関西学院大の英文学科も関西では名門の部類に入る。単に凶悪な粗暴犯、無頼漢というわけではないのである。

ちなみにこの関西学院という学校、戦前には同性愛の優位を説いた作家の稲垣足穂を、戦後にはSM文学の大家として知られる団鬼六を輩出し、さらに佐川も生み出している。ちなみに私もその卒業生の一人で、一体なんという学統かと思うが、実際には関学は、非常に明朗闊達なキリスト教教育を行う学校である。もしかするとそうした過剰な「光」に満ちた教育が、それだけに暗い「影」を持った人間を生み出すのかもしれないが。

関学の「その方面」における優秀さについてはさておき、同書の冒頭部分では、彼が進んだソルボンヌの、コスモポリタンな雰囲気が活写されている。学生にはフランス人学生はもちろん、韓国人やオランダ人など海外からの留学生も多い。こうしたインターナショナルな面々がカフェに集って文学談義を交わし、カルチェ・ラタンでギリシャ料理をつつくのである。

そこから伺えるのは眩しいほどの輝ける日々で、猟奇犯罪が起きそうな気配は微塵もない。そんなパリの学生の中で、佐川は少々浮いた存在だったようだが、そこまでは青春の一時期に誰もが経験する、ホロ苦い思い出とさして変わらない。佐川は東洋人であることによる劣等感があったことをやたら強調しているが、級友の韓国人学生は現地に溶け込んでいるし、佐川も完全に無視されていたわけではない。だいいち、のちに被害者となったルネは、佐川にもっとも親身に接した学生だったのである。
それではなぜ、佐川はあのような凶行に走ったのか。同書で次第に明らかにされるのは、佐川の異性に対するコミュニケーション・スキルの、異様なまでの低さである。実際には彼に対して好意を寄せてくる女性も、決していないわけではなかった。けれども佐川はその相手の部屋に突然、家財道具一式を持って現れたりするのだ。手紙から住所を調べて家の周囲をうろついたり、下手をすると部屋に忍び込んだり。一度などは強姦未遂で捕まってさえいるほどである。こんな行動をすれば当然、相手はドン引きしてしまう。要するに彼の行動の中では、男女交際において辿るべき通常のステップがごっそり抜け落ちているのである。このため

「好意を抱く　↓　即同居」
「好意を抱く　↓　即性交」

……といった、常識では考えられない短絡的行動に走ってしまうわけだ。そしてもう一つ驚かされるのは、幼少期に始まる彼の人肉嗜好への強迫観念である。佐川が人肉食への欲望を抱いたのは、なんと小学生の頃なのだという。その背景に伺えるのは「食べることによって相手と同一化してしまいたい」という、過激に変形した性欲＝食欲である。この同一化願望と、前述した短絡的な行動が結びついたとき「好意を抱く↓即食べる」という、常人には理解しがたい結果をもたらすのだ。バタイユもビックリの性と死の一致ぶりと言うほかない。

さて、そんな佐川のソルボンヌでの研究テーマは、**川端康成**の作品と、フランスのダダイズム文学の比較だったらしい。川端文学の源流はダダイズムにあり、ダダの本場であるパリで研究するには、もってこいのテーマだったのかもしれない。こうした佐川の川端研究と食人行為は、往々にして矛盾する性向として語られがちだ。かたやノーベル文学賞に輝く文学者の研究、かたや前代未聞の食人行為なのだから、これは当然と言えば当然だろう。しかしそれにしても不思議なのは、もともと英文学を専門にしていたはずの佐川が、どうして日本の作家である川端を研究対象に選び、しかも英文学でなく仏文学と比較しようとしたのか、ということだ。いずれも全くの専門外だし、そもそも一体なぜ川端を研究対象に選んだのか。

実は川端作品の多くには、可憐で愛おしく壊れやすいものを、壊れやすいが故に愛し、愛するが故にあえて壊すという心理が描かれている。たとえば、あっけなく死んでしまう小鳥の生態を冷酷に描いた「禽獣」（『**水晶幻想・禽獣**』所収）は、そんな「壊れやすさ」に対する、川端の強迫観念的な愛着を示す代表例だ。あるいは、睡眠薬で死んだように眠らせた若い女との添い寝の快楽、そしてオーバードーズによる女の死を描いた『**眠れる美女**』もまた、川端の「破壊愛」が現れた作品だと言えるだろう。生死の境にある壊れやすい生命を、それ故に愛し、壊したくなる。そんな奇妙な欲望を川端は執拗に描いていた。佐川はそうした川端の作品のなかに、自分と共通の資質を嗅ぎ当てたのではないか。そんなふうに私には思えてならない。

佐川本人は川端を選んだのは偶然に過ぎないと言っているそうだが、それだと本来は専門外である日本文学をテーマにした理由の説明がつかない。彼が無意識のうちに川端文学に探ろうとしたのは、その秘められた食人欲を、文学的に昇華する方途だったのかもしれない。ちなみに、川端の弟子筋にあたる**三島由紀夫**の『**仮面の告白**』には、佐川同様の性的食人を夢見る場面がモロに出てくる。佐川はこれをどう読んだのだろうか。

★石井隆の昭和的エロスとライヒの悲劇

禁止と侵犯のメカニズムは、マンガのような現代のサブカルチャーの中にも繰り返し現れる。特にここで注目しておきたいのはいわゆる「エロ劇画」というジャンルである。劇画とは通常のマンガよりリアルで泥臭いタッチで描かれた、青年以上向けのコミックのことだ。たとえば『ゴルゴ13』で有名な、さいとう・たかをのような画風を思い浮かべれば良いだろう。

「マンガは子どもの読むもの」と思われていたその昔、大人向きのテーマの作品は、みんな劇画タッチだった。国際政治、過激なアクション、社会的テーマのあるものなどなど……。要するに大人向けのテーマのものは、およそ劇画タッチで描かれていたのである。このためマンガでエロティシズムを描きたいと思えば、作家は否応なく劇画を選ぶことになった。どんなに高尚で文学的な意図で描く際にも、どんなに低俗な助平根性で描く場合にも、エロスを描くなら劇画というのが、七〇年代の常識だったのだ。オタクふうのカワイイ絵でエロを描くなど、当時は考えられもしなかったのである。

いまではもっぱら映画監督として有名な**石井隆**もまた、最初は映画人ではなく、エロ劇画からキャリアを始めた人だった。だが「エロ劇画家」としての石井隆は、ひどく奇妙な作家だった。途中までは普通に濡れ場が描かれていて、しかも滅法、絵が巧い。だが読者の気分が盛り上がってきた最高潮のあたりで、突然、主人公の男女いずれかが血まみれで死ぬ。エロスの頂点に至ったところで突然「死」が噴出するのである。

こうして概要だけ記すと「なんだ、バタイユの理論まんまの物語じゃないか」と思うかもしれないが、なにせ七〇年代当時のこと、エロ劇画どころかマンガの市民権さえ危ういような時期で、その時代に石井隆はエロ劇画の常識さえはみ出した作品を書いていたのだから、実際これをエロ劇画雑誌で読んだ当時の読者は、本当に度肝を抜かれただろうと想像する（残念ながら、私はのちに単行本で石井を読んだ後追い世代である）。

まだアダルト映像というものが登場する以前、ネット配信どころか家庭用の映像再生機器そのものが普及していなかったこの時代。エロメディアといえば成人映画を映画館に観に行くか、エロ劇画雑誌を買い求めるしか手段のなかった七〇年代に、さあオナニーするぞと勢い込んでページをめくるうち、男女の凄惨な死の現場を描いた作品が、唐突にページの間から出現する。ファスナー開けっぱなしで呆然とページを見つめた、当時の読者たちの心中察するに余りある。

たとえば『**名美・イン・ブルー**』所収の「紫陽花の咲く頃」では、強姦魔に犯されかかった主人公の女が、死んでしまった強姦魔の死体に自ら股がり、彼の亡骸を屍姦する場面がラストシーンとなっている。これだけでも既に相当な場面だが、なにせ石井隆という人は抜群に絵が上手い。雷鳴の響く紫陽花の茂みで屍姦に喘ぐ主人公の姿は、死とエロティシズムの錯綜によって、雷鳴を呼び起こしているかのようにさえ見える。ラスト一コマは構図といいポーズといい、芝居の終わりさながらに「石井隆！」と声をかけたくなるくらい決まっている。

そしてもう一つ石井作品の特徴を挙げれば、日本的で昭和的な「哀しみ」の感覚で、全編が彩られていることだろう。たとえば彼の劇画の多くには「村木」と「名美」という名の男と女が、いつも決まって登場する。毎回同じ顔のこの二人は、その都度異なる役柄で登場するが、常に激しく交わり愛憎をぶちまけ、血まみれになって死んでいく。そうした作品を通読するうちに、読者は男と女の避けがたい運命や哀しみそのものの姿を、二人の上に幻視してしまうのである。

たとえば『**おんなの街**』所収の中編「雨のエトランゼ」には、名美はエロ本のモデル、村木はその編集者として登場する。名美は村木と関係を結ぶが、村木に妻のあることを知り、村木の前から姿を消す。続いて名美が身を寄せるのは、ヒモ体質のカメラマン、川島である。名美は川島の写真に潜む芸術性を見抜き、彼を支えようと決心するが、マニア向けの本番撮影会に売り飛ばされて輪姦され、結局は川島の許をも去る。やがて彼女は名前を変え、ポルノ女優として大ブレーク。そこから一般映画へ進出し、テレビの深夜枠にまで辿り着く。だが、当時の名美のフィルムを持つ川島は、週刊誌にフィルムを売り、再び名美はスキャンダルに沈む。川島は名美を骨の髄までしゃぶったのである。

こうして何もかも失った名美は、ある雨の降る夜に、再び村木のいる編集部に現れる。人気のない深夜の雑然とした編集部で、激しく愛を交わしあう村木と名美。二人は無人の机の上で、ラジオの歌謡曲を伴奏に、裸でチークダンスを踊る。そして二人は問わず語りのうちに、互いの過去を語り合うのである。だが「トイレに行ってくる」と部屋を出た名美は、そのままビルの屋上から身を投げて死んでしまう。村木が最後に見た名美の姿は、まさに地上へ墜ちていく瞬間の彼女だった。雑多な資料で埋め尽くされた編集部の窓から、二人は一閃のまなざしを交わし、永遠に引き裂かれてしまうのである。

こうした石井の劇画を読み返すと、確かに一面ではバタイユ的な死と性の一致が読み取れる。だがいっぽうで石井の作品には、そうしたキーワードによる一刀両断では済まされない、何かせつない叙情性のようなものが漂っている。

一口にエロティシズムと言っても、そのニュアンスは実にさまざまだ。同じ禁止と侵犯というメカニズムに基づくものとは言え、実際には実に多彩なエロスの形がこの世には存在する。欧州のエロティシズム文芸の多くが死とエロスの一瞬の交錯、エロスの闇に走る閃光を描いたのだとすれば、石井の描く日本的エロティシズムは、死によって断ち切られる性愛の哀しみ、やるせなさを描いたのだと言えるのではないか。しばしば彼の作品の背景に流れる昭和の歌謡曲と同様に、そこには涙で湿った昭和の性愛、エロスの哀しき叙情が漂っているのである。

このようにエロスというものは、変幻自在の姿をとる。「ところ変われば品変わる」の言葉通り、日本ではしばしば悲しみに満ちた形をとるエロスの姿は、アメリカでは逆に物理現象と捉えられ、挙げ句は「エロスの性的エネルギーを利用した科学的実験をしてみよう」などといった発想が生まれたりする。実際一九五〇年代のアメリカでは、生体内でオルガスムを起こす原子「オルゴン」の力により、病気を治療しようと考えた人物がいた。なんでもこのオルゴンなる原子は大気中に漂っており、これを集めることで病気の治療に役立つというのである。日本の抒情的エロスとは正反対のニュアンスを帯びた、物理的エロスのイメージだ。

五〇年代アメリカの無法者たちの生き様を描いた**ジャック・ケルアック**の小説『**路上**』には、こうした性的エネルギーの効用を信奉する、奇妙な男の姿が描かれている。「ブル・リー」と名乗るこの男は、自宅の庭に置いた「ある装置」に毎日入り浸っていた。装置の名はオルゴン・ボックス。オルガスムを起こす原子「オルゴン」を、大気中から集める装置だという。

フィフティーズのアウトローが次々に登場する本作のなかでも、ブル・リーは断トツの変人として描かれている。世界を放浪して職を転々とし、麻薬を常習しつつ銃を蒐集、しかも無意識下には七つの人格を併せ持つという男である。作家のウイリアム・バロウズをモデルとするこの人物が入り浸っていた奇妙な装置は、ウィルヘルム・ライヒなる実在の人物による発明品である。バロウズがこの装置に入り浸っていたというのも、おそらくは事実だろう。

コリン・ウィルソンの『**性と文化の革命家　ライヒの悲劇**』は、そんなオルゴンの「発見者」であるウィルヘルム・ライヒの生涯を綴った伝記である。常軌を逸したこの人物、もとはウィーンの精神分析医で、しかもフロイトの直弟子だったという人だ。フロイトといえばエロスを中心にした精神分析で有名だが、ライヒはそんなフロイト派のなかでも、すこぶる有能な若手だった。

ただし彼はやや高慢な人物だったらしく、保守的な古都ウィーンでは、周囲とのトラブルが絶えなかったらしい。やがてライヒはウィーンを出て、ドイツの大都市ベルリンへと移住。だがそこで彼が目にしたのは、労働者たちの悲惨な性の実態だった。あまりに狭い住宅で暮らしているため、幼児が両親の性交渉を目撃するのは当たり前。子どもが周囲の大人から性的暴行を受けることもしばしばという状況だった。きわめて劣悪な住環境が、子どもたちの性的トラウマを引き起こしていたのである。

精神分析はトラウマの解消ならできるが、その根本にある経済状況は変えられない。そう考えたライヒは、政治的革命と性的革命の両立を掲げて共産党に入党。性解放の理論的リーダーに就任して、労働者の性解放を提唱したのである。

「もっと良い住環境で、誰とでも性行為を営める平等な社会を!」

どう反応して良いか困るような主張だが、ライヒがそんなモットーを掲げて運動を展開した結果、驚いたことにベルリンの共産党員は倍増してしまう。共産党にとっては喜ばしいことのようにも思えるが、ライヒはそうした性解放に熱中した挙げ句、党の集会を現代のスワッピング・パーティーのような、巨大な出会い系集会にしてしまう。当然ながら共産党の目的は革命であって乱倫ではない。ライヒは党をクビとなり、失意のうちにウィーンへ戻るのである。

順風満帆だった人生に、暗雲が垂れ込めだすのはここからだ。帰郷した彼を待っていたのは、フロイトからの絶縁状だった。そのころフロイトはエロスの理論を卒業し、より高度な理論へと進んでいた。声高に性解放ばかりを叫ぶライヒの姿は、かつての未熟なフロイト理論のパロディーのように見えたのだろう。フロイトはライヒを破門して、精神分析の世界から追放してしまう。

こうして欧州に居場所が亡くなったライヒは渡米、そこでオルゴン研究に没頭するが、いささか都落ちの感は否めない。こうして彼の主張は次第に妄想の色を強め、この世の問題はなんでもかんでも性的エネルギーである「オルゴン」で解決するとまで断言。オルゴンを人体に照射すればガンが治り、空に発射すれば気象も操れると言い出して、実験がうまくいかなければ「ＵＦＯの妨害工作だ」と逆ギレするようになっていく。

「性解放のリーダー」という前半生の輝きに比べて嘘のような転落ぶりだが、ではなぜライヒはこうした悲劇に見舞われたのか。それは彼がエロスの片面しか理解しようとしなかったからだ。「シタイ」という本能の面と「シテハイケナイ」という禁止の面。エロスはその両面を兼ね備えた存在だ。ライヒはこの「シテハイケナイ」側面から目を逸らし、無限の性解放を夢見たのである。

「シタイ」と訴える本能に「シテハイケナイ」とタガをはめる無意識の存在を、ライヒの師匠であるフロイトは「超自我」と名付けた。超自我は本能を飼いならし、社会との交渉の前面に立つ、いわば無意識の外交官である。ライヒはこの超自我を破壊して、性的エネルギーを全面的に解放しようとしたわけだ。確かに一面ではそれは自由な性を出現させるかもしれないが、反面では性のエネルギーばかりを、洪水のように人間生活に溢れ出させることにつながる。これでは政治や経済といった社会システムは崩壊してしまう。ライヒの唱えた性解放理論は、いずれ破綻せざるを得ないものだったのだ。

ではなぜ、そこまでライヒは性解放にこだわったのか。言い換えるなら、なぜ彼は性を抑圧する超自我を憎んだのか。実はライヒは少年時代、母の浮気現場を目撃し、これを父親に告げ口した過去を持っていた。このためライヒの母は自殺に追い込まれてしまったのである。ライヒの母を自殺させたのは、母の性行為にタガをはめようとする、ライヒ自身の超自我だった。母を自殺させた自分の超自我を、彼は生涯許せなかったのだ。

だが超自我とは自我をコントロールするブレーキであり、これを破壊すればブレーキのないクルマ同様、暴走するばかりの異常人格者となってしまう。常に「シタイ」とばかり叫ぶライヒが、社会から「シテハイケナイ」とつまはじきにあうのは当然の帰結だったのである。かくてライヒは晩年に至ると、狂気のなかで完全に孤立。最後は詐欺まがいの医療器具を売りつけた罪で、懲役刑に処せられてしまう。妄想は治癒することがなく、晩年まで「大統領が自分を守ってくれる」と言い続け、結局そのまま獄死したという。享年六〇、一九五七年のことであった。

★三島由紀夫と中上健次

このようにエロスというものは、「シテハイケナイ」というタブーと切っても切り離せない存在である。なかでも我々がごく日常的に経験するタブーは、他人の恋人や配偶者に持ってしまう恋愛感情だ。たとえば「あの人、ちょっと気になるな」と思っていた程度の異性から、ある日「今度ほかの人と結婚するんです」と打ち明けられたとたん、急激に「惜しかった！　なぜ告白しておかなかったのか！」などと後悔の念に囚われる……。そんな経験を読者諸氏はお持ちになったことがないだろうか。いちばん美しい恋人は、いつでも他人の恋人なのである。

ものの本によるとヘーゲルは「欲望とは常に他人の欲望である」といったらしい。エロスもほかの欲望同様、自分だけの感情に見えながら、実は「他人が持っているものが欲しい」という、他人の欲望に支えられた存在なのかもしれない。

たとえば**夏目漱石**の『**こころ**』の場合。主人公の「私」は下宿先のお嬢さんを憎からず思っているが、自分のものにしたいとまでは思っていない。ところが友人のKがお嬢さんに恋しているのを知ったとたん、突如お嬢さんへの恋心が湧き、こっそり結婚を申し込む。つまり「他人のものになりそうだ」と思ったとたん、焦って奪ってしまうのである。お嬢さんが奪われたことを知ったKはこれにショックを受け、そのまま自死を遂げてしまう。この良心の呵責を数十年もひきずったのち、結局「私」もまた自死を選ぶのである。

「私」がお嬢さんに求婚するのは、相手がKの思い人であり「シテハイケナイ」人だったからだ。他人の恋人というだけで欲情するのだから、これがれっきとした「配偶者」なら、その欲情はなお激しく燃え上がることになるだろう。他人の配偶者を奪うということは、その親兄弟や仲人や、友人知人や職場の同僚、周囲のすべてから祝福されて結ばれた二人の間に、こっそり割って入ることを意味するからだ。人目を盗んでの交情は、戦慄が走るほどのスリルを伴うだろう。人間というのは「シテハイケナイコト」であればあるほど燃えるのである。

とはいえ「他人の配偶者」というだけなら、どこにでもいる平凡な存在だ。一体誰に手を出せば、一番ゾクゾクするだろう？　たとえば職場の上司の配偶者に手を出すとする。これはなかなかスリルがある。だが、直属の上司よりも、課長や部長、いや社長夫婦のあいだに割って入る方が、もっとスリリングになるだろう。しかし、それでも会社のなかの、狭い人間関係を壊すに過ぎない。では一体誰に手を出すのが一番燃えるだろう？

「犯したい！」と思う人間に「汝犯すなかれ」と禁じるのは神である。「シテハイケナイ」という禁を破ることは、西洋では神への叛逆を意味するのだ。したがってバタイユの書いたポルノ小説『**眼球譚**』では、神父を犯して殺害する場面がクライマックスになっている。バタイユにとってエロスの本質とは、いわば「神を犯す」ことだったのである。

それでは日本ではこうした究極のエロスは、どういう形をとるだろうか？　西洋では唯一神への信仰があるが、日本でそれにあたるのは天皇陛下である。そうであるなら、天皇陛下が命ぜられた婚約関係にある人の許嫁を奪って、姦通すれば良い。そうすれば神の命に背く究極のエロスを、日本でも実践することが可能になるはずだ。そう考えたのが作家の三島由紀夫である。

このようにバタイユの説いたエロスの理論を忠実に日本に応用して、三島が綴った恋愛小説、それが『**春の雪**』である。この小説の主人公、松枝清顕は、幼なじみの伯爵令嬢、朝倉聡子に一定の好意を持っているものの、聡子からの再三の告白を、まったく相手にしようとしない。ところが聡子が結婚を決めたとたん、突如、松枝は聡子に迫る。この小説の舞台は大正時代。他人の妻に手を出すだけでも姦通罪に問われ、六カ月以上二年以下の重禁錮に処せられるという時代である。しかも、ここで犯そうとしている聡子は華族なので、庶民でいう仲人にあたるのは、畏れ多くも天皇陛下だ。バレたら婚約者や親兄弟はおろか、天皇陛下の顔にも泥を塗ることになる。

清顕はそれを承知の上で、聡子を犯そうとする。まさに究極の姦通というほかない。やがて清顕は聡子との思いを遂げるが、これを苦にした聡子は髪を下ろし、尼寺に出家してしまう。清顕は聡子が尼になったあとも諦めきれず、幾度もこの尼寺に通い詰め、ついに門前で死に至る。二人は姦通の報いを受けて、出家と死とに辿り着くのだ。「シテハイケナイ」からこそ「シタイ」というエロティシズムの矛盾を、二人は極限まで突き詰めたのである。

『春の雪』は四部作「豊饒の海」の第一部で、その後『奔馬』、『暁の寺』、『天人五衰』へと続き、日本のエロスの変遷を七〇年代まで辿っていく。当初は天皇制下における禁断のエロスを美しく綴っていた三島は、次第にそうした「絶対的エロス」の解体、腐敗を描くようになる。ラストの『天人五衰』で三島が激しく書きつけるのは、戦後の社会とエロスのあり方に対する幻滅である。天皇が人間宣言をしてしまった戦後社会には、厳密な意味でのエロスは存在しない。おそらく三島はそう考えたのだろう。この四部作を書き終えたあと、三島は憲法改正を訴えて自衛隊の市ヶ谷駐屯地に乱入、割腹自殺を遂げる。

三島の自衛隊乱入事件は、通常は思想的な動機から解釈されがちだ。だが、実は三島が事件を起こした動機は、戦後日本では厳密なエロスが不可能であることへの、絶望にあったのではないかと私には思える。三島は日本における究極のタブー破りとして、華族の姦通を描いてみせた。ところが戦後の社会では華族制度がなくなり、皇室のタブーも薄れていった。戦後の日本社会では、もうエロスは成り立たない。三島はそう考えて、絶望の末に命を絶ったのである。

それにしても本当に、天皇や華族のような集団がなければ、日本のエロスは成り立たないのだろうか？　もしそうなら戦後の社会にエロスなど存在しないことになるし、エロスは結局のところ身分制度と不可分のものになってしまう。本当にエロスとは、そうした階級制度と不可分なのか？

この問いに真逆の立場から「否」と応えてみせたのが、作家の**中上健次**だった。中上の代表作『**枯木灘**』の舞台は、和歌山県新宮市に実在した中上の出身地、「路地」と呼ばれる被差別部落だ。江戸時代まで行われていた差別が残存し、貧困の中で喘いでいた被差別部落。そこを舞台にしてエロスを描くことで、三島とは真逆のエロスの姿を、中上は描いてみせたのである。

本作に登場する人物たちの家族構成は、凄まじいまでに複雑だ。主人公の母親は、都合三人の夫とのあいだに六人もの子どもをもうけている。主人公はこれら種違いの兄弟のほかに、腹違いの兄弟が四人もいる。腹違い、種違い、妾腹、養子が入り乱れるこの家族で、主人公の秋幸は、母親の姓を名乗って暮らしている。万世一系、男系男子で続く天皇家とはまったく真逆の、複雑に入り乱れた母系的家族なのである。

しかも男はみな土木作業員、女はみな工場へ奉公に出るのがこの地域の通例だ。妹の婿は暴走族上がりの女たらし、遠縁にあたる叔父の手は、ひづめのように割れている。種違いの姉の一人は夫を身内に刺殺されて発狂し、種違いの兄の一人はアル中で刃物を振り回した挙げ句、幻聴で「指令」を聞いて自殺している。まるで凶事と不幸の曼荼羅のような有様の一族である。

きわめつけは主人公の実父、浜村龍造である。全身に入れ墨を背負ったこの男は闇市で盗品を売りさばき、身内の住むバラックに放火して地上げを行い、商店を見れば乗っ取って潰し、最後はつまらない喧嘩で服役する。しかも服役の直前に龍造は、同時に三人の女を孕ませていた。主人公と腹違いの兄弟は、いずれも龍造の子どもなのだ。

浮気、駆け落ちは日常茶飯事、女が売春で暮らしを支えることすら珍しくない「路地」の性。「シテハイケナイ」と禁じるタブーなど、ほとんど存在しないこの場所で、エロスは存在できるのか。三島なら「無理だ」と考えただろう。だが中上は「できる」と考えたのである。

主人公の秋幸は、自分を捨てて他所に子どもを作り、挙げ句は刑務所に入った龍造への恨みから、父への復讐を思い立つ。自分と同じ浜村龍造の種から生まれた腹違いの妹、売春婦のさと子を秋幸は買うのだ。秋幸もさと子も、同じ浜村龍造の性器から生まれた子どもである。その腹違いの兄妹が、人類普遍のタブーを犯して交わることは、実父である浜村龍造の性器によって、龍造自身を犯すことだ。秋幸はそう考えた。性的なタブーがほとんど存在しないかのようなこの路地にも、厳然たるタブーは存在する。親子、兄弟は交わってはならないという近親相姦のタブーである。秋幸はそれを犯したのだ。

秋幸の復讐はこれだけに留まらない。紀州、熊野のこの部落では「きょうだい心中」と呼ばれる歌で、盆踊りを舞うのが習わしだ。兄と妹が恋に落ち、その罪を悔いて心中を遂げるという歌である。路地に祖先の霊が行き交う盆踊りの日に「きょうだい心中」の歌声を聞きながら、秋幸は浜村龍造の息子である腹違いの弟、秀雄を殴り殺す。妹と契り弟を殺すという二つのタブーを、秋幸は同時に犯したのである。まるで母を犯し父を殺した、あのオイディプスの神話のように。

文化人類学者、**クロード・レヴィ=ストロース**の名著『**親族の基本構造**』では、いわゆる「未開人」に見られる「交差イトコ婚」という独特の婚姻制度が紹介されている。レヴィ=ストロースは、それまで「未開人の近親相姦的風習」と思われていた交差イトコ婚を、これもまた「近親相姦の禁止」という人類普遍のルールから生まれたものであるということを、ほとんど数学的なまでの緻密さで論証していく。いっけん近親相姦的な婚姻制度と見える民族の習慣も、実は彼らなりの論理によって、家族の「外部」から妻を娶るための制度となっていると彼は述べる。人類の社会はすべて近親婚の禁止というタブーを持ち、そこに例外はないのである。

この人類にとって普遍的なタブーを、秋幸はあえて犯してみせる。つまりは「シテハイケナイ」からこそ「シタイ」、「シタイ」からこそ「シテハイケナイ」という、あの禁止と侵犯のメカニズムを、彼は凶事と不幸の曼荼羅のようなこの路地で実践し、そこに神話的なまでのエロスが花開くことを示してみせたのである。

それは被差別部落出身の作家、中上健次による、三島由紀夫への文学による批判でもあったのではないかと私には思える。三島はエロスに不可欠な禁忌の存在を、身分制度と不即不離のものとして考えた。だが中上はまったく逆に、身分制度がなくとも人類普遍の「近親相姦の禁止=インセスト・タブー」を犯せば、そこに禁忌の侵犯が生まれること、それは身分制度の最下層に位置する場所でも可能であることを示したのだ。彼は被差別部落の悲惨と栄光を、人類普遍のタブー破りを通じ、同時に書いてみせたのである。

ちなみに本作は三部作からなる大河小説「秋幸サーガ」の一編であり、この『枯木灘』のほかに短編の**『岬』**、大長編の**『地の果て　至上の時』**という二作がある。『岬』は『枯木灘』の前日譚にあたる作品、『地の果て　至上の時』は出所してきた秋幸の彷徨をめぐって書かれた大作である。三作続けて通読すると、死と性の絡み合うすさまじい世界観に圧倒されることは間違いない。この三部作は三島の「豊饒の海」四部作と双璧をなす、まさに日本文学の二つの頂点であると私には思える。是非、併せてお読みいただきたい。

「シテハイケナイ」からこそ「シタイ」、「シタイ」からこそ「シテハイケナイ」という逆説こそ、エロスの根本的原理である。私たちの日常生活において、エロスをめぐって「シテハイケナイ」と命ずるのは権力者であるはずだ。したがって政治的権力を持つ者は「まず隗より始めよ」の言葉通り、エロスに関して自身の行動を厳格に律する必要があるはずである。

だが実際に政治の世界を振り返って見ると、政治とエロスとの間には得体の知れない密通関係がしばしば見られる。果たして「政」と「性」の間にはどのような関係があるのだろうか。その関係を探るために、私たちは第二の部屋へと進まなくてはならない。その部屋にはエロスと権力の関係をめぐる書物が収められているからである。

★本章に登場する書物――

ジョルジュ・バタイユ『エロティシズム』（ちくま学芸文庫、二〇〇四）

ジョルジュ・バタイユ『空の青み』(河出文庫、二〇〇四)
筒井康隆『ポルノ惑星のサルモネラ人間』(新潮文庫、二〇〇五)
佐川一政『霧の中』(話の特集、一九八三)
川端康成『水晶幻想・禽獣』(講談社学芸文庫、一九九二)
川端康成『眠れる美女』(新潮文庫、一九六七)
三島由紀夫『仮面の告白』(新潮文庫、二〇〇三)
石井隆『名美・イン・ブルー』(ロッキング・オン、二〇〇一)
石井隆『おんなの街』(I)、(II)(ワイズ出版、二〇〇〇)
ジャック・ケルアック『路上』(河出文庫、一九八三)
コリン・ウィルソン『性と文化の革命家　ライヒの悲劇』(筑摩書房、一九八六)
夏目漱石『こころ』(新潮文庫、二〇〇三)
ジョルジュ・バタイユ『眼球譚』(河出文庫、二〇〇三)
三島由紀夫『春の雪』(新潮文庫、二〇〇二)
三島由紀夫『奔馬』(新潮文庫、二〇〇二)
三島由紀夫『暁の寺』(新潮文庫、一九七七)
三島由紀夫『天人五衰』(新潮文庫、一九七七)
中上健次『枯木灘・覇王の七日』(小学館文庫、一九九八)
クロード・レヴィ＝ストロース『親族の基本構造』〈上〉〈下〉(番町書房、一九七八)
中上健次『岬・化粧他』(小学館文庫、二〇〇〇)
中上健次『地の果て　至上の時』(小学館文庫、二〇〇〇)

第二室

エロスと権力

政治空間とエロスの交点

★ジル・ド・レ、性と政の分岐点

次にご覧いただくのは、ちょっと厳めしい雰囲気の部屋である。書架には政治学や法学の書物がずらりと並び、本を手に取る人々の顔も心なしか謹厳な表情であることが多い。ここはエロスと政治の関わりをめぐる書物ばかりを集めた部屋なのだ。

政治の「政」とエロスの「性」は、どちらも読みは同じ「せい」ではあるが、その中身はずいぶん違う。いっけん当然のことのように思えるが、なぜか権力者のなかには、これがなかなか理解できない人物が古来少なくない。実際、政治家のセックス・スキャンダルというのがマスメディアを賑わすことはしばしばある。この部屋で勉学に勤しむ閲覧者たちは、こうした「政」と「性」の混同をいかにして断ち切るかに日々頭を悩ます、エロスの政治学者たちなのである。

おそらくは政治的な権能と自分の性的な魅力を混同してしまう人物が多いせいだろうか、この種の話は古今東西、枚挙に暇がないほどある。政治的権力を得ても突然色男になるはずもないのだが、そこをなぜか勘違いしてセクシュアル・ハラスメントやパワー・ハラスメントに走る人々は少なくない。こうした権力とエロスの結合を放置すれば、必ずや災いのもとになる。

権力とエロスは厳しく分断すべしという掟は、私たちの社会が身につけた知恵である。この知恵のおかげで我々は、権力者に無理矢理手篭めにされたり、理不尽な理由で性奴隷にされたりすることがなくなったのである。ところがなかにはこの原理がいまだに理解できない権力者がたまにいて、その度に世間の顰蹙を買う。古くは芸者をかこって首相をクビになった宇野宗佑がそうだったし、セクハラ裁判にかけられた大阪府知事、横山ノックもそうだった。

こうした人物は近年では政治の世界には少なくとも建前上は存在できないことになっている。だが谷崎潤一郎の短編『刺青』ではないが「まだ人々が愚かという尊い徳を持って」いた時代には、権力者は悠々自適、思うさまにエロスの徒花を狂い咲きさせていた。たとえば本書タイトルの元ネタとなった**マルキ・ド・サド**の**『ソドムの百二十日』**などは、さしずめその代表格だろう。

古城に四人の男たちが立てこもり、幾多の性奴隷を監禁していたぶり、淫行と暴虐の限りを尽くすというのが『ソドムの百二十日』のあらすじである。のちにこの作品は、イタリアの映画監督、ピエール・パオロ・パゾリーニが、舞台をファシズム政権末期のイタリアに移して映画化したことでも有名だ。

この書物を著したサド侯爵は、自分自身の城を持っていた立派な貴族で、実際にここに娼婦を連れ込み、ＳＭプレイに耽っていた。とはいえ彼が暴力的なエロスを真に全開させたのは、小説の中でだけの話である。作中に出てくるような残虐な殺人を、彼が本当に行ったわけではない。サドが生きたのはまさにフランス革命の時代で、既に人権意識が芽生え始めた時期であった。いかにサドが貴族であっても、そう好き勝手はできなかったのである。

王侯貴族が思うがままにエロスと暴虐の限りを尽くせたのは、サドの時代から遡ること三百数十年前、ジル・ド・レ公の時代以前である。先の章で紹介した**バタイユ**には、このジル・ド・レ公について綴った『**ジル・ド・レ論**』という書物がある。史上おそらく最悪の貴族であるこのジル・ド・レは、小児性愛者でしかも殺人愛好癖のある人物だった。彼は自分の治める農村の少年をさらっては、その幼い腹の上に射精し、腹を断ち割って殺害したのである。残虐行為は休むことなく続き、この暴君は毎日、少年たちの死体の腹を開いて鑑賞したばかりか、切断した首を見比べては、どれが美しいか品定めしてキスしたという。誠にもって恐ろしい話である。

ジル・ド・レはこうした残虐行為以外に、極端な浪費をも好んだ男であり、後年はほぼ完全な破産状態に陥った。焦った彼は、いったん安値で売却した城を武力で強引に取り戻そうとしたり、破産状態を免れようとして錬金術に手を出したり、挙げ句は悪魔との契約を行って、少年たちの遺体の一部を生け贄に捧げたりしたのであった。のちにこうした罪状は当局側の知るところとなり、彼は火刑に処せられることになる。だが彼はその前半生では、イングランド王の侵略にさらされたフランスを、ジャンヌ・ダルクとともに獅子奮迅の戦いぶりで救い、救国の英雄として讃えられていたのである。

英雄から一転、凶悪な殺人鬼として指弾されたジル・ド・レだが、意外なことに彼はその死後、フランスの庶民の間で神のように崇め奉られるようになったという。文化人類学者の**山口昌男**は、その著書『**歴史・祝祭・神話**』のなかで、バタイユの『ジル・ド・レ論』を紹介したあと、この奇妙な殺人鬼への信仰を報告している。ちなみに死後のジルの霊は、不妊治療に御利益があるとされたらしい。これだけ強烈なエロスの怪物なら、不妊にも効き目がありそうだ、というわけだ。

こうしたジルの人生を振り返るなら、同じ「残虐さ」という彼の性質が、前半生では英雄の美質として賞賛され、後半生では恐るべき怪物の所業として断罪され、死後には神として称揚されたということになろう。つまり大衆は殺人鬼ジル・ド・レの効能を、骨の髄までしゃぶり尽くしたのである。権力とエロスが分離され、理不尽な残虐行為が絶えたのちも、いや、それが社会から消え失せたからこそ、庶民はその暴虐とエロスの記憶を求め、彼を祭り上げたのだろう。いやはや大衆の欲望というものは、殺人鬼の封建領主をも凌ぐ貪欲さを持つのだと言えようか。

政治の「政」という字には「まつりごと」という読みもあるが、しばしば祭り事のなかでは性的な行動が一挙に抑圧から解放されたり、性的なモチーフが御神体として祭り上げられたりすることがある。「政＝まつりごと」のなかに性的な「祭り事」の影がちらつくのは、こうした太古から続く性的祭礼の記憶の残滓なのかもしれない。おそらく私たち大衆の無意識の底には、政治の中にそうした性的祝祭のエネルギーを求める心性が、密かに沈殿しているのだろう。

現在では交わることの許されなくなったエロスと権力という二つの「せい＝性／政」。この両者が同居していた、おそらくは最後の時代の人物が、ジル・ド・レという人物だったのではないか。彼は「性」と「政」が分岐していく、歴史的分岐点に立っていたのである。

★ヘリオガバルス帝と織田信長

サド侯爵やジル・ド・レ公など、性的暴君の所業を見ていると、まったく現代に生まれてよかったと思うことしきりである。さらに歴史を遡るなら、面白半分に人を殺し、放蕩と乱費に明け暮れたカリギュラ帝や、母子相姦に母親殺しと、あらゆる悪徳に耽溺した暴君ネロが、その系譜上に浮かび上がる。その昔の権力者たちは、公然とその性的倒錯ぶりを満天下に示し、むしろその暴虐さを政治的権力の源泉としていたのだ。

『ヘリオガバルスまたは戴冠せるアナーキスト』は、そんな倒錯的権力者の一人、ヘリオガバルス帝の生涯を綴った物語である。この美しい少年はわずか十四歳で玉座に就いたが、王に即位してローマに入城するとき、全隊列を後ろ向きに並べ、後ずさりしながら入城したという。つまり彼は「尻」の方から、玉座に就いてみせたのである。

この奇妙な美青年は、公の席では必ずと言ってよいほど女装したばかりか、舞台ではわざわざ全裸になって女神を演じて喜んだという。ところ構わず指で猥褻な仕草をし、長老議員たちの腹をピタピタと叩きながら「オカマを掘ったことがあるか」と尋ねて回ったというから、実に下品極まりない。

相手が男女のいずれであろうと、自分の体のすべての穴で、淫蕩な行為を働き快楽を貪る。さらには売春婦の身なりで街を歩き、皇帝であるにも関わらず、実際に身を売ることさえあったという。しかも興味深いことに、なぜか彼が好んだのは、辻馬車の御者と交わることであった。おそらくは御者が馬を鞭打つように、彼は自分の尻を叩いて欲しかったのだろう。

とはいえ、この程度の乱行であれば、単に趣味の悪い同性愛者であった、というだけに過ぎないし、当時は同性愛もタブー視されてはいなかった。問題はこの異常な王が、単に自分の趣味としてではなく、ローマ帝国の政治的原理としてエロスを組み込もうとしたことにあった。彼は男根の大小で部下を評価し、巨根の持ち主というだけで大臣にしたのである。さらにこの暴君は、巨大な男根状の隕石を神として崇拝することを市民に強要し、そればかりか旧来の神々の像を、徹底的に破壊したのだ。

ことここに至って市民はキレた。臣下はいっせいに叛逆を起こし、こともあろうに便所の中でヘリオガバルス帝を殺害。バラバラに引き裂いて惨殺したのち遺体を下水溝に放り込み、河に流して捨ててしまった。享年十八、墓石どころか葬儀さえない、あまりに無惨な最後であった。

ちなみに、この「男根の絶対王政」を夢見た美青年は、なぜか自らの男根を切り落としたいと常々切望していたと言われている。彼の生まれた中東のシリアには、男根状の巨石を信仰する、母系的な王権社会があったという。おそらく彼は法で世界を支配する「王」でなく、エロスの原理で国家を支配する「女王」をめざしたのだろう。だがそんな異形の王権が、ローマ帝国に根付くことはなかったのである。

この伝記はフランスの劇作家、**アントナン・アルトー**の手になるもので、伝記的事実と哲学的思弁が入り乱れ、どこまで史実か判然としない。著者のアルトーは激烈な思弁と詩作に明け暮れた末、ついに発狂したシュルレアリストだ。本書の述べるヘリオガバルス帝は、アルトーの脳内で醸成された、なかば架空の人物だと思って読んだ方が良いのかもしれない。

ちなみに、どうもこの話は作家のイマジネーションをいたく刺激するらしく、多数の作品がここからは生まれている。澁澤龍彦『犬狼都市』所収の小説「陽物神譚」や、飴屋法水主宰の劇団、東京グランギニョルによる演劇作品「ライチ☆光クラブ」、さらにはこれをマンガ化した、**古屋兎丸**の『**ライチ☆光クラブ**』は、いずれもヘリオガバルス帝のエピソードをイメージ源としたものだ。

そして作家の**宇月原晴明**による『**信長――あるいは戴冠せるアンドロギュヌス**』も、そんなヘリオガバルス帝の物語を描いた作品群の一つである。……と、このように書くと、いぶかしく思う読者も多いだろう。最後の本のタイトルには「信長」とある。ヘリオガバルス帝の話なのに、なぜタイトルは『信長』なのか？　そう、この小説は、織田信長がヘリオガバルスの後継者であったとする、奇想天外な物語なのである。

同書によればヘリオガバルス帝が信奉した男根状の隕石は、古代シリアで崇められた牛頭人身の神、バール神の象徴であったという。のちにバール神はベルゼブブやバフォメットなどの訛った名前で呼ばれだし、ついには悪魔と同一視されるに至る。これが日本に辿り着いたのが「牛頭天王」と呼ばれる神だというのが、同書の主張するところである。織田信長はこの牛頭天王を信奉したばかりか、みずから第六天魔王、すなわち悪魔であると自称していたのである。

実際ヘリオガバルスと信長には、共通項が少なくない。一つは旧来の宗教体系に対する、徹底的な侮蔑と破壊だ。ヘリオガバルスはローマの神々の像を徹底的に破壊したが、信長も各地の仏教教団を焼き払い、幾千人もの僧侶を虐殺したからである。

もう一つは両者に共通する、同性愛的で両性具有的な傾向である。ヘリオガバルスは男根状の巨石を崇めたが、若き日の信長もまた浴衣の背中に巨大な男根を描き、好んで身にまとっていたという。ヘリオガバルスは男色家であったが、信長もまた衆道を嗜み、両者ともに女装を楽しんだ美青年だ。つまり、旧来の価値観を徹底的に蹂躙し、性的逸脱を謳歌する「性的権力者」であったという点で、両者は極めて似ているのである。

本作においてヘリオガバルスと信長の謎を追い、この強引な推理を展開する主人公はアントナン・アルトー、つまりヘリオガバルスの伝記の作者である。この物語はアルトーが推理を展開していく地の部分と、アルトーの手になる信長の伝記が、カットバックしながら進んでいく。だが推理を展開するアルトーの前には、なぜかナチスのSSやSA、オカルト局といった組織が次々に立ちふさがる。さらには謎の日本人の出現も絡み、謎が謎を呼ぶ展開が続いたのち、あっと驚くラストへ続いていくのだが、このあたりは伏せておくのが礼儀だろう。

さて、虚実皮膜のあいだを遊ぶ本書について、史実との異同を云々するのは少々野暮だが、いちおう事実関係を振り返ろう。ヘリオガバルスがバール神を、織田家が牛頭天王を信仰したのは史実どおり。だが「バール＝バフォメット＝牛頭天王」の等式は少々苦しい。バフォメット神の起源や、それがバールにつながるかどうかは不明だし、牛頭天王も外来起源の「異神」である点までは事実だが、その起源はインド、中国、朝鮮起源など諸説あり、不明というのが実態だ。

だいいちバフォメットの頭は山羊であり、牛頭天王の頭は牛であって、山羊と牛の同一視には無理がある。このほかキリスト教化される以前のローマ帝国では、同性愛はタブーではない。これは戦国期の日本でも同様で、信長以外にも信玄や謙信など、多くの武将が衆道の愛を楽しんでいる。単に同性愛を実践したからと言って、信長とヘリオガバルスの関係のみを直結はできまい。

ただし以上は野暮を承知で史実との突き合わせをしてみたまでの、いわば軽いツッコミである。同書はいわゆる「ツッコミ待ち」の態で綴られたと思しい書物で、読者におかれてはその虚実皮膜の書きっぷりを、ニヤニヤしながら楽しまれるのが吉かと思う。むしろこの作者の狙いは、信長とヘリオガバルスというとうてい結びつきそうもない二人の共通項に狂奔した、異能の劇詩人とナチスの秘密警察たちの狂気を炙りだすところにあったのではないかとも思う。

かつてユーラシア大陸の東と西に、暴力と性の祭典をこよなく愛する異形の権力者がおり、旧来の宗教体系を破壊し、エロティックな新宗教を強要したこと自体は、紛れもない事実である。一人は便所で惨殺され、一人は部下に裏切られて、いずれも非業の死を遂げた点もよく似ている。これら異形の権力者たちは、我々に何を伝えているのだろう？　エロスと権力が交わるところ、そこには必ず悲劇が生まれるという真理を、彼らの最期は物語っているのかもしれない。

★後醍醐天皇の異形の王権

このように英雄色を好むのは古今東西、どこの国でも同じだが、本邦における性的権力者にはどんな人物がいただろうか。これ以降はこうした我が国の性的権力者の肖像を遡って見ていこう。ここで最初に取り上げたいのは、半世紀以上にも及ぶ南北朝動乱を引き起こした、後醍醐天皇その人である。歴史学者の故・**網野善彦**の手になる名著『**異形の王権**』は、そんな後醍醐帝の示してみせた、特異なエロスに迫った一冊だ。

実は後醍醐天皇は、現在も日本語の中にその名を留める「無礼講」なるものを始められた最初の方として知られている。後醍醐帝が夜な夜な開いたというこの無礼講、もともとは男女を問わず全裸となり、放歌高吟して夜通し遊び惚けるという、ほとんど乱交パーティーのようなものだったらしい。また後醍醐帝は、夜ごと密教の僧服に身を包み、奇怪な神像に祈りを捧げられたことでも知られているが、「双身歓喜天」と呼ばれるこの神像、ゾウの頭をした男神と女神が、性交する姿を描いたものなのである。

そもそもゾウの頭は男性器に似ているが、それが二頭交わっているのだから、なんとも異様なエロスを感じさせる。しかも二柱の神が絡み合って屹立するこの神像は、そのシルエットを映してみると、驚くなかれ怒張したペニスそっくりの姿になるのだ。後醍醐帝はこの珍宝に夜な夜な油をかけ回し、護摩を焚いて祈られたのである。

とはいえ後醍醐帝が開かれた無礼講は、単に遊びの飲み会だったわけでなく、敵と闘う方策を練る作戦会議でもあった（全裸で作戦会議というのは一体どういう状態なのか、私のような凡人には想像が難しいのだが）。また、夜な夜な油まみれの珍宝に祈ったのも、敵の殲滅を願う呪術的行為だったという。つまり後醍醐帝にとってのエロスとは、単に快楽を貪るためのものでなく、怨敵への呪術的攻撃の秘儀だったのだ。

しかも後醍醐帝は単にご自身の思いつきで、こうした呪法を行われたわけではない。帝はそのブレーンとして、一人の怪僧を重用されていた。密教宗派「真言立川流」の中興の祖とされる僧侶、文観である。真言立川流は我が国最悪の邪教として、その教典がいっさい燃やされてしまったカルト的な教団であり、この教団を一大勢力に育て上げたのが、文観という人物なのだ。

在野の風俗史家、**笹間良彦**の『**性の宗教——真言立川流とは何か**』によると、この真言立川流という宗派、「男女が合一した姿こそ悟りの境地である」と説く、異端的な教団であったらしい。先に紹介したゾウの姿の歓喜天のほか、キツネに乗った女神のダキニ天を信奉し、性的ヨーガを修行に採り入れてもいたという。ゾウやキツネといった異形の神々を前に、性的秘儀に明け暮れていたのである。

しかも彼らは「髑髏本尊」なる異様な仏像を作り、夜ごと仏前でセックスしながら祈りを捧げていたともいう。髑髏本尊とは死者のドクロを墓場から掘り起こし、男女の淫水で百二十回塗りかためたものである。この本尊を作る際には常にその前で性交しなければならず、完成すれば生者のように口を開き、未来を語ると信じられた。後醍醐帝のエロス崇拝は、単に自分の趣味としてホモセクシュアルに走った戦国武将たちとは違って、エロスをそのまま政治的権力の源泉として応用しようとするものだったのだ。

立川流はそのあまりにスキャンダラスな修行法から、僧侶はことごとく殺害され、教典も燃やされて散逸し、地上から消え失せてしまったという。現在にまで残るのは、立川流を批判する立場からの文献ばかりだ。そんななかにあって**真鍋俊照**の『**邪教・立川流**』は、立川流を比較的ニュートラルな立場から論じた一冊である。

著者の真鍋は金沢文庫の文庫長を経てコロンビア大学招聘学芸員などを歴任し、現在は四国大学で教鞭を執る仏教美術の研究者。大学人でありながら現役の僧侶でもあるらしい。本書のきわめてユニークな点は、立川流を邪法としながらも、金沢文庫をはじめとする豊富な原資料を仏教者の視点でつぶさに読み解き、立川流を構造的かつ肯定的に描き出した点にある。

たとえば髑髏本尊への信仰にしても、ひとり立川流だけが、こうした異端的な教義を説いたのではないと同書は語る。中世にはドクロを用いた密教儀式がほかにも多数流行していたし、チベットにはドクロに血をなみなみと注いで飲む密教の秘儀があったらしい。また男女の淫水から生命が生まれるのは、単に立川流の妄想ではなく、現在では広く知られた科学的事実である。これを死者のドクロに塗って未来を語らせようとした行為は、死の象徴に生の象徴を塗り重ねることで死と再生を演じようとした、いわば錬金術的思考の産物であったと同書は説く。目から鱗が落ちるような指摘である。

さらに続けて、こうしたエロスとタナトスの結合は、立川流にばかり見られるものでなく、密教ばかりか数多くの宗教儀礼に見られる普遍的原理であると同書は説く。たとえば羽黒山などの修験道には出産の過程を象徴的に演じる、死と再生のプロセスがあることを筆者は例に挙げる。こうしたエロスとタナトスをめぐる宗教儀礼の一つとして立川流は生まれ、中世に隆盛を極めたのである。ただし著者は立川流の説くエロス観を詳細に分析したうえで、結局は密教の本義を踏み誤り、邪法に堕したものであると結論づける。それと同時にこの著者は、エロスの正邪の分かれ道、その間に悩ましい境界領域があることを、次のように語っている。

「混浴をしていて、湯ぶねの中で、すがすがしい風にあたり、雄大な山河の風景にひたっていたのが、空海以来の正純な密教である。一方、同じ湯ぶねにつかりながら、異性の裸にばかり目をやっていたのが立川流である。しかし生身の人間が、そう簡単に割り切れるものだろうか。平安時代の密教には、この両方の視点があったのではないかと思う。いや両方の視線があったればこそ本当の密教と言えるのではないか」。

密教ではエロスにおける迷いの世界を「衆生」、悟りの世界を「法界（ほっかい）」と呼んで、エロスの正邪を区別するという。だが同時に密教では、我々が生きるこの現実の世界、衆生と法界が混じりあった状態を「loka」と呼び習わすそうだ。世の中そんな綺麗ごとばかりじゃないよという現実を、密教は真正面から見据えていたのである。平安時代の密教は、衆生のエロスにまみれながら法界を垣間見ようとした「loka的エロス」の思想だった。真言立川流もまた、そうした中世の思想的格闘の産物だったのである。

著者の真鍋俊照はこうしたエロスの信仰について、今日の前衛芸術や性解放の思想とも共通すると指摘している。土方巽や笠井叡、田中泯や麿赤児など、いわゆる暗黒舞踏の踊り手たちは、エロスとタナトスの交差するloka的世界に踊る、密教的身体芸術家だったと真鍋は語るのである。

だが、立川流の開祖、仁観は、天皇呪殺未遂の容疑をかけられ、伊豆に配流されたのち、わずか五カ月あまりで自殺。その後、細々と続いた立川流も、徹底的な弾圧に遭って消滅する。エロスと死、そして権力の切り結ぶ loka の世界を夢想した立川流は、歴史によって断罪されたのである。

このように後醍醐天皇は、エロスを権力の基盤に据えようとなされた、空前絶後の天皇であらせられた。先述した網野はこの点を評して、後醍醐帝は日本社会の深部に呪術的エロスを突き刺した「異形の王権」であったと述べている。帝はこのエロティックな秘教を奉じ、武士政権殲滅に挑まれたのである。もし後醍醐帝の天下がそのまま続いていたら、この異様な宗教は日本の国教にまで登り詰めたかもしれない。

いったんは幕府討滅に成功され、建武の新政を天下に号令された後醍醐帝であったものの、帝の天下は三年と持たなかった。結果、立川流の僧侶はことごとく殺害されて教典は燃やされ、帝も奈良の吉野にひきこもることを余儀なくされる。そしてこれ以降日本の社会は、京都と奈良に二つの皇室が同時に存在する、南北朝の動乱時代に突入していくのである。

後醍醐帝は世界的に見ても稀なほどに、権力の中心にエロスを導入した帝であらせられた。だが、そのエロスの王権は、我が国に皇室が二つ並び立つという、巨大な動乱をもたらした。エロスと権力が交わるとき、それは世が乱れ社会が転変する、ある種の「逢う魔が刻」なのかもしれない。

★後白河法皇と白河院

後醍醐帝はかくも政治と性を交差させようとされた、まさに異形の天皇であらせられたわけだが、我が国においてエロスにまみれた天皇は、決して後醍醐帝ばかりではない。日本史のなかにはもう一人、エロスと権力のはざまに遊んだ天皇がおられる。遊女を御所に招き入れたばかりか、遊女との間に一女をもうけられた後白河院である。

「遊びをせんとや生れけむ、戯れせんとや生れけん、遊ぶ子供の声きけば、我が身さえこそ動がるれ」

この「遊びをせんとや生れけむ」は、平安末期の遊里、つまり現在でいうソープ街のような場所に流行った流行歌「今様」の一節である。後白河院は、この今様にぞっこん惚れ込まれ、遊女たちから今様を習われたばかりか、実際に遊里にも入り浸っておいでであった。院は現在でいう兵庫県尼崎市、神崎にあった遊里や、岐阜県大垣市の青墓といった歓楽街に遊び、遊女を都へとお連れあそばし、宮中へ出入りさせられたのである。

さらに院はお気に入りの今様を集めた詩集『**梁塵秘抄**』のプロデュースまで手がけられた。「遊びをせんとや生れけむ」の歌も、この歌集に収められたものだ。

この歌集は聖俗が渾然一体となって煮えたぎるかのようなものとなっている。ある歌は全国津々浦々の名所旧跡を歌い上げたかと思えば、ある歌は遊女たちの喜怒哀楽を詠み込んでみせる。ある歌では武士の政治や世相を風刺したかと思えば、一方では博打の快楽とカタツムリの奇妙さに酔い痴れる。しかもこうした世俗的話題と同時に、そこでは仏道への陶酔が高らかに歌い上げられている、といった具合。後白河院はこうした歌集を世に問われたのである。

私たちは皇室とエロスをまるで別のものであるかのように、つい考えてしまいがちだ。ところが後白河院は、そうしたエロスの世界への越境を、歌を介してなさったのである。まさに「遊びをせんとや生れけむ」を地で行く御ふるまいだが、しかも後白河院は、単なる遊び好きであらせられたわけではない。むしろ院は権謀術数を張り巡らし、並みいる政敵を次々と押しのけて、強大な権力を維持し続けた、冷徹かつ非情な政治家でもあらせられたのだ。

後白河院が活躍された平安末期という時代は、源氏や平家などの武家勢力が勢いを増し、朝廷の権威が揺るぎだしたころであった。そんな時代にあって後白河院は、数々のライバルたちを変幻自在の手練手管で押しのけ、権力の座に君臨された。なにせ院は実の兄である崇徳上皇を島流しにして、天皇になられた方なのだ。院は最初、台頭してきた武士勢力の平家をおだて上げ、ご自身の軍事的バックとして利用されたが、驕れる平家が増長してくると今度はライバルの源氏をあおり、平家を滅亡に至らしめておしまいになった。さらには平家を滅亡させた功労者の源義経をも、兄である頼朝と仲違いさせ、ついには自刃させせなさったのである。

このほか院の縦横無尽な暗躍の例はいうに事欠かないほどである。政敵から軟禁されれば女装して脱出なさり、権力を失われても幾度となく返り咲かれ、再び陰謀を張り巡らす。その生き様はかの源頼朝から「日本国第一の大天狗」と呼ばれたほどであったのだ。しかも、院はこうした陰謀の合間あいまに、遊女を含む男女両色をお楽しみになり「遊びをせんとや生れけむ」とお歌いになって、遊び続けておられたのである。もはや怪物、と形容したくなるほどなのだが、それでは不敬にあたってしまうだろうか。

青春出版社や大和書房の創設者であり、在野の歴史学者でもある**大和岩雄**は、その著書『**遊女と天皇**』のなかで、後白河帝の今様狂いや遊女との遊びは「神仏と一体になる神遊び」であったと評している。この世の道理や政治的義理立てをいっさい無視し、神仏の世界に遊ばれるのが、院にとっての「遊び」であったのではないか、と。私もこれと似たようなことを思う。ひょっとすると後白河院にとっては、あの激烈な権力ゲーム、血で血を洗う平安末期の抗争も、すべて遊びだったのではないかと。

そもそも院政期の貴族たちはほとんどがバイセクシュアルで、その色恋も現在のような恋愛感情に基づくものでなく、なかば政治的目的を持った謀略行為であったという。つまり後白河院にとって色恋とは一種の権力ゲームであり、逆に政治闘争とは変形した恋愛ゲームだったのである。おそらく後白河院がお考えになった遊びとは、歴史も社会も男女関係も、いっさいを興奮の坩堝のなかで燃やし尽くす、エロスとタナトスの巨大な遊びだったのに違いあるまい。平安末期のこの時代は、性の乱れが政治の乱れを生み、政治の乱れが性の乱れを巻き起こした、性と政の動乱期であった。その騒乱の中心におられた方こそ、後白河院であらせられたのだ。

このように後白河院は、性と政の動乱期に「遊びをせんとや生れけむ」と遊ばれた方だったわけだが、その後白河院からさらに約八〇年ほど遡ると、今度は白河院の異様な御ふるまいが目に入る。現在でも人の頭越しに権勢を振るうことを「院政」というが、こうした院政をお始めになった最初の方こそが、この白河院であった。

白河院は時の天皇を差し置いて、何ごとにおいても独断専行される、唯我独尊の専制君主であらせられた。院は旧来の身分秩序を軽んじられ、「大田楽」という庶民のカーニバルに熱狂されたほか、男女両色に溺れて人を好き嫌いで判断なさり、結果、お気に入りばかりを重用されたのである。なかでも中宮、つまりは皇后が亡くなられて以降の白河院は、ありとあらゆる女性に手をお出しになったことで知られている。最後はご自身でもどなたと枕をご一緒にされたかご記憶にも留め置かれぬといったほどで、そのご落胤はあまねく天下に散らばった。かの平清盛もそんな私生児の一人だったという説もあるほどなのだ。

院は亡き妻の妹であった源師子（みなもとのもろこ）という女性にお手をつけておられたほか、下級官吏の人妻であった祇園女御（ぎおんにょうご）という女性とも情を通じておいでであったとされる。この女御を手に入れるに際しては、院は女御の夫を島流しになされたというから、あまりといえばあまりな御ふるまいと申し上げるほかない。

それればかりか白河院は、祇園女御の養女であった、璋子（たまこ）という少女にもお手をつけておいでになった。院と璋子は血縁こそないものの、両者は義理の父と娘という関係である。しかも還暦前でいらした院に対し、璋子は当時十歳前後でいらした。若年の女性が嫁ぐのが当たり前の時代であったとはいいながら、四十八歳も歳の違いのある間柄で男女の結びつきをなさるとは、畏れ多くも異様な御ふるまいというほかない。

ただし現在では児童への性的虐待のようにも見えるこの関係、実は院の方こそ璋子に振り回されていたのだ、とする見方もある。というのもこの少女は白河院と関係を続けながら、同時に琴の家庭教師や、三井寺の坊さんとも密通を続けていたからである。

この淫蕩なるロリータ、璋子に手を焼かれた白河院は、こともあろうにこの少女を、自分の孫に嫁がせてしまう。祖父の愛人を妻としてお迎えになった、孫の鳥羽天皇の心中、お察しするにあまりある。しかも璋子は嫁いで以降も、頻繁に夫の祖父と会っているのだ。やがて璋子は子を生むが、この子は白河院の子ではないかという疑念が鳥羽帝の脳裏から離れない。鳥羽帝はこの不義の子、のちの崇徳天皇を、終生忌み嫌われるようになる。

こうした血と因縁のもつれは、その後もこじれにこじれ続け、戦乱の火種となっていく。結局、戦に敗れられた崇徳院は流罪。四国、讃岐の流刑地で、自ら舌を噛みちぎられた院は、流れ出る血で呪いを綴られたのだそうだ。ついには生きながら怨霊になったとも、暗殺されて薨ぜられたとも言われ、その呪いは後々まで都に祟りをなしたという。

このように四代、五代に渡って凄まじい愛憎劇が繰り広げられたのが、院政期という時代である。こうした異様な時代の起点は、白河院がお耽りになった老いらくの恋、なかんずく魔性のロリータ、璋子との異常な性愛にあるのだ。

こうした強烈な個性が災いし、白河院の生涯については長らく本格的な評伝がなかったそうだが、歴史学者の**美川圭**（みかわけい）による『**白河法皇――中世をひらいた帝王**』は、そんな白河院の一生について、各種の学説を踏まえて綴った一冊である。毀誉褒貶の激しい白河院の功罪をニュートラルな視点で描いているものとして、筆者は同書を面白く読んだ。

いっぽう魔性のロリータ、璋子については**角田文衛**（つのだぶんえい）の手になる『**待賢門院璋子の生涯――椒庭秘抄**』が詳しい。角田氏は文献史学と考古学の双方に通じた碩学であったそうだが、オギノ式の生理周期を根拠にしながら崇徳院が白河院の落としダネであったことを実証するくだりは、その緻密な分析に唸らされる。そのいっぽうで同書には史料から離れ、各人の心理のヒダに推理で肉薄する部分も多い。緻密にして大胆なその筆致は、院政期のエロスの深みを、読む者に伝えてくる。

エロスの邪教を重んじられた後醍醐帝は南北朝の動乱を招かれたが、エロスの歌である今様に狂われた後白河院は平安末期の動乱を引き起こされたし、白河院は璋子との異常な愛によって、崇徳院の呪いで世が乱れる遠因をお作りになった。エロスと権力が結びつくとき、それは世が乱れ、体制が崩壊を迎えるときなのに違いあるまい。

★聖徳太子と古代的ＢＬ結社

さて、日本のエロスと権力の切り結ぶ書物を求めて遡ってきた私たちだが、ここでは平安時代も奈良時代もすっ飛ばして飛鳥時代に遡り、**山岸凉子**の手になる少女マンガの傑作『**日出処の天子**』（ひいずるところのてんし）

を取り上げることにしてみたい。

本書は聖徳太子こと厩戸皇子(うまやどのおうじ)が、ホモセクシュアルで超能力の持ち主であったとする設定の長編マンガである。だが、そこだけ聞いて「なんだ、トンデモ系のBLマンガか」と片付けてはいけない。本書はこうした奇想天外の要素を盛り込みながらも、できうる限り史実と矛盾を来さぬよう、細心の注意を払って描かれた、壮大な歴史のジグソーパズルだからである。

たとえば同書中には、未亡人となった皇太后を、とある王子が強姦しようとする場面が出てくる。この話は日本書紀にも記されている、紛う方なき事実である。日本書紀ではごくあっさりと片付けられているが、山岸はここで大胆に作家的想像力を駆使し、この異様な事件が持っていた政治的背景をあぶり出し、読者の前に提示するのである。

あるいは、のちに太子の妻となる刀自古(とじこ)が、ライバルであった豪族、物部氏の男たちに強姦されるエピソード。この話は史実としては記されていないが、刀自古の父は蘇我氏の出身、母親は物部氏の出身で、対立する豪族同士の間に生まれた人だった、というところまでは史実に基づいている。つまり刀自古の父母は敵同士だったわけで、この強姦事件の挿話には、なかなかリアリティーがあるわけだ。

こうした大胆な推論を幾重にも重ね、本作の作者、山岸凉子は、混沌とした飛鳥時代のエロスを描き出す。そこでは誰もが男女両色のエロスによって互いを絡めとろうとし、権謀術数を張り巡らして、権力ゲームを繰り広げているのである。この構図は既に見た通りの、院政期の政治とエロスをめぐる状況に酷似する。「あった」という証拠はどこにもないが、あったとしても全く不思議ではない話ばかりなのである。

面白いのは本書中で描かれる「花郎（ふぁらん）」と呼ばれる新羅（しらぎ）人の集団と、聖徳太子との関わりだ。花郎はこの当時の新羅に実在した貴族の結社だが、作中この花郎に属する男たちを、太子は手足のように使いこなし、さまざまな陰謀を仕掛けていく。太子が花郎を意のままに操った証拠は残されていないが、この設定も実に巧いところを突いているように私には思える。

それというのも花郎というこの集団、男だてらに化粧を凝らすことで神懸かり的な能力を発揮した、美形男子ばかりの戦闘集団だったからである。花郎は同性愛的な結合によって団結力を高めたことや、弥勒菩薩を信仰したことでも知られている。太子と弥勒信仰のつながりは広く知られた事実。もし太子がホモセクシュアルだったとすれば、太子と花郎のつながりにも一定の説得力が生まれてくるのである。

また、同書における聖徳太子は、女性と見まがうほどの美貌の持ち主であり、しばしば女装して敵陣深くに忍び込み、政敵や恋敵を暗殺していく。無論こんな史実はないが、古代社会における「女装した暗殺者」のイメージは、実はそれほど奇妙なものではない。朝鮮半島には先に挙げた花郎の伝統があり、我が国にも女装して熊襲の長を暗殺したヤマトタケルの故事が伝わる。女装して敵を暗殺する太子のイメージは、こうした古代の伝統に基づいているのだ。

かように同書はさまざまな史実の断片を、ジグゾーパズルのように組み合わせ、常識とはまったく異なる聖徳太子の姿を、見事に描き出していく。そこに浮かび上がるのは権力奪取のために暗躍する、冷徹なマキャベリストの姿である。同作の語るところによれば、太子が就いた摂政の座も、天皇を凌ぐ権力を手にするための権力装置だったということになる。超能力やホモセクシュアル云々はさておき、のちの摂関政治を思えば、この見方には相当の説得力があると思うが、読者諸氏はどうご覧になるだろうか。

同作はその末尾において、太子が少年期から想い続けてきた恋人を失うと同時に強大な権力を手中にし、東アジアへの壮大な外交政策を練るところで終わる。永年の想い人を失った太子はもはや何の情熱もなく、淡々と計画を実行していく。本書における聖徳太子は、自らの恋を諦めることで至上の権力を手中にするのだ。太子の本格的な政治的実践が、個人的エロスの断念と同時に始まるこのラストは示唆に富む。権力者がエロスを政治の手段として弄する時、決まって世は乱れ、体制は崩壊する。権力とエロスは厳しく分断されなければならないのである。

★本章に登場する書物――

マルキ・ド・サド『ソドムの百二十日』(青土社、二〇〇二)
ジョルジュ・バタイユ『ジル・ド・レ論』(二見書房、一九六九)
山口昌男『歴史・祝祭・神話』(中公文庫、一九七八)
アントナン・アルトー『ヘリオガバルスまたは戴冠せるアナーキスト』(白水Uブックス、一九八九)
古屋兎丸『ライチ☆光クラブ』(太田出版、二〇〇六)
宇月原晴明『信長――あるいは戴冠せるアンドロギュヌス』(新潮文庫、二〇〇二)
網野善彦『異形の王権』(平凡社、一九八六)

笹間良彦『性の宗教――真言立川流とは何か』（新日本法規出版、一九九七）
真鍋俊照『邪教・立川流』（筑摩書房、一九九九）
後白河法皇編『梁塵秘抄』（新潮社、一九七九）
大和岩雄『遊女と天皇』（白水社、一九九三）
美川圭『白河法皇――中世をひらいた帝王』（日本放送出版協会、二〇〇三）
角田文衛『待賢門院璋子の生涯――椒庭秘抄』（朝日選書、一九八五）
山岸凉子『日出処の天子』全十一巻（白泉社、一九八〇～一九八四）

第三室

エロスの神殿

神話世界のエロティシズム

★日本とギリシャ神話のエロス

さて、お次にお目にかけたいのは、神殿のようなしつらえの部屋である。ただしこの部屋の建築様式は、多種多様なものが混じりあってキメラのようになっている。伊勢神宮の神明造りのような部分もあれば、パルテノン神殿のようなドーリア式で作られた部分もあるといった具合。歴史時代に入るともっぱら不幸な最期を遂げることが多くなる「性的権力者」たちも、こうした神代の時代にあっては、のびのびと寛いで「性政一致」の世界統治を行っていた。この部屋に集められているのは、そうした神話的エロスを扱った書物なのである。

たとえば『**古事記**』をぱらぱらめくると、きわめておおらかなエロスがそこかしこにあふれているのと出会う。有名な国生み神話では、男神のイザナギと女神のイザナミが矛で海流を掻き回し、矛の先から滴り落ちた雫で、我が国最初の国土をお作りになる。誰が見てもこれは性行為の隠喩だが、そこからさらに男神のイザナギは「自分の体には出来上がりすぎたところがある」と告白され、女神のイザナミが「自分の体には出来上がりきらないところがある」とお答えになる。そこで両神は互いの凹凸を突き合わせ、さらに子づくりに励まれるのである。

イザナギ、イザナミご夫妻は子だくさんで、日本の国土をなす島々や森羅万象の神々をお生みになるが、イザナミの死後、イザナギはどうやら後妻を迎えられたらしく、アマテラス、ツクヨミ、スサノオの三柱の神々をお生みになった。このうちアマテラスとスサノオの姉弟コンビは、いろいろとエロティックな行為を働かれ、読む者をまったく飽きさせない。まずは読者の目を引くのが、お二方の交わす「ウケヒ」という行為である。

ウケヒというのは要するに、両方とも子どもを作って、どちらが男の子を多く作るかで勝ち負けを決めようという賭け事なのだが、その際、スサノオは剣を出され、アマテラスは数珠のように連なった勾玉をお出しになって交換し、それを口に含んで子どもを作った、と書いてある。こういう本を書いているせいか、どうもこのウケヒという行為、私には性行為の隠喩に見えて仕方がない。剣はペニスの象徴に見えるし、勾玉はヴァギナの入り口に思える。要はフェラチオとクンニリングスを、姉弟でやろうというのである。

そのあともスサノオの行動はふるっている。スサノオは俺の勝ちだと大騒ぎなさった挙げ句に馬の生皮を剥いで、機織りをしているアマテラスの家に投げ込まれたのである。俗に巨根の持ち主を「馬並み」などと言ったりするが、フロイトによると馬というのは、父親の巨大なペニスの象徴なのだそうだ。生皮を剥がれたスサノオの馬は、さしずめ処女の生き血を吸った、巨大なペニスの象徴でもあったのだろう。それをスサノオは姉の家に突き立てられたのだから、なんともはや、というほかない。

アマテラスは連続レイプ魔のごときスサノオの行状をお嘆きになり、天の岩戸にお隠れになって、これがもとで世界は闇に包まれる。困った神々はなんとかアマテラスを外に連れ出そうとなさるが、このとき活躍されるのがアメノウズメという女神で、この神様は陰部を剥き出しにして舞い踊られ、周囲の神々も大笑いされた。

自分がいないのにどうして笑い声が世に溢れるのかと訝しんだアマテラスがそっと天の岩戸をお開けになられたところを、力持ちの神様が隙を見て引っ張り出され、空に太陽の輝きが戻る。おそらく日蝕や天変地異などの変事が起こったとき、その昔の我が国ではアメノウズメのようなエロティックな舞踊で災厄を祓おうとしたのだろうが、こうした日蝕をめぐる性的祭儀のようすが、まこと見事にここには描かれている。なんと大らかな「性政一致」とは言えまいか。

このあとも古事記にはエロティックな話が続々と出てくる。なかでも好色なのが「大物主」という神様で、さすが「大物」の主というだけあって、しょっちゅう女性に悪さをしては、妊娠ばかりさせておられた神様である。この神様はどうもスカトロ趣味の気がある上に多情多根の傾向が強いという、非常に困った神様であられたようだ。

たとえば女性が用便をしている間に、こっそり便所に忍び込まれたばかりか矢じりに化けてホトを突き、妊娠させて結婚する。あるいはほかの女性の家まで毎日夜な夜な通ってきて、やはり妊娠させておしまいになる。さらにお二人だけでは物足りないのか、ヤマトトトヒモモソヒメという女性のもとをも訪れ、この姫とも愛をお交わしになられている。人間であれば「ちょっと困った人だな」ということになったに違いない。

大物主の話で面白いのは、最後の姫とのエピソードである。この姫は夜だけしか会いに来られない大物主を恨んで、昼にも会いたいとせがまれたそうだ。大物主は箸箱の中にお隠れになり、昼の人目を忍んでお会いになろうとするものの、姫がこの箱を開けてみると中には小さな蛇がいるばかり。さしもの大物主の誇る巨根も、昼間であったために萎えておられた、という隠喩だろうか。

常々絶倫ぶりを自慢されていた大物主は、昼間の萎えた男根を見られたからか「恥をかかされた」と大変お怒りになられ、姫の許から遠ざかってしまわれた。残された姫は悲嘆にくれて、箸で自分のホトを突き刺してしまわれ、そのままお亡くなりになったという。男性というのは性器の大小などというくだらないことで大変なショックを受ける生き物なので、これをお読みになった女性諸氏におかれては、決してパートナーの男性器の大小をあげつらわないでいただきたいと思う。いやほんと、傷つくんだよ、あれ。

閑話休題。この姫を葬った古墳は通称「箸墓」と呼ばれ、奈良県の桜井市にいまでもある。この古墳は先ごろ放射線による測定が行われて、あの卑弥呼が亡くなった年代と、造営時期が一致することがわかった。このため箸墓に埋葬された姫の正体は卑弥呼ではないかと、考古学ファンの間で大騒ぎになったそうだ。もし姫の正体が卑弥呼なら、卑弥呼は精力絶倫な大物主との愛人関係にあったことになる。卑弥呼もなかなか好色な女王だったのかもしれない、などと、私の妄想は膨らんでしまう一方なのである。

かように我が国の神話をひもとけば、そこには数々のエロティックな挿話を見て取ることができるわけだが、ギリシャ神話もエロティックなことにかけては引けを取らない。むしろエロスを自由に楽しむことにかけては、ギリシャの神々の方が二歩も三歩も先を行く印象がある。だいいちエロスという言葉そのものが、ギリシャの性愛の神エロスに由来するのだから何をか言わんや、である。エロスは別名をキューピットといって、その矢に当たると恋に落ちるということは誰もが知るところだろう。このエロスのいたずらのおかげで、ギリシャの神々はのべつまくなし、恋に落ちることになったのだ。

そんなギリシャ神話を読むにあたって、いったいどの本を読むべきか。もともと混沌とした神話群なのだから、無理にまとめたものを読むよりも、作家が自由な想像力で綴ったものを読んだ方がいい。そんなふうに考えた私は、作家の**阿刀田高**の手になる入門書『**私のギリシャ神話**』と『**ギリシア神話を知っていますか**』の二冊を読むことにした。

両書をぱらぱらめくってみると、ギリシャの神々の中でももっとも惚れっぽい神様が、全能の神たるゼウスであることに驚かされる。キリスト教の唯一神との違いは驚くばかりで、実に不真面目きわまりない。ゼウスはヘラという女神を自分の妻にしていたが、しょっちゅう浮気ばかりして、ほうぼうで女性や女神を犯し、子どもを作ってばかりいた。女房のヘラは嫉妬深く、浮気がバレると爆発するので、たいていゼウスは正体を隠し、牡牛に化けたり白鳥に化けたり、お忍びで女性に近づいて犯そうとする。変身した姿で油断させて、急に正体を現して犯すのである。

ゼウスにはスカトロの気もあったようで、ひどいときには黄金の雨に化けて、女性をびしょ濡れにしたりする。だいたい不本意な強姦なので、やられた女性はさめざめと泣くが、そのたびにゼウスは「子どもが生まれたらエラい神様にしてやろう」などと適当なことを言って慰める。ここまで適当な神様がいていいのかと思う反面、神様がもし本当にいるとしたら、このくらいズボラな人物なんだろうなという思いも同時にする。なぜってこの世は不条理ばかり、聖書のような唯一神がこの世を見張ってくださっているとは、私には到底思えないからである。

……と、それはさておき、収まらないのはゼウスの妻であるヘラの怒りだ。ヘラは浮気相手の女性に対して、毎回どえらい呪いをかける。クレタ島のミノス王の妻、パーパシエーも、ゼウスの甘言に騙されて浮気をし、ヘラに呪いをかけられた一人だった。おかげで彼女は牡牛が好きでたまらないという変態性欲の持ち主になってしまう。こうして産まれ落ちたのが牛頭人身の怪物、ミノタウロスだったのである。

牛だけでなくギリシャの神々の物語には、馬とも交わる話もある。たとえば大地の神、時間の神であるクロノスは、女房にバレぬよう馬に化けて、こっそり妖精と浮気していた。このため生まれてきた子どもは半人半馬の姿になってしまう。こうして生まれてきた神様こそ、下半身が馬の神、ケイロンだったというわけである。

さて、こうした牛頭人身や半人半馬だけではなく、ビジュアル的に衝撃的な神々が、ギリシャ神話には数多い。たとえば湖に映る自分自身に恋をしたため、水辺の水仙になってしまうナルキッソスや、自分の父親と寝てしまい、ミュルラの木に変身してしまう王女ミュラなど、異常な性愛によって異形の者に成り果ててしまう例が、ギリシャ神話には多数あるのだ。おそらく愛にはさまざまな形があることを、ギリシャ神話は異形の神の姿で示そうとしたのだろう。

なかでも印象深いのは、エロスとプシュケの恋物語だ。エロスは人間の娘のプシュケと恋に落ちるが、美の女神、アフロディーテの嫉妬を買って、離ればなれに引き裂かれる。アフロディーテはさまざまな苦難をプシュケに与えるが、彼女はすべてを乗り越えて、ついに二人は結ばれる。言うまでもなくエロスは性愛、プシュケは魂を意味する言葉だ。性愛が魂と結ばれて真の愛になるためには、大変な艱難辛苦を経なければならない。そんな寓意を私はそこに読み取るのだが、入館者諸氏はいかがご覧になるだろうか。

★ディオニュソスとヘルマフロディテ

このようにギリシャ神話には、実に多様なエロスのあり方が綴られている。強姦、獣姦、スカトロ趣味。近親相姦、人肉食。自己愛、不倫、人形愛と、やってはいけない欲望を縦横無尽に語った物語群、それがギリシャ神話なのである。だがヨーロッパの人々は、ギリシャ神話のこのような過激なエロスを、長らく認めようとしなかった。彼らにとってギリシャ文化とは、優れた詩や演劇、哲学、そして美術と建築を生んだ、このうえなく理知的な文明だったのだ。

ルネサンス以来のこのような伝統的ギリシャ観に、おそらく初めて異を唱えたのは、**フリードリヒ・ニーチェ**の『**悲劇の誕生**』ではないかと思う。彼の描くギリシャ文化は、二つの顔を持っている。一つは太陽神アポロンのように、明るく澄んだ理知的な顔。そしてもう一つは酩酊と狂乱の神ディオニュソスのように、感情を暴発させて荒れ狂う顔。ギリシャ文化にはこの二つの顔があったと、ニーチェは同書で説いたのである。

ディオニュソスはローマ風の呼び名でバッカスとも呼ばれる酒の神だ。最初の章にも既に書いたが、かつてギリシャの女性たちは、この荒ぶる神を信奉し、ひねもす酒に酔って暴れたという。ディオニュソスの秘儀のある日には、女たちは犠牲の羊を引き裂いて血にまみれ、相手が男女のいずれであるかを問わず、乱交に明け暮れた。まさに理性へのアンチテーゼのような神である。

ベルギー生まれのフランスの人類学者、**マルセル・ドゥティエンヌ**の著書『**ディオニュソス——大空の下を行く神**』によれば、ディオニュソスは「放浪する神」として知られていたそうだ。酔っぱらいの千鳥足よろしく、あちらの町からこちらの町へ、ふらりふらりと渡り歩く。辿り着いた街ではまるで熱病のようにディオニュソス信仰が広まって、日夜酒宴が繰り広げられたそうだ。

このディオニュソスは酒の神であると同時に「愛されない神」でもあった。彼はゼウスの不倫によって生まれた不義の子で、継母であるヘラから憎まれ、その祟りから逃れるため、世界各地を放浪したのである。エジプト、シリア、トルコ、インド。ヘラの追跡の魔手を逃れてディオニュソスは放浪の旅を続け、行く先々に葡萄の種と、ワインの酩酊をもたらしたのである。

しかし、なぜ酒の神がこのような「愛されない神」として設定されたのだろう？　けだし、ワインはもともと葡萄から生まれた不義の子のようなものである。しかも飲めば歩調は乱れ、しばしば性的逸脱を犯し、結果として不義の子が生まれる。こうした酒の持つ性質から「愛されない不義の子」として、酒の神が設定されたのではないかと私は思う。

実際、古代ギリシャにおける酒というのは、薬であると同時に毒でもあったようだ。この世にディオニュソスが生まれる以前、酒は人の気を狂わせ、アルコール中毒で死に追いやる、魔性の飲み物とされたらしい。毒杯と紙一重の酒を広め、市民の倫理を平然と踏みにじる酒の神は、町から町へと放浪するほかなかったのだろう。

いっぽうディオニュソスの祭儀からは、詩や音楽、演劇といった文化が生まれた。古代ギリシャの演劇は、ディオニュソスに捧げる祭の一部として発達を遂げたのである。こうして酒と音楽、芝居に酔い痴れたあとは、おそらく多くの男女たちが、夜の帳にまぎれながら、エロスの快楽に打ち興じたに違いない。古代ギリシャの昔には、酒とエロスと文化とが、三位一体の関係にあったのである。

だがやがて、こうして生まれた詩や演劇を、やたらと難しい理屈で分析し、市民的な倫理観で断罪する、融通の利かない人々が登場する。ギリシャ哲学の登場である。プラトンは詩人を国家から追放せよと叫び、アリストテレスはすべて理詰めで芝居の台本を理論的に分析してみせた。かくてギリシャの情熱的文化は、次第に理知的文化へと変質、収斂していったのである。

ニーチェはこうしたギリシャ文化を論じて、ディオニュソス的なものがアポロン的なものに塗りつぶされたのだ、と断じた。いまに至るもギリシャの詩や演劇は、高尚で理知的なものと思われており、酩酊とエロスの産物とは思われていない。ギリシャを覆った哲学の後遺症は、いまだに尾を引いているのである。だが古代ギリシャには、堅苦しい学者の手には負えないような、とてつもないエロスのマグマが渦巻いていたのだ。

さて、そんなギリシャ神話の中には、両性具有の神の姿も、きっちり描き込まれている。ヘルマフロディテという神がそれである。ヘルマフロディテは名前の通り、旅人の神ヘルメスと、美の神、アフロディーテの間に生まれた子であった。なにせ美の女神の息子なので血統書付きの美青年だったが、泉で水浴びをしていたところを泉の精のニンフに襲われて、逆強姦されてしまう。ヘルマフロディテとニンフの体は水中で溶け合い、男とも女ともつかぬ体となった。これがその誕生の由来である。

作家の**小島てるみ**の手になる『**ヘルマフロディテの体温**』は、この物語に想を得て書かれた小説である。さほど分量が多いわけではないが、その内容たるや大長編にも匹敵するほどの錯綜ぶりをきわめ、両性具有についての博物学的記述に満ち溢れた、バロック的な構成を持つ。小説の舞台はイタリアのナポリ。どういうわけか「フェミニエロ」と呼ばれる女装者や性転換者の多い街として知られているところである。

主人公の青年シルビオは、郊外の田舎町からナポリに医学を学びに来た若者だ。だが彼には誰にも言えない秘密がある。彼は女装してマスターベーションを行うという、奇妙な性癖を持っていたのだ。実は彼が思春期を迎える頃、その母親が性転換して出奔するという事件を経験していた。以来シルビオは母親を憎みながらも、この奇癖を辞められないでいたのである。

母親を憎み、自分を憎み、フェミニエロの多いナポリを憎むシルビオだが、そんなナポリの医学校で、彼は奇妙な人物と出会う。真性半陰陽であると同時に性転換手術の権威、胎生学の講義を担当するゼータ教授である。このゼータ教授こそ、シルビオの母に性転換の手術を行った張本人だったのだ。講義中に声を荒げ、性転換についての批判を繰り返すシルビオ。だが、ある夜、女装姿で外出した彼は、夜の街で暴漢に襲われそうになる。しかも間一髪、そこに通りかかってシルビオを救った人物こそ、誰あろうゼータ教授だったのである。

かくて貞操の危機を免れたものの、女装姿をゼータ教授に目撃され、写真にまで収められたシルビオは、教授のアシスタントとして「問題」を解くことを余儀なくされる。教授がシルビオに出した問題とは、まずフェミニエロの起源を探ること、次いで最初のフェミニエロを見つけ出すこと、さらに自分が女装する理由を探り、それを「物語」にすることだった。

ここまででも十分に一編の長編が書けそうな内容だが、これはほんの導入部に過ぎない。以降はフェミニエロたちへのインタビューや、ナポリに伝わる両性具有の神話、そしてシルビオが紡ぎだした架空の物語が入れ子状になって展開され、しかもその間をびっしりと、両性具有についての博物学的記述が埋めていく。作者の小島てるみはイタリアへの留学経験を持ち、翻訳業を経てデビューしたという人。イタリア語での小説発表の経験もあるなど、彼の地についての該博な知識と語学力を持つ作家らしい。

大きな物語に複数の物語が入り込んだキメラ的な構成は、複数の性が入り交じる両性具有のメタファーにもなっている。またナポリには迷宮のような地下トンネルがあるというが、そうしたナポリの都市構造とも、本作の構成は照応している。精妙緻密にして気宇壮大、近来まれに見る優れた綺想文学であると言えるだろう。

なお作中教えられたところによると、半陰陽は約二千人に一人の割合で、必ず生まれるものだそうだ。二千人に一人なら、半陰陽の人口は日本国内に限っても約六万人にも及ぶはずで、もはや「第三の性」として考えるべき数字かと思う（もっとも、日常的には男性／女性のいずれかとして生活することを選択し、性自認としてもいずれかを選んでいる人も少なくないので、第三の性を生きることを部外者側から、当事者に強いることはできないのだが）。

フェミニエロが公然と闊歩するナポリの街にあってさえタブー視されるという半陰陽をテーマに据え、ここまで高度な文学に高めた小島の手腕には、敬服するよりほかにない。同時に、そうした「第三の性」を、はるか古代から物語に織り込んでいたギリシャ神話の凄みにも、改めて本作は気づかせてくれるのである。

★残酷童話とオイディプス王

ギリシャ神話には数多くのエロティックな挿話が綴られるが、その多くで狂言回しの役割を果たすのがエロス＝キューピットである。この性愛の神様は、翼を生やした赤ん坊の神として描かれるのが通例だが、私にはそれが不思議でならない。なぜエロスは肉欲など芽生えもしない、赤ん坊の姿で描かれるのだろう？　性愛の神であるエロスは「精神」の意味の名を持つ娘、プシュケと結ばれたことになっているが、いくらプシュケが純真な娘であったとはいえ、こんな赤ん坊と満足のいく夫婦生活を営めたのだろうか？

同じ疑問を感じたのが、作家の**倉橋由美子**である。彼女の綴った物語によると、エロスの下半身はプシュケがつまんでも引っ張っても男性の徴を見せず、結局この二人は結ばれることはなかったのだそうだ。神話とはまるで逆の結末だが、倉橋はこの物語をこんな言葉で結んでいる。

「教訓　坊やには恋をする資格はないのです」

この物語が収録されているのは倉橋由美子の短編集『**大人のための残酷童話**』だ。同書のタイトルには「残酷」の語が冠されているものの、なかには残酷な話ばかりでなく、エロティックな話も多数収録されている。ギリシャ神話を筆頭に、グリム童話やアンデルセン童話、日本昔話や今昔物語、カフカの『変身』のような現代文学まで、そのネタ元は実に多岐に渡る。

たとえばアンデルセン童話をもとにした「人魚の涙」。この作品には元の童話と同様に人魚が登場するが、その姿はふつうの人魚とは逆に、上半身が魚で下半身が人間、つまり人魚ならぬ「魚人」となっている。このグロテスクな人魚姫、溺れた王子を救い上げるところまでは同じだが、童話と違ってその下半身で、気絶した王子とまぐわってしまう。そこからさらに話は捩じれて、奇想天外な結末を迎えるのである。

あるいは日本の昔話に題材を採った「一寸法師の恋」。こちらは外見上ほぼ原作通り、小指ほどの一寸法師が登場するが、これがとんだ好き者の一寸法師。お姫様の「一番大事なところ」に潜り込み、夜な夜な姫を慰めるのである。この一寸法師、全身で姫の秘所に潜り込んでいるうちは姫にも喜んでもらえたものの、打出の小槌で人間並みの姿になってみると、肝心のところは小人サイズのままだった、というオチがついている。結びはさらにナンセンスな場面で終わっているが、是非ご自身でお読みいただきたい。

本作は倉橋によるパスティーシュ文学だが、もともとギリシャ神話に限らず多くの神話や昔話には、ひどく残酷なものやエロティックなものが多い。現代に流布する教科書的な童話集は、そうした毒の部分を取り去った「調理済み」のものである。本来のナマの民話や昔話は、まるで倉橋童話のような、グロテスクで奇怪な姿をしていたのだ。おそらく人間という生き物は、そもそもスケベで残酷で、差別が好きで見栄っ張りな欲張りなのだろう。そんな人間が物語を語れば、自然とグロテスクな筋立てになるのに違いない。

おそらく倉橋由美子という作家は、もともとそうした「ナマの残酷童話」と響きあう感受性を持っていたのだろうと思う。実際、彼女の作品は童話をモチーフにしたものでなくとも、どこかにグロテスクな神話的エロスが漂っていることが多い。

たとえば彼女のＳＦ短編『**ポポイ**』は、聖書に出てくるサロメの伝説を彷彿とさせるもの。切断された首を培養液に漬けて生かすことができるようになった未来社会で、首を愛でる女を描いた作品だ。また倉橋の代表作である『**聖少女**』も、近親相姦をモチーフとした作品である。本作はいっけん「中二病」的な思春期の少女の病的心理を描いたもののように見えて、同時に実にさまざまな読み方ができる複雑な作品となっているが、その核の部分にはギリシャ神話におけるオイディプスの物語がしっかりと埋め込まれていて、この作家の神話的素養を伺わせる。やはり倉橋は心のどこかに、神話的な放埒さを秘めた作家だったのかもしれない。

逆に言えば神話とは、人間が倫理や道徳に囚われる以前の欲望を、あからさまに描く物語の大系だと言えるだろう。いわばフロイトのいう「イド」、つまり日常の場面では上位自我によって抑圧された、無意識の語る物語が神話なのだと言えるかもしれない。そうした無意識の語る神話のなかでも、ひときわ深く人間心理のイドの底深くへと降り立ったものといえば、何と言ってもオイディプスの物語ではないかと思う。

実の父親を殺害し母親を犯すオイディプスの物語は、古くからギリシャで語り継がれてきたものだ。ギリシャでは**ソポクレス**、アイスキュロス、エウリピデスの三大劇詩人が、こぞってこの物語を書いているが、なかでも最高の作品とされたのがソポクレス版『**オイディプス王**』である。

舞台は太古のギリシャの都、テーバイ。町を治めるライオス王は、やがて生まれる息子によって、自分がいつか殺されるという予言を聞く。予言を恐れたライオス王は生まれた息子を山に捨てるが、それから十数年後、盗賊に襲われて殺されてしまう。王を失ったテーバイは、さらに苦難に襲われる。丘の上に出現した怪物スフィンクスが道行く人々に謎を投げかけ、答えられなかった者を食べるという災厄に見舞われたのである。このとき出題された問題こそ「朝は四本足、昼は二本足、夜は三本足の生き物は何か」という、あの有名な謎だったのだ。

だが、そこに一人の若者が現れる。この若者こそ誰あろう、放浪の旅を続けてきた勇敢な青年、オイディプスだった。彼はスフィンクスの問いにこう答える。朝に四つん這いで歩くのは赤ん坊、昼に二歩足で歩くのは大人、夜に三本足で歩くのは杖をついた老人。つまりその生き物とは「人間」

だ、と。謎を解き明かされたスフィンクスはこれを恥じ、崖から身を投げて死んでしまう。かくてテーバイの都には平和が戻り、オイディプスもまた未亡人となったライオス王の妻を娶って、テーバイの王となったのである。

……で、めでたしめでたし、というわけにはいかない。実はソポクレスの台本は、この事件のあとから始まるのだ。

オイディプス王の物語は、ギリシャではきわめて有名な話だ。王を襲って殺した盗賊というのが実はオイディプスその人、つまり王の息子であり、彼が妻にした王女がオイディプスの母であったということは、ギリシャ人の観客なら先刻ご承知のことである。つまり観客は「ネタバレ」の状態でこの芝居を見るわけだ。日本の時代劇にたとえれば「ご隠居」と呼ばれる老人が実は水戸黄門であり、最後は印籠を出してくるのを、日本人なら誰もが知っているのと同じである。では、誰もが知っているこの物語を、ソポクレスはどのように演劇化したのだろう。

舞台はテーバイの都に暗雲が垂れ込めている描写から始まる。恐るべき怪物スフィンクスを倒して新しい王が即位したというのに、作物は枯れ空気は澱み、人民は嘆き悲しんでいるのだ。この国のどこかで何か呪わしい出来事が起こっているに違いない。一体何が問題なのか？　オイディプス王は思い悩んで原因を探ろうとする。既に誰もが知る通り、都の衰退の原因を生んだ真犯人は、実はオイディプス自身である。彼は知らず知らずのうちに父を殺し、母を犯してしまっている。彼の罪に対する神の厳しい懲罰によって、テーバイには衰退が起きているのだ。

だが劇中のオイディプスは、その事実をまったく知らない。しかも皮肉極まりないことに、誰よりもっとも真剣に真犯人を突き止めようとするのは、衰退を引き起こした張本人であるオイディプス自身なのだ。彼の罪を知る人物は、誰もがそれを知ってはならぬと、彼の行動を制止する。だが一人オイディプスだけは周囲の制止を振り払い、暗黒の真実に向かって突き進むのである。つまりソポクレス版『オイディプス王』の悲劇性は、父を殺し母を犯したという、その事実そのものにあるのではない。知らずに犯した禁断の罪、知ってはならぬ無意識下の罪を、自ら暴いて知ってしまうところにこそ、この劇の本当の悲劇性はあるのだ。

母親に対する思慕の念や父親に対するライバル心は、男性なら誰もが持つ心理だろう。そんな世間並みの感情も奥底まで突き詰めれば、人は禍々しい欲望に直面せざるを得なくなる。そこには父への殺意と母への性欲という、人外の欲望が潜んでいるのだ。人間の抱えるエロスには、決して覗いて見てはならない、深い闇の領域がある。ソポクレス版『オイディプス王』は、そんな禁断の性の領域、見てはならない暗黒の無意識へ向かって突き進む男の悲劇なのである。

自らの無意識を覗き見てしまったオイディプスは「もうこの世など見たくない」と自分自身の目を潰し、放浪の旅に出てしまう。ソポクレス版『オイディプス王』はエロスを見つめることの禁忌を語る、いわば「まなざしの悲劇」なのである。

この悲劇は現在に至るも世界中で上演され続けているばかりか、精神分析をはじめとするきわめて広範囲な文化に影響を与え続けている。たとえば六〇年代アメリカのロックバンド「The Doors」が歌った十分以上にも及ぶ大作「The End」は、まさにこのオイディプスの悲劇を題材にしたことで有名だ。我が国の例を振り返るなら、前衛劇作家で映画監督、歌人、俳人でもあった**寺山修司**は、その歌集「田園に死す」（現代歌人文庫『寺山修司歌集』所収）のなかで、こんな歌を歌っている。

見るために両瞼をふかく裂かむとす剃刀の刃に地平をうつし（修司）

この歌がオイディプス王の悲劇を歌ったものかどうか、私は知らない。むしろこの歌が連想させるのは、映画監督のルイス・ブニュエルと画家のサルバドール・ダリの手になる映画「アンダルシアの犬」のワンシーン、剃刀で眼球を切り裂く場面である。おそらく寺山はこの映画からヒントを得て「見るために」の歌を詠んだのだろう。

だがここで思い出しておきたいのは、作者の寺山修司がその母の寺山ハツとの間に、近親相姦的とも近親憎悪的とも言える愛憎関係を持っていたこと、そして彼には覗き趣味があり、それがもとで晩年はスキャンダルに見舞われたという事実である。つまり寺山修司という人物は、母との間に近親相姦的愛憎を抱くと同時に「見てはならぬものを見たい」という欲望に取り憑かれた男でもあったのだ。まさにオイディプス的な人物、「見ることの悲劇」を生きた人物と言えまいか。

エロスの世界の暗がりには、人が決して見てはならない、魔性の化身が潜んでいる。かのオイディプスの悲劇とは、見てはならない禁断の魔性に取り憑かれ、母子相姦的な地獄へと墜ちた男の物語なのである。神話の中に語られているのは、決して明朗な性愛の姿ばかりではないのだ。

★フロイトとオイディプスの悲劇

父を殺し母を犯すオイディプス王の物語は、さまざまな分野の文化に多大な影響を与えていった。精神分析医の**ジークムント・フロイト**もまた、この物語から影響を受けた一人である。彼はこの物語を手がかりに、一つの重要な概念を導きだしたことで知られている。母親に対する近親相姦的な感情と、父親に対する敵愾心の感情、すなわち「エディプス・コンプレックス」である。

『フロイト全集《10》』所収の論文「ある五歳男児の恐怖症の分析（ハンス）」は、ハンスと名乗る一人の少年の症例分析である。ハンスは極度に馬を恐れるという「馬恐怖症」の症状を訴え、フロイトの許にやってくる。外に出ると馬に噛まれるとか、夜寝ていると馬が入ってくるとかいった妄想を、ハンスはしきりに訴えるのだ。

フロイトは分析を重ねるうち、ハンスに妹が生まれていたこと、そして「おちんちんをいじると切ってしまうぞ」などと、母親に脅かされていたことを知る。ハンスはベッドで母親を独占したいのに、妹が生まれてしまったためそうはいかない。母親は妹や父親との絆を強めており、ハンスはその淋しさを紛らわせようとペニスをいじるのだが、そうすると母親に叱られる。こうしたことが重なって、ハンスは馬すなわち父親の象徴に、ペニスを噛み切られる妄想を抱いたのだ。

ハンスが本当に恐れているのは馬そのものではなく、自分から母を取り上げようとする父親である。彼は「馬にペニスを噛み切られるのではないか」という妄想に怯えているが、これは実は「父親に母親を盗られるのではないか」という恐怖が変形したものである。逆に言うなら少年ハンスは、父親を押しのけ母を独占したいと考えているのだ。つまりハンスの馬恐怖症には「父への敵視」と「母への愛慕」が、オイディプス王の物語のように秘められているのである。

ハンスの妄想の背後にこうした「エディプス・コンプレックス」を読み取ったフロイトは、分析の過程でハンスに正しい性教育を行い、最終的にハンスは妹への嫉妬や母への欲望、そして父への不満や批判の言葉を、自由に語れるようになる。それと同時に馬への恐怖も、次第に薄らいでいったのである。

人は誰しも、父への敵意と母への愛慕というオイディプス的な欲望を、心の奥底に秘めている。だがこうした欲望は普段は心のなかで抑圧されて、無意識の奥で煮えたぎっている。この抑圧が堪え難いものになったとき、ハンスの抱えたような妄想は生まれる。フロイトはこの抑圧を解き放つことで、人が妄想や神経症から自由になれることを見つけ出した。精神分析とは無意識下に抑圧された欲望を他者に話すことによって、抑圧から逃れる方法だったのである。

だが私にとって面白いのは、こうしたフロイトの理論よりも、彼の辿った実人生の方である。実はフロイトは自分の人生のなかにあっても、オイディプス神話そっくりの状況を体験している。ただしフロイトが演じたのは、父を殺して母と寝るオイディプスの役ではなかった。逆に彼が演じてしまったのは、息子に妻を寝取られ殺される、ライオス王の役だったのである。

フロイトには多くの弟子がいた。兄弟間の葛藤に注目し、個人心理学を確立したアルフレッド・アドラー。普遍的無意識を唱えたことで有名なC・G・ユング。父と子の関係に重きを置いたフロイトに対して、人生の本質は母と子であると考えたオットー・ランク。PTSDの概念よりはるか以前に、心的外傷の研究に取り組んだフェレンチィ・シャーンドル……。日本ふうに言えば、まさに「門弟千人」といった具合である。フロイトはこうした弟子たちに対して、その厳格な父であるかのように振る舞った。ところがのちにフロイトは、これら弟子たちにことごとく離反され、孤立の道を歩んでいく。彼は象徴的な「父殺し」の対象にされたのである。

精神分析学者の**妙木浩之**の手になる『**エディプス・コンプレックス論争**』は、そんなフロイトの悲劇を綴った書物だ。ここにはフロイトから離反した弟子たちのエピソードが数多く紹介されているが、これらの弟子たちがいずれもフロイトと袂を分かち、象徴的な父殺しへと走ったエピソードばかりが続く。結局は破綻に至る繰り返しばかりで、どうして誰も彼も似たような行動を取るのか、読んでいて不思議になるほどだ。しかも離反した弟子たちの多くは、フロイトとの間で女性を巡る争いを演じるのである。

たとえばユングは、フロイトの抱えていた女性患者と不倫の関係にあったという。ユングとフロイトは精神分析の理論面でも対立していたが、この女性をめぐっても激しく相争っていたのである。逆にオットー・ランクの場合、自分の妻が熱心なフロイトの信奉者であったため、最終的には妻を手放さざるを得なくなっている。あるいはフェレンチィ・シャーンドルの場合、フロイトの初恋の人と同じ名前の女性と結婚している。要するに彼らフロイトの弟子たちは、いずれも象徴的な父であったフロイトの理論を殺害したばかりか、フロイトの患者や信奉者、元恋人と同名の女性といった「父フロイトの象徴的な妻＝母」と交わろうとしたのである。

こうして息子たちを失ったフロイトの許には、晩年には女性しか残らなかった。なかでも彼が溺愛したのは、実の娘のアンナ・フロイトである。晩年のフロイトはがんを患うことになるが、アンナは病床の父を献身的に介護し続けた。しかも彼女はその最期を看取ったあとも生涯独身を貫き、フロイト学派を継承していくのである。

ここで私が思い出すのは、オイディプス王の物語の終盤、オイディプスとともに放浪の旅に出る娘、アンティゴネーのことである。自分の罪を知ったオイディプスは我が目を潰して旅に出るが、彼がその際に伴ったのが娘のアンティゴネーだった。人外として流浪の旅に出るオイディプスとアンティゴネー、その黄泉路にも似た父娘の道行き。その姿はどこか晩年のフロイトとアンナの姿を彷彿とさせないだろうか。

フロイトの弟子たちはいずれもオイディプス理論に批判的で、そこから彼ら独自の理論を打ち立てていった。ところがフロイトから離反した弟子たちは、いずれも厳父フロイトを象徴的に殺害し、彼の象徴的な妻、すなわち「母」と寝てしまった。つまり彼らはフロイトの理論が正しいことを、身をもって証明してしまったのである。オイディプスは知らずに父殺しと母子相姦を演じ、その現実を見まいとして、自分の目を潰した。同様にフロイトとその弟子たちもまた、自らがオイディプスの悲劇を演じていることを、決して見ようとはしなかったのである。

★本章に登場する書物――

『古事記』（上）（講談社学術文庫、一九七七）

阿刀田高『私のギリシャ神話』（集英社、二〇〇二）
阿刀田高『ギリシア神話を知っていますか』（新潮文庫、一九八四）
フリードリヒ・ニーチェ『悲劇の誕生』（中公クラシックス、二〇〇四）
マルセル・ドゥティエンヌ『ディオニュソス――大空の下を行く神』（法政大学出版局、一九九二）
小島てるみ『ヘルマフロディテの体温』（武田ランダムハウスジャパン、二〇〇八）
倉橋由美子『大人のための残酷童話』（新潮文庫、一九九八）
倉橋由美子『ポポイ』（新潮文庫、一九九一）
倉橋由美子『聖少女』（新潮文庫、一九八一）
ソポクレス『オイディプス王』（岩波文庫、一九六七）
寺山修司『寺山修司歌集』（現代歌人文庫、一九八三）
ジークムント・フロイト『フロイト全集《10》1909年――症例「ハンス」・症例「鼠男」』（岩波書店、二〇〇八）
妙木浩之『エディプス・コンプレックス論争』（講談社選書メチエ、二〇〇二）

第四室

エロスの美術館

性・愛・美の空間から

★ハンス・ベルメールの人形愛

次にご覧いただくのは、ちょっと小ぶりな美術館だ。実はこの図書館の中心部には、エロスをめぐる芸術作品ばかりを収めた、私設美術館が設けられているのである。何を隠そう私はこの部屋が一番好きで、いつも入り浸ってばかりいる。というのも、もともと私の本職は書評ではなく、サブカルチャーと美術の評論で、現在ではその傍らＳＵＮＡＢＡギャラリーという画廊を営んでいる。したがって本来私は文字を読むより、絵や彫刻を眺める方が好きなのである。

そんなわけで当館には、美術作品も少々置いてある。というのも、書物と美術を薮睨みにして眺めていると、思わぬ発見をする楽しみが味わえるからだ。

最初にご紹介する**ハンス・ベルメール**は、かなり有名な作家なのでご存知の方も多いと思うが、二〇世紀初頭に生まれたシュルレアリスト作家のひとりで、いわゆる球体関節人形作家の元祖である。そんなベルメールの人形は、いずれも十代の少女をモデルにしていることで知られている。膝や肘、腹などの部分には、いずれも球体状の関節が組み込まれており、自在にポーズを取らせることができる。ただし腰から下は二対あり、四本も脚がある上に、付け外しの可能な瘤が無数に用意されているといった具合である。

ベルメールはこうした奇怪な少女人形を、無限に組み立てては解体し、解体してはまた組み立て、写真作品に収めていった。ここにご紹介する『**ザ・ドール**』は、そんなベルメールの人形の写真を集めた、日本独自の編集版だ。

あるものはとうてい生身の人間ではありえない角度に、全身がねじ曲げられている。あるものは顔の部分だけが取り外されて、虚ろな内部を曝している。あるものは腹部から二つの股間を生やしていたり、腹部と股間だけだったりする。あるいは全身から得体の知れない瘤を生やしたもの、あるいは四本の脚だけで立っているもの。伝染病のような斑点を全身に浮き上がらせたもの、バラバラの部品に解体されたもの……。どれもこれも既に人の形をしていない。その意味で彼の作品は「人形」ではなく、もはや「反人形」と呼ぶほかない何物かなのかもしれない。

図版 2　Therese Lichtenstein『Behind Closed Doors: The Art of Hans Bellmer』(University of California Press, 2001)

彼の人形のモデルは従妹のウルスラという少女であり、彼はこの幼い従妹に近親相姦的な欲望を抱いていたと言われる。だがベルメールの人形は、どう見ても従妹への情愛の溢れたものには見えない。実際彼は「もし人形を作っていなかったら、幼女殺人を犯していたかもしれない」と語っているほどで、彼の作品が幼女殺人の代理物であることは、ほぼ間違いないと言えるだろう。

それにしても、幼い娘に恋心を抱くだけならまだしも、なぜ彼は殺意まで覚えたのだろう。以下、ニューヨーク大学で美術史と博物館学を教えるTherese Lichtensteinの『Behind Closed Doors: The Art of Hans Bellmer』（図版2）を手がかりにベルメールの生い立ちを振り返ってみよう。

ベルメールが生まれたのはカトヴィーチェという小都市で、現在ではポーランド領になっているが、当時はナチス・ドイツの支配下にあった。ポーランドはロシアやドイツなどの近隣諸国にさんざん侵略された不遇な歴史を持つ国で、このためポーランド人にとってナチスといえば、不倶戴天の敵である。ところがベルメールの父親はポーランド人でありながら、そのナチスに入党していた。のちにナチスはカトヴィーチェだけでなくポーランド全土に侵攻し、アウシュビッツ収容所を建設して大量のユダヤ人を虐殺したほか、ポーランド人もユダヤ人同様、計画的に虐殺した。ベルメールの父のナチス入党がいかに異様な選択だったか、ここからおわかりいただけるだろう。

しかも彼はナチスの党員だっただけでなく、家庭内でも暴君のように振る舞う人物だった。彼は芸術や文学を軽んじるいっぽう、実用的なテクノロジーばかりを賛美したという。ベルメールはこの父親から機械技師になるよう強要され、炭坑や製鉄所で働かされたのである。ご存知の通りナチスはフォルクスワーゲンを大量生産し、アウトバーンという高速道路網を張り巡らせ、機械のごとく行進する国民を生み出した政党であり、強権主義と機械賛美という二つの点で、ベルメールの父と共通する。つまりベルメールの父親はもともとナチスと共通するような、異常な精神構造を持った人物だったのである。

ベルメールの少女嗜好は、そうしたナチス＝父の見せる機械的強権主義に対する反発から来たものだ。国家からは評価されない「女性性」や「少女性」のなかに立てこもろうとする行動、それが彼の人形制作だったのだ。事実彼は少女ばかりでなく、レースやリボン、小さなボタンなどといった少女的アイテムを心から愛する少年だったし、のちには「国家に有用な労働のいっさいを放棄する」と宣言して、いったん職に就いていた産業デザイナーの事務所を辞めてしまっている。ベルメールにとって少女への愛着は、父＝ナチスへの叛逆行為を意味していたのである。

ただしベルメールは単に美しい少女人形を作ったのではなかった。彼は機械の部品を組み込まれつつ、同時にそれが解体されたような、機械的少女の人形を創り上げてみせたのだ。ベルメールは少女を心底から愛していたはずなのに、その反対物である父を象徴するかのような、機械的少女人形を作った。そればかりかベルメールは、機械と融合した少女人形を解体し、カメラという光学器械によって撮影していた。英語では写真を撮影することを「shoot＝銃撃する」というが、ドイツ語でも銃撃するという意味の「schießen」という言葉が使われる。つまりベルメールは機械的少女人形を作ったばかりか、カメラという名の光学器械によってそれを射撃し、処刑したのである。なぜベルメールはそんな矛盾した行動を取ったのだろう。

ベルメールの行動の背後にあったもの、それはおそらく一種の自傷行為のような心理だっただろう。親との激しい葛藤にさらされた子どもは、しばしば自分の大切なものや自分の肉体そのものを傷つけ、親への復讐を遂行する。たとえばカネだけを与えて愛を与えない親への面当てに、援助交際や売春に走る少女だとか、世間体だけを重んじる親への反抗として、暴走行為を繰り返して自分の命を危険に曝す少年がそうだ。

ベルメールの人形作品の背景にあるのは、これとよく似た心理的メカニズムだろう。人形に代表される「少女的世界」はベルメールにとって自分の愛する分身であり、父に代表されるナチズムへの対抗原理でもあった。そうした分身である少女人形を、彼はカメラという「父＝ナチス的機械」によって、あえて自らの手で処刑する行為に耽った。つまり彼の球体関節人形の写真は、一種の象徴的な自傷、自殺行為だったのである。

ナチスに入党したベルメールの父親ほどではなくとも、平和や芸術を小馬鹿にする人はいっぱいいる。こうした人は二言目には国家がどうの愛国心がどうのと独善的な持論をまくしたてるのが好きで、実務的で「有用な」知識ばかりを称揚したがるものである。実際、現代の日本でもこうした人がいて、下手をすると政治家になっていたりする。彼らは自らの問題点を微塵も疑わず、やたらと他人に罵声を浴びせ、自分自身の無知や無教養をいっさい恥じない。

こういう政治家を支持する人は、歴史がベルメール父子にどういう審判を下したか、よく見るがいいだろう。ナチの残虐行為が戦後に徹底して断罪されたことはご存知の通り。かたやベルメールの作品は、いまではフランスの国立美術館であるポンピドゥー・センターに収蔵されている。世の中には表面的に「有用でない」ものであっても、大切なものが山ほどある。愛、優しさ、美しさ、エロスもまたそうである。暴力は愛を一時的に圧殺できても、最後は歴史の前で裁かれる。断言しよう。最後に勝つのは愛なのである。

★丸尾末広の芸術的エロマンガ

当館ではいわゆる純粋な美術作品ばかりでなく、いわゆるエロマンガのようなサブカルチャー作品も収蔵している。次にお目にかけたいのは、そんなエロマンガ家の中でも、希代の絵師として知られる**丸尾末広**の諸作品だ。丸尾の作品はエロマンガとはいっても、そんじょそこらの水準のものではない。現代美術と同等かそれ以上の価値を持つ、当代一流の芸術作品なのだ。

その昔のエロマンガには、とってつけたような筋立てしかないものが多かった。お話そのものを辿っても「面白い！」と思えるポイントがなく、単に登場人物を脱がす口実として事件が用意されているだけ、といった態のものである。絵の方もたいていは泥臭いタッチで描かれ、読者の「実用」に貢献しうる程度にはリアルだが概して下手なマンガ家が多く、絵としての魅力に富むものとなると淋しいものだった。石井隆などのごく少数の例外を除けば、物語として面白く絵としても面白い、つまりは作品として論じるべきものはごく少数、という状態だったのである。そうしたエロマンガの「常識」を覆した衝撃的作

図版3　丸尾末広『夢のQ-SAKU』（青林堂、1982）

家こそ、丸尾末広だったのだ。

私が初めて丸尾作品を目撃したのは、一九八二年の初夏のこと。エロ漫画雑誌『漫画ピラニア』の誌上に掲載された「童貞厠之介・パラダイス」（『夢のQ-SAKU』（図版3）所収）という作品で、当時の私は中学三年。エロマンガ雑誌専門の自動販売機（というのがその頃にはあったのだ）で購入した。いわゆる「自販機本」というやつである。

主人公の厠之介は、尿に催淫効果のある浮浪少年という設定だ。厠之介は女子高生にこの尿の匂いをかがせて麻痺状態にし、廃墟に拉致して輪姦する。お話そのものは厠之介たちが女子高生を犯すところで終わっていて、だからどうしたと言われればそれまでなのだが、この「催淫効果のある尿」というアイデアに、まずは度肝を抜かれてしまった。一体この主人公、生身の人間なのか物の怪なのか。作中には何の説明もないが、それが余計にシュールな印象を色濃くしていた。

しかも主人公の厠之介は、それまでのエロ漫画の常識を覆すような、白面の美少年だった。頭髪は乱れに乱れたパンクカットで、陶器のような白い肌。しかもなぜか戦前の時代劇のヒーロー、丹下左膳のように、片目の潰れた少年である。ド派手な女物の着物を腰のところで引きちぎって羽織り、帯の替わりに荒縄で縛る。スネまでロールアップした破れパンツにブーツというボトムが、なんともパンクでグラマラスだった。しかも常に破れ放題の唐傘をさしている。パンクでグラムで和装という、その異様なファッションに、私は完全にノックアウトされたのである。

輪姦する男たちも暗黒舞踏のダンサーさながらの白塗りで、禿頭に全裸の姿で描かれていた。しかも首領格と思しき男は作家の稲垣足穂そっくりで、脇にはちゃんと「イナガキタルホ！」と、手描きでキャプションが添えてある。いっぽう犯される方の少女たちは、戦前の挿絵画家、高畠華宵が描くような、大正風の前髪パッツン美少女である。ロック、時代劇、舞踏、文学、それに少女雑誌の挿絵。わずか数ページに無数の引用がこれでもかとばかりに埋め込まれ、暗黒のエロティシズムの坩堝で溶融している。しかもこうした暗黒のエロスが、スネ毛や服の皺、後れ毛の一本一本まで描き込まれ、月岡芳年の浮世絵のような、殺気を孕んだ極細線で描かれているのだ。丸尾末広というその作家に、私は一発で魅了されてしまったのである。

翌年、マンガ雑誌『ガロ』の版元として有名だった青林堂という出版社から、丸尾の『DDT』という単行本が出ているのを知り、私は即座に買いに行った（ちなみに現在の青林堂は当時とは社員も社風も変わってしまって、その頃とは似ても似つかぬヘイト本の出版社になっている）。当時の私は小遣いも乏しい高校生だったが、以降はすべての丸尾作品を、工面しながら買い求めた。

パンクバンド「スターリン」のレコード・ジャケットを丸尾が手掛けていることを知り、こちらもすぐに買って大ファンになった。のちにスターリンのボーカル、遠藤ミチロウはソロに転向し、童貞厠之介そっくりのいでたちでステージに立つ。衣装を担当したのは沢田研二の衣装担当で知られた異能のスタイリスト、早川タケジ。鬼才ばかりが三つ巴でぶつかったステージには、震えが来るほど熱狂した。

以降の丸尾作品も、私はどれもこれもが大好きで、正直甲乙が付け難い。内容もエログロナンセンスはもちろん、SFありお笑いあり伝奇ミステリあり、なかには昭和史の暗部に取材した重厚な作品もあって、全部をここに紹介したいくらいだ。

そんな彼の作品から、あえて一つだけ挙げるとするなら『パノラマ島奇譚』になるかもしれない。ご存知、江戸川乱歩の同名小説を漫画化した作品である。あらすじは原作とほぼ同じだ。売れない作家の人見広介が、自分と瓜二つの大富豪、菰田源三郎の死を知り、菰田その人になりすまして財産を横領する。永年、人工楽園をテーマに小説を書き綴ってきた人見は、菰田が営々として築いた富をつぎ込んで、夢にまで見た人工楽園を、洋上の孤島に建設していくのである。

丸尾版で度肝を抜かれるのは、あらゆる奇想が凝らされた、パノラマ島の描写である。たとえば本作にはガラス張りの海底通路が登場する。ガラスの海底通路など、いまでは多くの水族館に見られるもので、珍しくも何ともない。ところが丸尾の極度に張りつめた硬質な線で描かれると、我々は海底通路というものが本来持っていたエロスに、改めて直面せざるを得ないのである。

たとえば水中で放射状に翻る、無数の魚たちの群れ。水流の中で揺れ動く、イソギンチャクの卑猥な肉襞。ガラスの壁面にへばりつく、大蛸の吸盤のいやらしさ。淫猥にもつれあい絡みあう、女の髪のような海藻のうねり。こうした海底の光景を、氷結させたかのような筆遣いで丸尾は描く。よく「絵にも描けない美しさ」というけれども、ここに描かれる海底通路はそれとは逆で、写真や肉眼では絶対に見えない「絵でしか描けない美しさ」である。そもそも「水族館のエロス」などというものを、丸尾以外の一体誰が描けるだろうか。

このほか、あちらにはローマの古代遺跡やマニエリスム時代の廃墟庭園が、こちらにはボマルツォの怪物庭園があり、その彼方にはボッシュの三連祭壇画と思しき風景が覗く。ここまでの描写は江戸川乱歩の原作にも登場しない。あらゆるイメージが縦横に紡ぎ合わされたその夢幻の光景もまた、丸尾ならではの「絵でしか描けない美しさ」なのである。

本作は二〇〇九年、手塚治虫文化賞において「新生賞」を受賞している。この賞は斬新なマンガ表現、画期的なテーマなど、新しい才能を示した作品に与えられるものだそうで、まさに本作にこそふさわしい。丸尾作品はおそらく日本のサブカルチャーの領域における、エロス表現の最高峰に位置するものだ。百年、二百年と残したい、我が国が生んだエロス表現の至宝と言えよう。

★双面の画家、藤野一友=中川彩子

図版4　P・K・ディック『ヴァリス』(サンリオSF文庫、1882)

続いてご覧いただきたいのは、夜明けの空を背景に、全裸の女性がベッドに横たわっている油彩画だ。女性の身体には無数の虫食いのような穴が空き、がらんどうの内部が見える。しかも空洞の身体の内部には、小人のような人間がいる。体内にいる人間たちは、所在なげに立ったり座ったり、性交したり踊ったりしている。一体何に絶望したのか、首を吊って死んでいる者もある。

小人たちのふるまいは、十六世紀ベルギーの画家、ピーテル・ブリューゲルの手になる奇怪な農民画のようだ。これら「寄生する人間たち」は彼女のからだの内部を食べ尽くし、滅亡の時をぼんやりと待っているかのように見える。いっぽう空洞化した女性の方は、内部に住まう人間たちの蠢きに愉悦を感じてでもいるのだろうか、静かに目を閉じている。そして彼女の性的な昂りを暗示するかのように、空洞化した女性器の彼方には、いままさに朝日が昇ろうとしているのだ。

この奇妙な絵画作品、題名を《抽象的な籠》という。藤野一友という画家の作品で、一九六四年に描かれたものだ（ちなみに実物は福岡市美術館に収蔵されている）。藤野は一九八〇年に亡くなったが、その二年後の一九八二年、この作品は一冊の本の表紙に採用される。アメリカのSF作家、**P・K・ディック**の『**ヴァリス**』（図版4）の邦訳本がそれである。

この作品の舞台はSF作品の通例に似ず、宇宙空間でも未来でもなく、一九七〇年代のアメリカ西海岸である。「宇宙からのピンク色の光線」を浴びた男が、人工衛星の姿をした巨大情報システム「VALIS」に出会うというのがその筋立てだ。主人公によれば「VALIS」は全宇宙を司る全知全能の存在だが、ふだんは「ゼブラ」と呼ばれる路上のゴミに擬態しているという。ほとんど精神病による妄想かドラッグによる幻覚としか思えない主張だが、やがてこの男の周囲には「VALIS」の実在を信じざるを得ない出来事が次々に起こり、登場人物たちは次第に奇怪な運命の渦に巻き込まれていくのである。

この作品の発表後、作者の発狂説さえ出た異色作『ヴァリス』。だが、その異様な物語は表紙に採用された藤野の作品《抽象的な籠》と、実に絶妙なハーモニーを奏でていた。そこでは藤野の作品は、まるで『ヴァリス』の表紙として、描き下ろされた作品であるかのようにすら見えた。そもそも八〇年に亡くなった藤野が、八一年に原著が刊行された『ヴァリス』を読んだはずがないし、だいいち《抽象的な籠》は六〇年代の作品だ。だが両作のあいだには、不思議なほどのコインシデンスが感じられたのである。

この不思議な共鳴は、一体何に根ざしているのだろう。いずれも人間の内部を蝕む狂気の増殖を描いたものであると同時に、そうした狂気の彼方から「聖なるもの」が顕現する瞬間を描いたものであり、さらにはそうした「聖なる狂気」に対しての憧れとも恐怖ともつかぬ、両義的感情を描いている。ディックと藤野は時空を超えて、美的ハーモニーを奏でてみせたのである。

しかも『ヴァリス』の邦訳が刊行された一九八二年は、この二人による「死後のコラボレーション」が結実した年でもあった。まずこの年の三月、ディックが脳溢血で死去。五月に『ヴァリス』の邦訳が刊行され、その表紙を藤野の作品が飾る。そして同じ年の一〇月には、福岡市美術館で大規模な藤野一友の回顧展が開かれたのである。そのころ福岡に住んでいた私は、この展覧会を見に行って、そこで激しい衝撃を受けた。確か会場では大林宣彦との共同監督で藤野が撮ったモノクロ映画「喰べた人」(一九六三)も上映されていた記憶があるが、資料が手許になく確認できない。『ヴァリス』とこの展覧会と、どちらがきっかけで藤野を知ったか思い出せないが、数回に渡ってこの展覧会を見に行ったことは、いまもはっきりと覚えている。

藤野の描く裸婦像には、どれも大理石のような肌触りがあった。ベルギーのシュルレアリスト画家、ポール・デルヴォーの作風に少し似ているが、曖昧な靄に包まれたデルヴォーの裸体とは違って、藤野の描く裸婦たちはいつも緻密な輪郭のなかに、標本のように凝固していた。卵のように滑らかな肌、だがその内部には常に空虚を抱え、多くは永遠に絶頂を迎えたままで氷結している。そこにはエロスの持つ不思議な逆説が示されているように私には思えた。

人がエロティックな行為に耽るとき、絶頂を迎えるのはほんの一瞬であるにも関わらず、その一瞬には永遠が凝縮されているように感じられる。人はもっとも卑俗な現象である性行為の中に永遠を、つまりは聖なるものの顕現を見るのだ。私が藤野の作品に見たのは、そうした両義的なエロティシズム、その秘儀の光景だった（もっとも子どもだった当時の私には、そうしたことを順序立てて考える力はなかったのだが）。

現在では知る人ぞ知る作家になってしまった藤野だが、彼の硬質のエロティシズムは、七〇年代の文学的風景に不可欠の存在だった。往時は三島由紀夫や澁澤龍彦の挿絵の仕事を数多く手がけ、三島演出の舞台では舞台美術も担当していたそうだが、そんな藤野が本名とは別に「中川彩子」という筆名を持ち、ＳＭ雑誌などの挿絵画家としても活動していたと知ったのは、ずいぶん後になってからだ。おそらく世間的にも両者の関係を知る人は、さほど多くはなかっただろう。

二〇〇二年に出版された『**天使の緊縛**』という作品集は、藤野一友と中川彩子の作品を併置した、おそらく初めての書物だそうだ。このため表紙にははっきりと「**藤野一友＝中川彩子**」の名が、等号で結んで記されている。藤野は美術評論家の瀧口修造から高い評価を受けていたほか二科会の会員でもあって、画壇から高く評価された「正統な」画家だった。このためＳＭ雑誌の挿絵画家である中川彩子と同一人物であると知られては、少々マズかったのかもしれない。

澁澤龍彦のマニアとしても知られるコラムニスト、**唐沢俊一**の序文によると、実は当時は中川彩子の名前の方が、藤野よりも知名度が高かったのだという。藤野一友から入った自分としては意外な事実だが、そんな中川彩子名義の作品は、鉛筆やペンで描かれたモノクロのドローイングだ。その多くに描かれるのは藤野名義の作品でもお馴染みの、美しい卵形の頭部を持つ裸婦たちである。生まれたままの姿を曝し、奇妙に静謐な印象を漂わせる硬質のエロティシズム。ただし藤野名義の「本画」に比べると、なぜか幾分寸足らずのからだつきをした女性が描かれているのが中川作品の特徴で、いずれも縛られたり吊るされたり逆さ磔になったりして、苦悶の表情を浮かべている。この表情は藤野名義の油彩作品には見られない。

とはいえ改めて両者を見比べて見ると、その共通項にも気づかされる。油彩作品だけ見ているときには気づかなかったことだが、藤野はしばしば裸婦たちを、ありとあらゆる責め苦にあわせているのだ。

たとえば裸婦たちが原子爆弾の業火に炙られ、目や口などあらゆる肉体の部位から火を噴き出している《火》（一九五六）。あるいはまるで機械のように、女性が分解され組み立てられ、ガスバーナーで炙られている光景を描く《町工場のバラード》（一九五五）。冒頭に紹介した《抽象的な籠》も、超空虚に蝕まれる女性像という意味では、やはり拷問の光景を描いたものと言えるかもしれない。超現実的な拷問に遊ぶ官能を描いたものが藤野名義の油彩画であり、現実界においても可能な責め苦の苦悶を描いたものが、中川名義の鉛筆画であったと言えようか。やはり両者は二つで一つ、同じ美意識から生まれた双生児のような存在なのだろう。

かつてフランス文学には、文豪が匿名でポルノ文学を書き、その真の筆力を試す伝統があったと聞く。昼の世界と夜の世界、その双方に生きるのが人間であり、両者を往還しつつ描くのが芸術家たる者の使命なのだという考えが、そこからは伺えるような気がする。昼の世界と夜の世界、藤野一友＝中川彩子はその両面を描いてみせた、双面の画家だったと言えるだろう。

★北斎浮世絵とマンディアルグ

さて当館では浮世絵についても、わずかではあるが収蔵している。こうした浮世絵、なかでも春画と呼ばれるエロティックな作品群を見ていると、バカバカしいほど破天荒なエロスの暴発に出くわし、思わず吹き出してしまうことがある。たとえば**葛飾北斎**の有名な《蛸と海女》（図版５）という作品は、大蛸が海女に襲いかかり、八本足で体じゅうを愛撫しているというユーモラスな作品である。

「ぐちやぐちやズウズウ、なんと八ほんのあしのからミあんばいハどうだどうだ」

……などといった具合に、蛸が海女を責め立てている図だが、なんともバカバカしくて楽しくなる。この作品を収録した北斎の春画連作『**喜能會之故眞通**（きのえのこまつ）』を見てみると、ほかにも奇々怪々にし

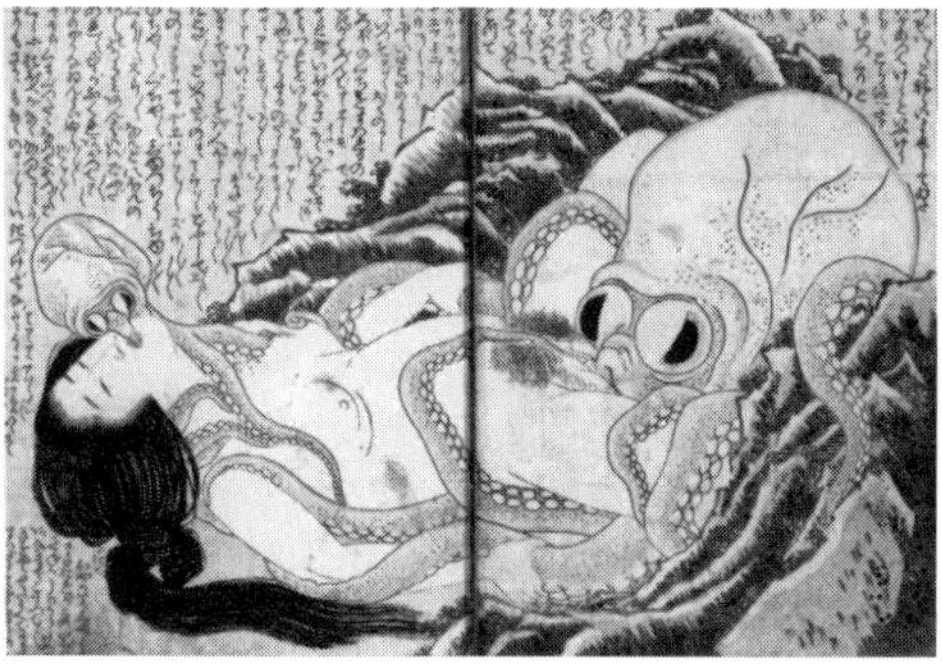

て抱腹絶倒、奇想的エロスの百花繚乱に出くわすことになる。北斎特有の巨大な男根に、これでも足りまいとばかりに肥後ズイキを巻き付けて行為に及ぶ男の姿。あるいは男根に何やら墨でいたずら書きをされながら、くすぐったさに耐えて性交に及ぶ男の姿。さらには二股ディルドで行為に及ぶレズビアンのカップルなどなど、ページをめくるごとに奇想天外なエロスの姿が立ち現れ、よくまあこれだけ考えたと呆れるほかない。

江戸時代に出版されたこの書物、初版はもともと上中下の三巻セットで、それぞれ表紙は女性の顔のアップとなっている。ところが裏表紙を見てみると、表紙絵の女性の局部のアップが描かれているという趣向。しかも三巻目の表紙にはチリ紙をくわえた女性の顔が描かれており、裏表紙にはチリ紙をあてがった女性器と、萎えた男根が描いてある。これでおしまいという意味だろうが、つくづく洒落た作りの本なのである。

図版 5　葛飾北斎《蛸と海女》(1820 年頃)

作者の北斎は一七六〇年生まれ、一八四九年に没したというから、かのベルサイユ宮殿にロココ文化の花開く頃に生まれ、大革命の激動期に壮年期を送り、そろそろ世紀末のデカダンスが訪れようかという頃に亡くなったという計算になる。彼の生きた時代はちょうど印象派の時代にも重なっており、ドガやゴッホなど印象派の画家たちにも多大な影響を与えたことでも有名だ。

北斎は生涯に三万点を超える浮世絵を発表したことで知られ、なかでも『富嶽三十六景』は日本人なら知らぬ者の方が珍しい作品だ。三十数回に及ぶ改名を行い、晩年は「画狂老人卍」の号を名乗ったことでも知られている。引っ越しマニアとしても有名で、生涯に転居を重ねること九十三回。一日に三度引っ越したこともあるという。

そんな北斎が『喜能會之故眞通』を出版したのは一八二〇年頃のことで、既に六〇代を迎えていた時期の作品ということになる。まさに精力絶倫、老いてなお盛んとはこのことだろう。ここまで求道的なエロティシズムの追求は、常人にはちょっと難しいことだろう。とまれ画狂老人卍の精力には、我々も是非あやかりたいものである。

さて、そんな北斎の《蛸と海女》に、おそらくは大きな影響を受けたと思しいフランスの文学作品がある。この**『城の中のイギリス人』**という作品には、いたいけな少女が無数の蛸の泳ぐ水槽に突き落とされ、墨と粘液にまみれながら強姦される場面が出てくるのだ。明らかに《蛸と海女》を意識した場面と筆者には思われるのだが、同書と浮世絵の関係を思わせるのはこの場面ばかりではない。同書では「長い男根」よりも「短くても太い男根」の方が賞賛される傾向にあるが、これも歌麿や北斎の描く春画に登場する男根、つまりは長さよりもその極太さに特徴のある、あの雄大な形状の男根を連想させる。

さらに同書にはもう一つ、浮世絵を連想させる拷問が描かれている。貞淑な人妻をさらってきて、その子どもの全身の皮を、目の前で剥いでしまうという拷問だ。当人の肉体に直接危害を加えるのでなく、その子どもに危害を及ぼすという点で、まったく陰湿きわまりない拷問だが、ここで注目していただきたいのは「皮剥ぎ」という手法である。というのもこの「皮剥ぎ」という恐るべき拷問、幕末の浮世絵師、月岡芳年の手になる《直助権兵衛》（図版6）と題された一枚にも描かれているものなのである。

芳年はその兄弟子の落合芳幾と共作で、当時の世間を賑わした残虐事件を描いた連作浮世絵『英名二十八衆句』（一八六六〜六七）を発表したことで知られている。先に紹介した皮剥ぎの場面を描く《直助権兵衛》も、その連作のうちの一枚。直助権兵衛は江戸時代に実在した殺人犯だが、鶴屋南北の脚色で「四谷怪談」のなかに描かれたほか、草双紙や歌舞伎などのなかで虚実取り混ぜて描かれ、当時を代表する悪役キャラクターの一人となっていた。そんな直助権兵衛の悪行を描いたのが、芳年の皮剥ぎの場面なのである。

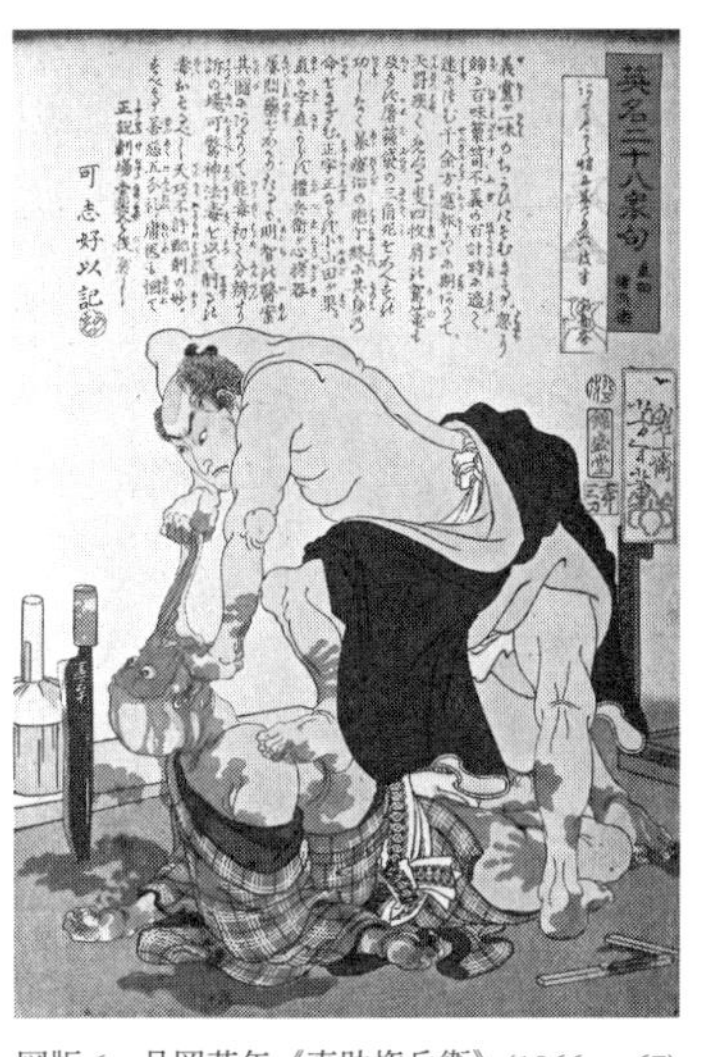

図版6　月岡芳年《直助権兵衛》(1866 〜 67)

実はこの「皮剥ぎ」というモチーフ、ギリシャ神話にも登場する。「マルシュアスの皮剥ぎ」というエピソードがそれで、したがって作者が影響を受けたのはこちらの方ではないかという推論も成り立つのだが、私はおそらく《直助権兵衛》の方が影響源だろうと考えている。というのも、実は同書の作者である**A・P・ド・マンディアルグ**は、日本と深い縁がある。彼は三島由紀夫と親交を結んでいたが、その三島は芳年を愛好したことで知られる作家なのだ。マンディアルグは三島の戯曲『**サド公爵夫人**』を仏訳したことで有名で、一九七九年にジャン＝ルイ・バロー劇団が同作を日本で上演した際には、公演に併せて来日もしているほどだ。このほか彼の短編集『**薔薇の葬儀**』の表題作には、三菱のクルマに乗った「くノ一」の忍者や、男性を拉致して性の祝祭に耽る日本人の老女、暗黒舞踏の白塗りのダンスや平安貴族のイメージも出てくる。彼の日本好きは相当なものだったのだ。

作者のマンディアルグは戦後フランスを代表するシュルレアリスム系の作家で、非常にエロティックな描写の巧い、それでいて常に死の匂いがどこかに漂う、特異な作品で知られていた。《蛸と海女》の場面や皮剥ぎの場面が出てくる『城の中のイギリス人』は、もともと地下出版の形で出版されたものだったという。筆者もマンディアルグであることは当初は伏せられており、ピエール・モリオンなる偽名が記されていた。マンディアルグが作者であると名乗り出たのは、七十を過ぎてからだったそうだ。

なにせ主人公の名前は「モンキュ」、つまり日本語でいえば「尻山」である。この尻山氏が海辺の古城にこもって悪食や強姦、拷問や殺人、そのほかあらゆる悪徳に耽り、最後は破滅していくというのが同書のあらすじ。現在でこそ澁澤龍彦の手になる翻訳書が流通する合法出版となっているが、戦後間もない一九五〇年代、この書物を実名で出版するのは、まず無理な話だっただろう。

ちなみに主人公が籠る城の名前は「ガムユーシュ城」というが、ガムユーシュとはフランス語でフェラチオ、ないしはクンニリングスを意味する古語だというから、さしずめ「雁が首城」とでもいったところだろう。本書を含めマンディアルグの作品には、しばしばこうした猥雑さと恐怖、そして滑稽の同居が伺えるが、こうしたエログロナンセンスの同居には、やはり浮世絵と共通する趣味、嗜好が感じられる。

ちょっとオリエンタリズムの香りも漂う「なんちゃって和風」のイメージが頻出するマンディアルグ作品ではあるが、フランス文学の大家の作品に我が国の文化が影響を与えているのを読むのは悪い気分ではない。文学作品と美術作品を薮睨みにするのには、そうした楽しみもあるのである。

★西尾康之とヒロインピンチ

図版７　西尾康之『健康優良児 {EROS}』(Akio Nagasawa Publishing、2008)

お次にご覧いただくのは、奇怪な少女の像が表紙に刷られた作品集だ。ひょっとすると二人はシャム双生児ででもあるのだろうか、顔と顔をぴったり寄せあい、互いに密着しあっている。だがこの作品で異様なのは、首から下の有様だ。そこには縄文式土器のような文様が、うねうねと刻まれているのである。しかもその文様をよく見れば、腱や鎖骨、肋骨などのようにも見える。まるでこれでは人体解剖図ではないか。

この異様な作品、タイトルは《ジッパー付き友達》といい、作者は西尾康之という。西尾は一九六八年生まれのアーティストで、こうした特異な彫刻を数多く手がけてきた作家として知られている。ここに紹介する『健康優良児 {EROS}』(図版7)は、そんな西尾の作品の中から、エロティックなものばかりを選んだものなのである。

同書のなかでも目を引くのは、巻末近くに登場する巨大彫刻《crash セイラ・マス》である。アニメ「機動戦士ガンダム」に登場するキャラクター、セイラ・マスを彫像にした本作は、全長六メートルにも及ぶ巨大なもの。二〇〇五年の展覧会「GUNDAM――来たるべき未来のために」で初めて展示された作品だが、四つん這いで牙を剥き、襲いかかるかのようなポーズをとっている。

このセイラ・マスというキャラクター、原作のアニメではいわゆる「正義の味方」の一員という設定なのだが、どういうわけか作者の西尾は、凶悪な怪獣のような像に仕上げてしまった。そればかりか本作は縄文式土器のような文様で、全身が隈なく覆われている。首周りも胸元も腹部も股間も、およそ隈無く縄文で埋め尽くされ、陰部も病変したかのように、ウロコだらけの襞だらけ。腹部にはポッカリと穴が空き、そこには操縦席がしつらえられているのである。

本来は人間のキャラクターであるセイラ・マスの腹部に穿たれた操縦席は、ガンダムなどのアニメによく登場する、ロボットの操縦席のパロディーでもある。だが臓物のようにも縄文式の文様にも見えるこの露出した空虚は、この作家が女性の「内部」に対して持つ、強迫観念の表出でもあるようだ。全身を覆うバロック的な襞やシワ、見る者を飲み込むかのような巨大なサイズ、怪物的なその容貌。本作はもはや人気アニメのキャラクターというより、作家の女性への強迫観念が怪物の形をとったもの、と見た方が良いだろう。女性への恐怖と賛美が綯い交ぜになって巨大化したもの、それが《crash セイラ・マス》という作品なのである。

こうした西尾の彫刻は「陰刻彫刻」という特異な技法で作られている。ふつう彫刻は粘土などで立体を作り、この粘土像から石膏などで凹状の雌型を作って、そこにブロンズなどの金属を流し込んで作られる。ところが西尾の陰刻では、もとになる立体の粘土像は作らない。彼は最初から凹状の雌型を粘土で作り、そこに金属を流し込んで彫刻を作るのである。つまり彼は立体作品ではなく、凹凸の反転した雌型、巨大な凹状の空虚を作っているのだ。

このためセイラ・マスのように巨大な作品になると、西尾は雌型の内部に入って作業することになる。西尾作品に見られる縄文式の肉襞模様、その強迫観念的な繰り返しは、作者の胎内回帰願望を思わせると同時に、この作家が胎内回帰的な現象に対して、なにか激しい恐怖と強迫観念を覚えているのではないかと感じさせる。

同書にはこの陰刻彫刻のほかに、巨大化した女性がビルを踏み潰す、油彩画のシリーズも紹介されている。「嬢巨大化為正義」と題されたこのシリーズの多くで描かれるのは、いずれもムッチリした体型の女性たちばかりで、情け容赦なく都市を破壊している。ぴったりしたラバー製の黒いビキニに身を包み、巨大な尻でビルを叩き潰すグラマラスな白人女性。競泳用水着に身を包み、はにかみながらもビル群を破壊するショートカットの日本人女性。あるいは往年のアイドル歌手、鈴木あみそっくりの巨大な女性が、ビル群を踏み潰している作品もある。

セイラ・マスの作品とも共通する、この巨大な女性へのオブセッションは、一体何を物語るのだろう？　私がここで思い出すのは、ごくマイナーな性的嗜好の一つである通称「ヒロインピンチ」、略して「ヒロピン」というジャンルである。

ヒロピンは特撮ものなどのヒロインが拷問にあう場面などを見て興奮を感じるという性的嗜好だ。言うまでもなくヒロピンはサディズムの一種と考えることができるが、西尾の作品からはヒロピンとは逆の、女性への賛美とも恐怖ともつかぬ、マゾヒスティックな性的嗜好が伺える。しかもこの連作のうち幾つかには、どういうわけか解剖図のように、女性の内部が描かれている。ここに描かれる巨大な女性は、ある者は内臓をさらけ出し、ある者は筋繊維を剥き出しにして、家屋やビル群を破壊しているのだ。ここにも西尾康之の抱く女性への、そして女性の「内部」へのオブセッションが伺える。

西尾の作品は奇抜だし、奇抜であればこそ美術作品として成立している。だが、そこに描かれている女性への恐怖＝憧憬は、実は意外に普遍的な感情であるように思う。嘘だと思ったら男性読者は、胸に手を当てて考えてみるといい。男性だったら一度や二度は、女性という存在に対して、いや、女性器というものに対して、言いようのない恐怖を感じたことがあるのではないか。

男性は性交時には否応なく、女性の肉体の中へと自分の一部が飲み込まれるという体験をする。それは一面では甘美で心地良い体験ではあるものの、他者の肉体に飲み込まれる体験のうちに、一抹の恐怖を感じたことはないだろうか。あるいは「もしこれが抜けなくなったら」と、不吉な想像を巡らしたことがないだろうか。

実際、女性器に歯を生やした妖怪、すなわち有歯ヴァギナ（ヴァギナ・デンタータ）の伝説は、古来、世界にあまねく存在している。たとえば我が国の例で言うと、江戸時代の旗本・南町奉行であった**根岸鎮衛**（ねぎししずもり）が書いた怪談実話集『**耳袋**（みみぶくろ）〈1〉』に、この種の話が紹介されている。「金精神の事」と題された一編がそれだ。また同様の話はアイヌや台湾、ポリネシア一帯にも広がっているほか、欧米圏にも数多く存在するという。女性器への恐怖は普遍的で、実に根深い感情なのである。

怖いからこそ魅せられるし、魅了されるからこそ恐怖を感じる。恐怖と憧れが綯い交ぜになった「逆強姦願望」ともいうべき感情。西尾作品に縄文を描いて渦巻いているのもまた、そうした女性器への曰く言い難い両義的な感情なのである。

ちなみに西尾康之には、本書と対になった『西尾家之墓［TANATOS］』という作品集もあり、こちらではホラー映画「リング」に想を得た、墨絵の幽霊画が多数収められている。古来我が国では幽霊と言えば女性と相場が決まっているが、西尾もまたそうした我が国の恐怖芸術の伝統を、無意識に踏まえた作家の一人と言えるだろう。怖いからこそ惹かれるし、惹かれるからこそなお怖い。エロスとタナトスは紙一重なのだ。

★工藤哲巳の「インポ哲学」

さて最後にご覧いただくのは、西尾の作品とはまったく逆に、男性器ばかりをこれでもかとばかりに開陳してみせた作家、工藤哲巳の作品である。実際、彼の作品を見てみると、とにかく男性器が出てくるわ出てくるわで、美術館の中が銭湯になってしまったかのような錯覚を覚える。

部屋中に張り巡らされたネットから無数の男性器がぶら下がった作品。鳥籠の中で芋虫のように男性器が這い回っている作品。なかには山の崖の一面を削り、磨崖仏のように巨大な男性器を彫ってしまった作品もある。二〇一三〜一四年にかけての時期には、大阪、東京、そして青森の三都市で、工藤哲巳の大規模な回顧展が開かれたが、会場を埋め尽くす大量の男性器の像に対して、ネット上では「これではチンポ祭りではないか」といった声も聞かれたほどだ。

だが彼の作品を「チンポ祭り」と片付けてしまうのは、やや早計な見方だろう。実際、彼の作品に描かれる男性器の姿は、どれもこれも萎び、うなだれ、下を向いたものばかりだからだ。会場のどこを見渡しても、北斎や歌麿が描いたような、隆々たる勃起を見せる男性器の姿はない。

ちなみに画家の木村了子氏によれば、西洋美術では男性器を描く際には「平常時」のそれを描くのが通例で、ミケランジェロの《ダビデ像》などはその典型だという。逆に我が国では勃然とそそり立つ男性器を描くのが、なかば不文律となっているというのが、木村氏の指摘するところである。ところが工藤の作品が見せるのは「インポ祭り」、つまり現在で言うＥＤすなわち勃起不全症候群＝インポテンツの祭典なのだ。しかも彼は自作のコンセプトを「インポ哲学」と名づけていたのだから、何をか言わんやである。

ここにご紹介する『**あなたの肖像　工藤哲巳回顧展**』は、大阪、東京、青森の三カ所で開かれた回顧展の図録だが、なんとそのページ数は六四〇ページもあり、皮肉なことにタテに置いても「立ってしまう」。その作品と図録のあまりの毒気に当てられたのか、図録完成とともにネット上では一種の狂躁状態が起きてしまい「立った立った、~~クララが~~図録が立った」などという言葉が飛び交う一幕もあったほどだ。ところが実際の展示ではこれとは逆に、うなだれた男性器ばかりが並んだのである。それでは我が国の男性器描写の伝統とはまるで逆の、工藤のインポ描写は一体どこから出てきたのか。

たとえば彼の伝説的な作品である《インポ分布図とその飽和部分に於ける保護ドームの発生》（一九六二）、通称「インポ分布図」を見てみよう。同作は当時の美術界に一大センセーションを巻き起こし、美術評論家の東野芳明によって「反芸術」と評された作品だが、そこでは部屋中を覆ったネットから無数の男性器がぶら下がっており、よく見るとどれもが放射能に冒されたかのような無気味なひきつれを見せている。

なかでも中央部の男性器の群れは鍾乳石のように連なって伸び、その先端からは核シェルターのような「保護ドーム」入りの男性器が生まれ、さらにその先には生のウドンがぶちまけられているのだ。そんな本作を見ていると、確かに東野のいう「反芸術」の呼称も、もっともなことだと感じてしまう。だが工藤自身の言葉を借りるなら、彼の作品は「社会評論の模型」であり、鑑賞者が作品を見ながら社会について討議するための、一種の叩き台であったというのだ。

インポ祭りが社会評論の模型とは面妖な、と意外な気持ちもしないではないが、そう言われて本作を眺め直すと、まさにこの作品は戦後日本の姿、自信を喪った男たちのカリカチュアのように見えてくる。敗戦によって「一億総ざんげ」なる言葉が流行したこの時代、男たちの姿はまるで悄然とした男性器の群れのように見えただろうし、誰もが核の幻影に怯えて「保護ドーム」を求めていただろう。「インポ分布図」はまさに戦後の日本が、原爆によって不能化させられたことを模型化した作品なのである。

工藤哲巳は一九三五年生まれで、十歳のときに敗戦を経験している。この世代の常として、おそらくは学校で教科書に墨を塗らされた経験もあるはずだ。昨日まで「貴様それでも日本男児か」と怒鳴り続けていた先生方が、ある日を境に急にうなだれ「これからは民主主義の世の中です」と語り出した光景を、この世代は全員が目撃している。戦時中には青筋をおっ立てて、やれ「進め一億火の玉だ」だの「鬼畜米英」だのと喚き立てた戦時下の大人たちは、我が国が原爆で不能化されるやいなや、今度は一億総ざんげだのアメリカ万歳だのと媚を売り、卑屈なまでの対米従属と自国文化の放棄を演じてみせた。工藤作品における不能男根の群れは、そんな日本男児たちの哀れな姿と重なるのである。

また、工藤が子ども時代を過ごした四〇～五〇年代は、明暗両面の意味で日本が「アトミック・エイジ」にあった時期だ。一九四五年には広島、長崎に原爆が投下され、一九四九年には原子核物理学者の湯川秀樹がノーベル賞を受賞。一九五二年には原子力で動くロボット少年の物語「鉄腕アトム」の連載が開始される。工藤が東京藝大に入学する一九五四年には、ビキニ沖の核実験により第五福竜丸が被爆する事件も起きた。放射能で全身を犯された怪獣が東京を火の海にする怪獣映画「ゴジラ」が封切られたのも同じ年だ。工藤はこうした戦後の核時代に制作を開始し、あの哀れな男根の群れ、放射能に犯された、不能の性器を描いたのである。

ちなみに本章で紹介したマンガ家の丸尾末広には、終戦直後の日本の混乱期を描いた「無抵抗都市」という作品がある（『月的愛人（ルナティック・ラヴァーズ）』所収）。誰も彼もが焼け跡のバラックに住み、恥も外聞もなく生きようともがいた時代を描いた本作には、戦時中に軍部からさんざん非国民扱いをされた、短躯症の男が登場する。戦後に入って彼は非国民扱いを受けることはなくなるが、この男はある日、衝撃的な光景を目撃する。戦時中に軍刀を下げて威張り散らしていたはずの軍人が、米兵の家の庭先で女装させられ、見るも無惨な媚態を演じているところを目にしたのである。この小人はこうつぶやく。

「男たちは腹を切らずにイチモツを切って生きのびたのです」

丸尾末広は一九五六年生まれのマンガ家で、戦中生まれの美術作家である工藤哲巳とは、世代も違えばジャンルも違う。直接の接点は両者の間にはなかったはずだし、影響関係もなかっただろう（おそらく「無抵抗都市」を描いたとき、丸尾の念頭にあったのは、やはり戦時下の小人たちを描いたドイツの作家ギュンター・グラス原作、オスカー・シュレンドルフ監督の映画「ブリキの太鼓」だったのではないか）。

ところが実に不思議なことに、この丸尾の作品を参照しながら工藤作品を見ていると、奇妙な呼応関係があるのに気づかされる。たとえば丸尾作品に登場する短躯症の男は、先に紹介した台詞に続けて、こんな言葉をつぶやいてみせる。

「原爆のひとつやふたつで人類が滅びてしまうと考える奴はのんきなものです／それほどたやすくこの世が終わるならとっくにこの世は終わっていますよ／ふんづけてもけとばしても滅びないからこそ人類はいまわしいのです」

この台詞を念頭に置いて、工藤の「インポ分布図」を見てみよう。そこでは確かに原爆で不能化されたような男性器の群れが描かれているが、それらは不能であるにもかかわらず、次々に次世代の男性器をその先端から生み出している。核攻撃を受けて「ふんづけてもけとばしても滅びない」保護ドーム入りの男性器からは、さらにダラダラとだらしなくウドン状の精液が流れ出す。まさに「原爆のひとつやふたつで人類が滅びてしまうと考える奴はのんきなもので」あり、工藤はそうした「ふんづけてもけとばしても滅びない」人類のいまわしさを描いたのではないか。両者を見比べるうちに、私にはそんなふうに思えてくるのである。

いまや核兵器搭載のミサイルは世界のありとあらゆる国に照準を向けているし、しかも核兵器だけでは事足らないのか、果てしなく核廃棄物を排泄し続ける原発という時限爆弾を、世界の多くの国々が抱えている。なかでも被爆国であるはずの我が国は、二〇一一年の震災で原発を三つも日替わりで爆発させたにもかかわらず、既存の原発を再稼働させようと画策し、さらには新設までが進んでいる。いっぽうあれだけ大規模な事故を起こして国土を汚した東京電力は「ふんづけてもけとばしても滅び」ることなく、電気料金まで値上げして保護ドームの中で焼け太りし、ウドンならぬ汚染水を垂れ流している。工藤の反芸術が霞んで見えるほどのグロテスクな状況下で、私たちは生きているのだ。

本展を企画したメインのキュレーターであり、図録のメイン執筆者でもある国立国際美術館（当時）の**島敦彦**は「この展覧会の開催を思い立ったきっかけは、まさに三・一一にあった」と語っていた。優れた美術作品というのはそうしたもので、作品が制作されたその時代を抉るだけでなく、時代が変わってもその時代なりのメッセージを鋭く放つことがある。工藤哲巳の作品群はまさしくそうした作品の典型であり、戦後から六〇年代にかけての日本の姿だけでなく、幸か不幸か二一世紀の日本の姿を、鋭く照射する黒い輝きを帯びてしまったのである。

丸尾末広の作品もまたそうで、両者は優れた作品であったからこそ、制作された時代の文脈や影響関係を超えた照応関係を持ち得た。その関係はちょうど本章の冒頭で紹介した、ディックの小説と藤野の絵画のそれと似ている。鋭い問題意識を持つ作品は、時空を超えて響きあうのだ。

さて、悲しいことに我が国では、エロティックな要素を持つ芸術作品への風当たりが強く、エロスを含み持つ作品というだけで、一段低く見られることがある。だが工藤作品をはじめとして、ここにあげた作品群はすべて、いずれ劣らぬ第一級の芸術作品ばかりである。ベルメールの作品はポンピドゥー・センターに収蔵され、丸尾末広の作品は手塚治虫文化賞「新生賞」を受賞している。

藤野一友の作品は福岡市美術館にその多くが収蔵されているし、北斎をはじめとする我が国の春画は二〇一三年、大英博物館で大規模な展覧会が組まれて世界じゅうの耳目を集め、二〇一五〜一六年には日本にも巡回した。

マンディアルグはフランスでもっとも権威のあるゴンクール賞受賞の作家だし、西尾康之の作品は国立国際美術館に収蔵されている。工藤哲巳もフランスのメゾン・ルージュ（パリ）や米国のウォーカー・アート・センター（ミネアポリス）などで回顧展が開催され、世界的に再評価が進む作家である。エロティックな作品でありながら、いやエロティックな作品であるからこそ、これらの作品は第一級の芸術作品として評価されているのだ。

当館の入館者諸氏にお願いしたいのは、性器が描かれているとかいないとか、そうした表層だけを捉えて芸術作品の価値を云々する愚を、どうか犯さないでいただきたいということである。優れた芸術作品にあっては性器の描写の向こう側に、必ずや無言の社会論や文明論が横たわっている。どうかそうした無言の語りかけに、耳を澄ましてみて欲しいというのが、筆者からのお願いである。そこからは作品の奥深くに秘められたメッセージが、きっと聞こえてくるはずだ。芸術が人間の根幹を抉るものであるとするなら、エロスはそのもっとも重要なフィールドとなる。エロティックであることと芸術的であることは、何ら矛盾しないのである。

★本章に登場する書物——

ハンス・ベルメール『ザ・ドール』(河出書房新社、二〇一一)
Therese Lichtenstein『Behind Closed Doors: The Art of Hans Bellmer』(University of California Press、二〇〇一)
丸尾末広『夢のQ-SAKU』(青林堂、一九八二)
丸尾末広『DDT』(青林堂、一九八三)
丸尾末広『少女椿』(青林工芸舎、二〇〇三)
丸尾末広『パノラマ島奇譚』(エンターブレイン、二〇〇八)
P・K・ディック『ヴァリス』(サンリオSF文庫、一九八二)
藤野一友=中川彩子『天使の緊縛』(河出書房新社、二〇〇二)
A・P・ド・マンディアルグ『城の中のイギリス人』(白水Uブックス、一九八四)
A・P・ド・マンディアルグ『薔薇の葬儀』(白水Uブックス、二〇〇一)
葛飾北斎『喜能會之故眞通』(学習研究社、一九九六)
三島由紀夫『サド公爵夫人』(新潮文庫、二〇〇三)
西尾康之『健康優良児 {EROS}』(Akio Nagasawa Publishing、二〇〇八)
根岸鎮衛『耳袋〈1〉』(平凡社ライブラリー、二〇〇〇)
島敦彦ほか共著『あなたの肖像　工藤哲巳回顧展』(国立国際美術館、二〇一三)
丸尾末広『月的愛人(ルナティック・ラヴァーズ)』(青林堂、一九九七)

第五室

エロス・バイブル

キリスト教と禁欲主義

★マグダラのマリアの娼婦伝説

さて次にご覧いただきたいのは、ゴシック様式の教会のような部屋である。ここには聖書とキリスト教に関する書物ばかりが、ところ狭しと収められている。エロスの図書館でキリスト教とは面妖な、と思われるかもしれないが、あにはからんや、キリスト教とエロスの世界は、表裏一体の関係をなしているのである。

まずご覧いただきたいのは、言うまでもない**『新約聖書』**である。ただし新約聖書そのものについてすべてを振り返っていては日が暮れるので、ここでは一人の登場人物を取り上げたい。私がここで考えたいのはマリアという名の人物だ。もちろん聖母マリアではない。新約には有名なマリアという女性が二人出てくる。一人は聖母マリア、そしてもう一人はもともと売春婦をしていて、のちに悔い改めたエピソードで知られる「マグダラのマリア」という女性である。

マグダラのマリアは古来いろんな画家によって描かれてきた女性で、クラナッハ（図版8）やレオナルド、ティツィアーノやカラヴァッジョなどのほか、光と闇の画家として有名なフランスの画家、ラ・トゥールも彼女の像を描いている。世に広く知られるマグダラのマリアは全身を覆うほど豊かな金髪と美貌を持ち、それゆえに富と快楽に溺れて娼婦となり、のちにイエスと出会って悔悛したというエピソードで知られている。このため彼女は娼婦の守護聖人として広く崇められており、改悛した娼婦を収容する修道院は、その多くがマグダラのマリアの名を冠している。

マグダラは一説にはイエスの恋人であったとも言われるが、そのいっぽうで復活したイエスに近寄ろうとしたところ「我に触れるな」と一喝された場面も有名だ。このシーンは好んで絵画の主題に取り上げられており、その多くでは厳しい表情を浮かべてマグダラを拒むキリストが描かれる。聖母マリアと娼婦のマリア、二人は同じ名前でイエスのそばにおり、いずれも信仰の対象になっている。だが一方は無原罪のままキリストを宿した聖母であり、一方は金銭と引き換えに体を売って、最後はキリストに拒まれた娼婦である。聖と賎、処女と娼婦が隣り合うこの構図が、私は以前から気になっていた。

図版8　ルーカス・クラナッハ《聖マグダラのマリア》(1525)

実を言えば私が新約聖書を通読した理由というのが、このマグダラについて、もっと詳しく知りたかったからだった。正直な話マグダラのマリアをめぐる、ちょっとエッチなエピソードでも出て来ないかな、などという不届きな期待があったのだ。いま思うと少々罰当たりな動機である。結果はなんとも不思議な話で、なんとマグダラのマリアが娼婦だったという記述は、聖書のどこにも出て来ない。娼婦であった記述がないので、改悛する場面もない。そもそも聖書におけるマグダラは非常に存在感が薄く、西洋絵画でよく見る劇的な改悛の描写など、この書物のどこにも出てこないのである。

「我に触れるな」のエピソードもそうで、私はてっきりこの場面は、売春を生業にしていたマグダラのマリアを、イエスが一喝した場面だとばかり思っていた。ところが聖書を実際に読んでみると、決してそういうわけでもない。確かにイエスはマグダラに「我に触れるな」と言ってはいるが、それは復活したイエスの姿をマグダラが目撃し、すがりつこうとしたからである。イエスの「我に触れるな」というセリフは「自分はこれから天に昇るので、いつまでも私にすがってはいけない」という、いわば慰めの言葉として語られている。いわんやマグダラの職業を卑しめる言葉など、この前後のどこを読んでもまったく出て来ない。そもそも彼女が娼婦であったという記述そのものがないのだから当然だ。いやはや、とんだ勘違いである。

このほかマグダラが金持ちであったとか美貌で金髪だったとかいうエピソードも出て来ないし、好色であったとか快楽に溺れたとかいう記述もない。そもそも外見の記述すらほとんどないのだ。美貌を武器に体を売って巨万の富を築き、イエスに一喝されるというマグダラのマリア像は、一体何を根拠にしていたのだろう。

聖書は現在の形の「正典」のほかに、様々な理由で正典から除外された「外典」と呼ばれる文書がある。ひょっとしてこのエピソードは外典の方に出てくるのだろうか。なにぶん新約だけでも結構な分量があるのに、外典まで読むのはさすがに面倒だ。自分が見落としているだけかもしれない。

……などと思い悩むうちに雑事にかまけ、中途半端なまま放り出していた。

そんな長年の疑問が氷解したのは西洋美術史の研究者、**岡田温司**の手になる新書『**マグダラのマリア——エロスとアガペーの聖女**』のおかげだった。同書によれば新約には、やはりマグダラのマリアが娼婦だったというエピソードはないという。それどころか外典では、彼女はほかの弟子を上回る活躍を見せているというのである。先に述べた通りマグダラは、復活したイエスを目撃している。そもそもイエスの復活を目撃したのは、マグダラのマリアただ一人なのだ。だが、そんな彼女を弟子の一人のペテロが嘘つき呼ばわりする場面が外典には出てくる。マグダラは涙を流して抗議するが、その結果「復活は事実であった」と弟子一同が認めるのである。

この一連の場面はきわめて生々しく描かれており、正典に出てくる影の薄いマグダラの像とはまったく異なる。つまり彼女がいなければイエス復活の物語は生まれえず、むしろ他の男性信徒によって否定された可能性さえあったのである。しかもこの外典の記述を読む限り、初期のキリスト教団は女人禁制でなく、女性信徒も認めていたことになる。ではなぜ、それほどまでに重要なポジションにいた女弟子が、娼婦ということにされてしまったのか。

実はのちのマグダラの凋落は、どうやらほかの男性信徒からの嫉妬心が、その原因の一つとなったようだ。岡田は聖書の正典と外典の記述を注意深く突き合わせ、女性信徒であるマグダラの風下に立つのを嫌ったペテロが、できる限りマグダラの活躍を認めまいとしていたと推理していく。つまりは女性への蔑視そのものが、マグダラ失墜の原因になったというわけだ。

実際、外典ではカリスマ的な活躍を見せるマグダラに対して、男性信徒が書いた新約の記事では、いずれもマグダラの影は薄い。これは一足飛びにマグダラを否定は出来なくとも、出来うる限りその活躍を小さく見積もろうとする心理のなせるわざではないかと、岡田は推理を重ねていく。そしてイエスの死後から約五百年後、教皇グレゴリウス一世が、こうした動向を加速する。グレゴリウス一世はグレゴリオ聖歌の名前のもととなったことで有名な人だが、彼はマグダラが罪深い女であるという公式見解を、初めて唱えた人物なのである。

実はマリアという名前自体は当時からごくありふれた名前で、聖書にはほかにも幾人かのマリアという女性が登場する。ところがグレゴリウス一世は、こうしたマグダラをはじめとする複数のマリアを、聖母以外はすべて同一人物であると見なしてしまったのである。しかも彼は聖書に登場する「罪深い女」と呼ばれる匿名の女性と、マグダラのマリアとを同一視してしまった。「罪深い女」は「七つの悪霊」に取り憑かれており、これをイエスに追い出してもらったとされる女性である。グレゴリウス一世はこの「七つの悪霊」を、いわゆる「七つの大罪」と同じものと読み替え、マグダラが七つの大罪を犯したはずだと主張したのである。

ご存知の通り七つの大罪とは「大食、強欲、怠惰、色欲、高慢、嫉妬、憤怒」の七つの罪を意味している。ここからマグダラのマリアは娼婦であったという俗説、美貌で金持ちだがそれ故に罪深いという彼女のイメージが生まれたわけだ。曲解に曲解を重ねた牽強付会な解釈だが、ともあれこれが彼女にとって致命傷となったのである。

こうした経緯を辿ってみると、恣意的なこじつけや意図的な隠蔽が目にあまり、女性への嫌悪が透けて見えてがっかりする。かつて私はマグダラの娼婦伝説にロマンティックな感情を抱いていたが、本書を一読後はその感情も行き場を失い、宙を彷徨うばかりである。六〇年代後半以降、カソリック教会ではマグダラへの再評価が進んでいると聞く。その名誉の回復が、一刻も早く訪れることを祈るばかりだ。

★異端カタリ派の超禁欲主義

さて、私もこういう読書傾向なので、異端神学には多少の興味を持っていた。とはいえ、あれやこれやの異端宗派の名前をうろ覚えにするばかり。どれがどの宗派でどういう教義を奉じているのか、さっぱり区別がつかないという状態が長く続いた。こうした異端神学のイメージと言えば、乱交とか降霊術とか血の生け贄とかが、世間一般のイメージだろう。私もまたご多分に漏れず、そうした乱倫と背徳のイメージを抱いていた。要するに悪魔崇拝と似たり寄ったりのものとして、異端信仰を捉えていたのである。

そんな私にとってひどく意外に映ったのが、十二世紀の南フランスと北イタリアを中心に信仰された異端宗派、カタリ派だった。この一派に関しては異端信仰にありがちな乱れた性の匂いは毛筋ほどもなく、そもそも「カタリ」という言葉そのものが「純潔」を意味するのだというから驚きだ。なにせ異端審問官が、その極端な禁欲主義に驚いて書き残しているほど、彼らは謹厳実直な信仰生活を貫いていたのである。

私がこの異端宗派のことを知ったのは、**澁澤龍彦編『エロティシズム』**に収録されたエッセイ「禁欲と乱倫――異端カタリ派について」がきっかけだった。このエッセイの書き手は**渡邊昌美**、フランス中世史の専門家である。彼は博士号を取得した研究テーマが、まさにこうした異端研究だったという異端宗教史の大家だが、そのエッセイの語るところによると、カタリ派の純潔思想は実に徹底したものだったらしい。

そこでは乱交はもとより処女と童貞同士の婚姻以外はすべて姦淫であると見なされ、究極的な奥義に照らせば合法的な婚姻すら姦淫であると断じられたのだという。これではやがては人類が絶滅してしまうわけで、純潔主義であるにも関わらず異端とされたのもうなずける。さらにこのエッセイによれば、カタリ派は性の交わりによって生まれたものすべて、すなわち肉食を一切禁じ、牛乳などの乳製品や、卵も禁じていたという。これでは生命の存在そのものを罪悪視していたに等しく、一体どこからこんな考え方が出てきたのか、首をひねるほかはない。

このエッセイの説くところによれば「この世に霊魂を生んだのは神であった」と考えるところまでは、ほかのキリスト教宗派と変わらない。だが一方で彼らは「物質的な存在を創造したのは悪魔であった」と考えていたらしい。霊魂は不滅だが肉体や物質は必ず滅ぶ。そんな不完全なものを神が作り給うはずがない。よって肉体をはじめとする物質はすべて、悪神ないしは悪魔が作ったのだと、彼らは考えていたのである。つまり善神と悪神の二元論的な造物主の存在する世界を、彼らカタリ派は奉じていたのだ。それどころかカタリ派は、物質でできた現世こそが地獄だと考えていた。最後の審判は既に下されており、現世はもはや地獄だというのである。

いうまでもなくキリスト教は唯一の神を頂く一神教であり、天地を作り給うた造物主以外に悪神を認める教団など、それだけで許すまじき異端である。いわんやカタリ派はこの現世そのものが悪魔の作った世界であると考えるのだから想像を絶する。しかもカタリ派の信奉者たちは、悪魔の作ったこの現世から一刻も早く逃れ、肉体という牢獄を捨てて魂の王国へ辿り着くことこそが幸福だと考えていた。彼らはいわば人類規模での自殺を目論んでいたのである。カタリ派のこうした異様な信仰の大系について、渡邊は次のように要約している。

「カタリ派の理想郷は、極言すれば、死の世界であった」

我が国にも戦前に「死のう団」という日蓮宗の異端が発生し、国会議事堂前などで割腹自殺を遂げたという事件があったそうだ。ただし死のう団が数百名程度のグループで、活動時期も数年で終わったのに対し、カタリ派は相当の信徒数を有していた上に地域的にも大きな広がりを見せ、約百年にも渡って活動を続けた大宗派であったという。どうしてこんなに極端な教義がこれだけ広範な支持を得たのか不思議でならない。

ブルガリア出身の比較宗教学者、**ユーリー・ストヤノフ**の手になる『**ヨーロッパ異端の源流——カタリ派とボゴミール派**』は、こうした二元論的「大異端」の源流を、紀元前十世紀のイランに栄えたゾロアスター教にまで求めた書物である。そこでは世界宗教史における二元論的伝統が、一望のもとに収められている。

同書によれば、そもそもキリスト教の前提となるユダヤ教には、ゾロアスター教の多大な影響があったのだそうだ。ユダヤ人は新バビロニア王国によって捕虜として連行され、バビロン捕囚と呼ばれる屈辱的事態を半世紀以上も経験する。その後、新バビロニア王国はアケメネス朝ペルシャによって滅亡。ユダヤ人たちは晴れて故国に戻るが、以降の時期をアケメネス朝の庇護のもとに送る。このときアケメネス朝で信仰されていたのが、かのゾロアスター教だったのである。

ゾロアスター教は善神と悪神の二神の闘争によって世界の成り立ちを説明する二元論的宗教で、最後の審判のモチーフも実はゾロアスター教の教典に出てくるものだ。こうした先行する強大な宗教理論の影響を受けたがために、ユダヤ教の中には二元論的な遺伝子がレトロウイルスのように残ってしまった。大天使ミカエルと堕天使サタンの闘争というモチーフがそれである。こうしてユダヤ＝キリスト教のなかに深く根を下ろした二元論的発想は、歴史の中で幾度も姿を変えて復活し、善神と悪神の二元論をキリスト教世界に蔓延させる原因となったのだ。

たとえば一世紀に登場したグノーシス派の信徒たちは、愚劣な下級神によって、この物質世界が創造されたと考えていた。十世紀前後のブルガリアに生まれた異端宗派のボゴミール派もまた、ゾロアスター教の末裔である「マニ教」からの影響を受け、二元論的世界観を奉じたという。こうした二元論的異端のなかでも最大の宗派がカタリ派だったというわけだ。このほか本書では大小無数の異端宗派が紹介されているが、多くはステレオタイプな淫祠邪教であり、それだけに短命に終わっている。異様ではあっても首尾一貫した神学を持ち、厳格な禁欲主義を貫いたカタリ派は、それだけに広範な支持を得て、異端教皇まで頂く大異端となったのである。

キリスト教は比較的に禁欲的色彩の強い宗教で、ことエロスに関しては不寛容な態度を示すことが多い。だが「過ぎたるは及ばざるがごとし」であって、いかに禁欲を尊ぶキリスト教であっても、人類滅亡を理想とするほどの禁欲を押し通そうとしたカタリ派に対しては、異端の烙印を押さざるを得なかった。結果カソリック教会は徹底的な弾圧を加え、十字軍まで派遣して殲滅した。カタリ派信徒はある意味で望み通り、死の世界へと旅立っていったのである。

★蛇の尾を持つ女、メリュジーヌ

日本人は西欧社会を一枚岩のキリスト教社会であると考えがちだが、実はその文化の端々にはさまざまな異教的要素が混入し、多様な形で残存している。前節で述べたカタリ派などの異端宗派はその典型だが、フランスに伝わる「蛇の尾を持つ女＝メリュジーヌ」の伝説もまた、聖書にはまったく姿を見せない、異教的な物語の一つだ。ここに紹介する**『西洋中世奇譚集成——妖精メリュジーヌ物語』**は、十五世紀初頭の書籍商**クードレット**が領主の命を受けて書き残した、メリュジーヌ伝説の物語である。巻末には現代フランスの中世史家、ル・ゴフとルロワ・ラデュリの二人が共同で執筆した論文が併録されているのも心強い点ではあるが、その解説はひとまず措き、まずはあらすじを見てみよう。

……昔々、レイモンダンと名乗る若者が誤って、自分の主君を殺害してしまった。森のなかで猪と乱闘になり、主人と二人がかりで猪と揉み合ううち、槍が滑って主人を刺し殺してしまったのである。主君は若者の遠縁にあたる人で、レイモンダンは自死の誘惑に駆られるほど思い悩みながら、暗い森のなかを彷徨する。

もはや現世に未練もなく、森のなかで馬の手綱を離して進むがままに任せたところ、馬は「乾きの泉」へと近寄っていった。そこには身分の高い三人の貴婦人が住んでいたが、なかでも一番美しい絶世の美女メリュジーヌから、窮地を救ってやろうと告げられる。彼女の言う通りにすれば、望むがままの富が得られるという。条件はメリュジーヌと結婚すること、ただし毎週土曜日には決して自分と会わず、自分の居場所を探さないことが条件であった。

かくてレイモンダンはこの条件を飲んでメリュジーヌと結婚。その神秘的な力と機知によって、巨大な領地と名誉、そして世継ぎを手にしていく。ただしレイモンダンとメリュジーヌの世継ぎたちは、その多くが身体に異常を持ち、その替わり特異な能力を持っていた。両目の色が違う者、耳の長さが異なる者、目の位置が左右で違う者、左の頬からライオンの脚が生えている者、などなどである。彼らはいずれも超人的な能力を持っており、その能力で輝かしい武勲を立て、一族を興隆させていく。その支配はフランス国外にも及び、ファンタジーのような面白さがあるが、息子たちはなんと十人もいて、いささか長過ぎるので省略しよう。

さて、レイモンダンとメリュジーヌが幸せな日々を送っていたとある土曜日、弟がやってきてメリュジーヌに会わせろと言いだした。レイモンダンは「土曜日に会ってはならない」という誓いを立てているので、弟の面会を断ろうとするが、弟はこんなことを言う。毎週土曜にお前の女房がどこで何をしてるか知ってるか。みんな噂をしているぞ。きっといまごろ他の男と……。そんなふうにそそのかしたのだ。

さすがにこう言われては、レイモンダンもたまらない。ついに彼は禁を破って、メリュジーヌの居場所を覗いてしまう。そこで彼が見たものは、下半身が巨大な蛇となった妻の姿だったのである。腰から上は雪のように白い肌をしたもとの姿、だが腰から下は青と白の縞模様をまとった蛇の姿のメリュジーヌ。彼女はそんな化け物となって、ひとり行水をしていたのだ。

秘密を知ったレイモンダンは、妻との約束を自分に破らせたと逆恨みして弟と絶縁。後悔の念に苛まれ、冷や汗を流してもだえ苦しむ。夫の激しい後悔を見たメリュジーヌは、いったんは夫を許すものの、二人をある悲劇的な事件が襲う（その詳細については実際に読んでみてのお楽しみだ）。この痛切な悲劇に耐えかねたレイモンダンは、つい我を忘れて逆上し、公衆の面前でメリュジーヌの正体を明かして痛罵する。

何が原因でレイモンダンがメリュジーヌを罵倒するに至ったかは、まさに同書のクライマックスになるので、是非ご自身でお読みいただきたい。ともあれ後悔したときにはもう遅い。メリュジーヌは一族が辿る運命を予言したのち、蛇となって城外へと飛び立っていく。青と白の縞模様に彩られた巨大な蛇は三度城の周りを経巡り、そのたびに切なげな咆哮を上げて飛び去ったのである。

メリュジーヌの物語はこれ以降も続き、そこでは彼女の出生の秘密や彼女が蛇身となった理由のほか、彼女の一族の辿った栄光と苦悩の物語が綴られるが、あまりに長大なので割愛する。ともあれ冒頭に述べた通り、メリュジーヌの物語は聖書とは縁もゆかりもなく、きわめて異教的な存在に見える。このため物語の作者は教会に睨まれないよう配慮したのだろう、この物語にはメリュジーヌが神秘的な力で教会を建てる場面をはじめ、彼女とその一族がキリスト教を篤く信仰したこと、異教徒の軍勢と勇敢に闘って勝利したことが幾度となく述べられている。

とはいえ蛇身に変化するメリュジーヌの姿は、とうていキリスト教の枠内に収まるものとは思えない。おそらくキリスト教以前からこの地に伝わる、異教の伝説の産物だろう。メリュジーヌは十五世紀まで生きながらえた、太古の女神の生き残りだったのに違いない。

さて、この物語は我が国の「鶴女房」や「雪女」とよく似ているが、こうした「メリュジーヌ＝鶴女房」パターンの物語は「見るなのタブー」という類型に属する。妻が夫に様々な富をもたらす替わりに、出自や秘密を覗くことを禁じるタイプの物語である。ここにはキリスト教以前から世界中に存在した女性観が語られている。つまりキリスト教特有のミソジニー（女性嫌い）が欧州を覆う以前の、女性崇拝や女性信仰の感覚である。

メリュジーヌや鶴女房とはやや異なるが、第三章で紹介したイザナギとイザナミの神話や、ギリシャ神話におけるオルフェウスとエウリュディケーの神話も「見るなのタブー」に類する物語である。いずれも妻を亡くした夫が黄泉の国に妻を訪ねて行くが、地上に戻れなくなるというタイプの物語だ。こうした「見るなのタブー」の物語では、宝の入った秘密の箱が、タブーの対象となる場合もある。我が国における「浦島太郎」における玉手箱のエピソードや、ギリシャ神話の「パンドラの箱」はその代表格で、いわば「箱型タブー」とでも言えばいいだろうか。

ただし浦島太郎がもらう玉手箱にせよ、絶世の美女パンドラが嫁入り道具に持ってきたパンドラの箱にせよ、いずれも「女性が持ってきた箱」であり、そのパートナーが箱を開けることで災いをもたらすパターンは共通している。箱は女性器の象徴と考えることができ、メリュジーヌの物語と同一パターンの物語と考えられよう。

この物語を書き残したクードレットは、フランス西部、大西洋に面するポワトゥ地方に栄えた、リュジニャン家という貴族の依頼を受けて執筆したという。リュジニャン家には「このメリュジーヌこそ我が一門の祖先である」という家伝があったそうだ。だとするならリュジニャン家では、一族の祖を父でなく母に求めていたことになる。ここには母系的な社会の残滓のようなものが伺える気がするのだが、どうだろう。

「見るなのタブー」の物語には、男性がタブーの主体となるものもある。これもやはり第三章で紹介した、大物主のエピソードがそれにあたる。大物主は闇夜に紛れてしか妻を訪れることがなかったが、妻は昼間の大物主の姿を見たいという誘惑に勝てず、その正体である小さな白蛇の姿を見てしまう。正体を見られて怒った大物主は妻を離縁し、残された妻も命を絶つ。正体が蛇である点はメリュジーヌと同じだが、大物主の話では「見るなのタブー」を課す蛇の化身は夫の側で、メリュジーヌとは逆である。

とはいえこの種の物語では、やはり妻側から夫にタブーを課す話の方が、どうも多数派のように思えてならない。見てはいけない女性の秘密とは、おそらく女性の秘部を指しているのだろう。女性の秘密が富の源泉となるという物語は、人類が古くから普遍的に持つ思考パターンの表れなのに違いない。

ここでは略してしまったが、メリュジーヌ誕生以前の前日譚、そしてメリュジーヌが去って以降の後日譚でも、この「見るなのタブー」は幾度となく反復される。フロイト主義の立場からは、メリュジーヌの尾は男根を意味するとか、その水浴は自慰行為を象徴するとかいった説も唱えられているようだが、いささかこれは穿った解釈のように思われる。夫婦といえども覗いてはならぬ、エロスの深い闇がある。そのくらいの解釈で充分なのではあるまいか。

ちなみにル・ゴフとルロワ・ラデュリの論文によれば、メリュジーヌの物語にはさまざまな類話があり、もっとも早いものだと十二世紀の終わり頃に、この物語のヴァリアントが見られるそうだ。このほかドイツ語圏にも類話が伝わっているそうだが、こちらはフランス語圏のものとは同一とは思えないほど異なっていて、まさに「所変われば品変わる」の感がある。

さて、フランス語圏のメリュジーヌ伝説に話を戻せば、十七世紀に入る頃から、さしものメリュジーヌも悪魔の化身として描かれるようになったそうである。キリスト教的な性道徳と女性嫌いによって覆われた近世以降のヨーロッパは、古代の妖精メリュジーヌにとっては、ちょっと生きにくい場所だったのかもしれない。

このようにキリスト教では伝統的に、ミソジニーの傾向と同時に、性への嫌悪や禁忌の意識が非常に強い。特に十二世紀以降は性交そのものを罪と考える傾向が強まり、姦通や婚前交渉は言うに及ばず、結婚後の激しい性交さえ罪悪視されるに至ったという。こうした過剰なまでのエロスへの忌避を嘲弄するかのように催されたのが、魔女の集会＝サバトであった。

上山安敏『魔女とキリスト教』によると、かのフロイトは魔女が跨がるホウキを指して「あれは男根だ」と指摘したという。誠にその言葉通り、そこではあらゆる性的な逸脱や放埒が展開され、しばしば乱交的な儀式が行われていた。けだし魔女集会というのは、こうしたキリスト教道徳にうんざりした大衆の性的エネルギーが、一気に爆発した祭りであったのだろう。だがご存知の通りヨーロッパでは、魔女狩りの嵐が吹き荒れた。魔女裁判では理不尽な裁判で数多くの人命が失われたが、これは魔術的エロスの祝祭に対するキリスト教サイドからの逆襲が、その根底にあったと見てよいのではないか。

実際には魔女狩りのあり方や原因は多種多様で、一枚岩の現象ではなかったようだ。魔女狩りの時代は十五世紀から十七世紀に渡る約三百年という長期間に渡っていたし、地理的にも全ヨーロッパはもちろん新大陸も含む広範囲に拡がっていたという。同書はこうした魔女狩りの多様性に目を配り、注意深く分析していくものだが、魔女狩りの対象となったもののなかにはキリスト教以前からヨーロッパ各地で信仰されてきた大地母神信仰、つまりエロティックな儀礼を伴う民間信仰が紛れ込んでいたようだ。これらキリスト教以前の民俗信仰が先進地域の教会によって「発見」され、魔女として指弾されたのが魔女狩りだったというのが、同書の大まかな見立てである。

世界宗教が伝来する以前に、土俗的な性的祭儀が営まれていたというケースは、ヨーロッパにだけあるわけではない。実際、我が国各地に伝わる祭りや神事などを振り返ると、仏教とも神道ともおよそ無縁な、太古の宗教の名残りのような奇祭や奇習、まじないの類いはいくらでも残存している。キリスト教伝道以前のヨーロッパにも、こうした民間信仰は無数に営まれていたはずだ。「魔女＝古代宗教の名残り」という考え方は、日本人にはごく自然なものに思えてしまう。

だいいち前節のメリュジーヌ伝説にも見られる通り、こうした古代的な宗教の残滓は、貴族の起源神話の中にすら見受けられるのだ。土俗信仰としてキリスト教以前の信仰が残っていても、特に何の不思議もない。

ところがキリスト教を内面化してしまった現代のヨーロッパでは、キリスト教以前の信仰を認めることに、強い心理的抵抗があるらしい。魔女＝古代宗教説に対しては、かなり執拗な批判があったようだ。魔女が古代宗教の名残りだったかどうかについては、歴史学者や考古学者、民俗学者や精神分析家が入り乱れて論争し、なかでも文献を重んじる歴史学者と、非文字史料を重んじる考古学者や民俗学者の対立は、熾烈をきわめていたという。「古代の大地母神信仰こそが魔女のルーツである」とした考古学・民俗学者に対し、文字史料を重視する歴史学者たちは「その証拠となる史料がない」と批判。魔女＝大地母神信仰説はファンタジーに過ぎないと論難したのである。

魔女研究者のほとんどはキリスト教徒、つまりこの問題の当事者であるため、各々の宗教的な立場も絡んで論争は激化した。なかでも特に紛糾したのは、魔女狩りの責任が教会にあったか否か、という点である。「カソリック教会主犯説派」を唱える者もあれば「民衆主犯説派」を唱える者もあり、犠牲者の人数一つとっても数万人から数百万人とまちまちだったという。このあたり近現代史における虐殺事件をめぐる論争とよく似ている。大規模な死者の出た事件の研究は古今東西、公平にやるのは難しいようだ。

さて上山はそんな難問を解くにあたって、魔女狩りが行われた地域に着目する。ある時期までの魔女迫害が集中したのは、アルプスやピレネーのような山岳地帯の農村部だ。こうした山間部に残っていた古い民間習俗の祭り、なかでも性的放縦を含む祝祭が、都市部の教会によって「サバトである」と指弾されたのだと上山は見る。ところが当時の山岳農村部では、まだ文字文化が浸透していない。当時の土着信仰の文字史料が残っていないのは、そうした信仰がなかったからではなく、記録に残そうにも文字を知らなかったからなのだ。こうして上山は文献派の歴史学者の論難、つまり「証拠がない」という主張を退けていったのである。

上山によれば魔女狩り以前、ヨーロッパの農村部では、性的規範はごくゆるやかなものだったという。裸でいることもタブーではなく、主人と奴隷、男女が同じ部屋で夜を過ごし、寝るときも裸が普通だったらしい。自慰行為もタブーではなく、母親が赤ん坊をあやす際にはペニスを触ることが、ごく自然な動作だったそうである。

婚前交渉も普通のことで、特に四季折々の祭りの際には性交渉の機会が爆発的に増え、祝祭シーズンの九カ月後には出生率が跳ね上がったとするデータもあるのだそうだ。このあたりの感覚は日本人でも似たようなもので、たとえば大阪の岸和田市では現在も「だんじり祭り」の夜にはラブホテルが満杯になるという。祭りやイベントで盛り上がった夜に思わぬ恋の花が咲くというのは、魔女集会ならずとも人類普遍の現象だろう。

とはいえ、やたら禁欲的なキリスト教文化に照らして考えると、こうした現象も異様な風習に見えるのかもしれない。同書によれば農村部の中世的で奔放なエロスへの抑圧は、魔女狩りと同時代的な現象として進行していったのだという。このほか魔女狩りの過程では、多くの罪もない産婆が魔女として断罪されたという事実もあるそうだ。エロスや生殖と魔女狩りの関係を示唆するものとして、興味深いエピソードだと言えよう。

このように魔女狩りとは、もともとあった民俗的エロスとキリスト教倫理との対立から生まれたわけだが、ある時期以降に次第にその原点から離れて一人歩きし、近年の「いじめ」にも似た一種の集団ヒステリー状態へと変質していったようだ。実際、末期の魔女狩りでは、誰も彼もが根拠のない密告合戦を続け、しまいには魔女裁判の裁判官やその妻までが魔女として密告されて被告席に立つという様相を呈した。魔女狩りが都市部へと飛び火していくのは、こうした時期の出来事だったのである。

このような後期の魔女狩りには、大地母神信仰の名残りなどない。むしろそれは近世都市の精神病理が生んだ、一種のヒステリー現象だったと言える。したがってこの時期の魔女狩りでは、その担い手も教会から民衆へと移って行ったと上山は見る。つまり過密な都市に押し込まれた民衆のヒステリーによって、新たな都市型の魔女狩りが行われるようになったのである。

上山によれば西洋の社会が人権の尊重や拷問の禁止といった概念を生み出していった背景には、魔女狩りに対する反省があったのだという。著者の上山安敏は西洋法制史、なかでもドイツのそれを専門とする法学者で、おそらくはそうした関心から魔女狩りの歴史へと踏み込んでいったのだろう。魔女狩りでは往々にしてサディスティックな拷問が行われたほか、魔女に特有のイボやアザを確かめると称して、無辜の女性を全裸にするなどの蛮行が横行していたそうだ。教会は大らかなエロスを禁じるいっぽうで、自らの性欲をサディスティックに歪ませ、魔女狩りという形で暴発させていたのである。エロスへの過度の禁制は、別の形でエロスの暴発を生む。魔女狩りの歴史が語るのは、そうしたエロスの孕む逆説なのである。

★太陽王毒殺事件と魔女

魔女集会とか黒ミサと言えば、人知れぬ深い森の奥を、その舞台として連想しがちである。だが十七世紀後半のフランスでは、なんと宮廷社会のど真ん中で黒ミサが行われて暴露され、大スキャンダルに発展した事件があった。十七世紀といえば魔女狩りの嵐も一段落した頃、太陽王ことルイ十四世が絶対的な権勢を誇った時代である。

フランスの海外植民地は急拡大し、あの広大なベルサイユ宮殿が造営され、バロック文化の花が咲き誇った黄金時代。我が国でいえばちょうど江戸時代、元禄文化の華も咲こうかという頃だ。儀式やまじないで天候や人心が左右されることもないという程度には合理主義も行き渡っていたはずのこの時代、黒ミサや悪魔崇拝などというものが猖獗を極め、しかも宮廷社会の奥深くに蔓延していたとは、ちょっと信じがたいではないか。

この事件を各種の公判記録から詳細に追い、その真相を明らかにした書物が、**ジャン＝クリスティアン・プティフィス**の**『ルイ十四世宮廷毒殺事件』**である。もっともこの頃の魔女ともなると、古代の異教の名残りも香しいサバトのような、秘教的な儀式ではない。当時の魔女集会の目的は、有力な王侯貴族の歓心を買うための儀式や媚薬の調合が中心で、要は現世利益のための儀式だった。なかでもその主要な顧客は、恋に悩む貴婦人たちだったという。

まじない、占いの需要が女性の間で高く、しかも恋占いが中心を占めるのは古今東西いずこも同じことだ。当時パリやベルサイユの街外れには占い師が軒を連ねていたが、こうした占い師の一部が魔女の儀式に手を染めていたのである。恋に悩んだ貴婦人たちは、こぞってこうした「魔女の館」を訪れた。魔女たちは顧客を恋の魔法の儀式へと誘い、怪しげな秘儀を伝授したのである。

恋に悩む女性が美容に凝るのも、これまた古今東西に通じる不変の真理だ。魔女たちは悩める貴婦人に、香油やクリーム、怪しげな媚薬を売りつけていたらしい。当時の魔女は薬剤師も兼ねており、彼女たちはこうした美容関連商品を、悩める貴婦人に売りさばいていたのだ。しかもこの妖しげな占い師たちは、媚薬や美容液とともに、なにやら胡散臭い薬物を、密かに貴婦人に売りさばいていた。そう、十七世紀の魔女たちは、毒薬の密売に手を染めていたのである。

恋に悩んだ貴婦人たちはライバルを毒殺して蹴落とそうと、争って魔女から毒薬を買い求めていた。毒殺の対象は恋敵ばかりでなく、浪費癖があったり稼ぎが悪かったりする、浮気性な亭主たちも含まれていた。さらには用済みになった愛人や、遺産をなかなか相続させようとしない親なども毒殺の対象になったため、隠語では毒薬のことを「相続の粉薬」と呼んだらしい。こうしたものを密売していたのが、十七世紀の魔女だったのだ。

もはや魔女というより犯罪者集団だが、こうした魔女が店を構えるのはもっぱら郊外のスラム地域で、もとはゴミ捨て場だったような場所だったそうだ。場合によってはこの魔女は、曖昧宿の経営者なども兼ねていたという。古代の森の秘儀的司祭だった古の魔女に比べると、なんとも荒んだ魔女というほかない。やがて魔女による毒殺事件がいくつか明るみに出るようになり、宮廷に出入りする上流階級のご婦人方が芋づる式に検挙されるという事態になった。これを重く見たルイ十四世は通常の法廷とは別に、魔女裁判専門の「火刑裁判所」を開廷。次々に容疑者を検挙していったのである。

果たせるかな、容疑者には数多くの貴族が含まれていた。裁判長の妻や高等法院審査官の妻、さらにはシシリー副王の妻などである。これを見たフランス国民はパニック状態に陥った。夫婦や親子、主人と使用人が互いを疑って疑心暗鬼となり、最後は食あたりがあったというだけで、下女や召使いが逮捕されたほどだったという。こうした検挙の数珠つなぎの果てに、検察官は驚くべき事実を掴む。ルイ十四世の寵妾モンテスパン夫人付きの侍女が、捜査線上に浮かんだのだ。

この侍女は魔女のもとに足しげく通っていた顧客だったが、相手の魔女というのが札付きの堕胎屋で、しかも毒薬販売業者だった。ということは自動的に、この侍女の主人であったルイ十四世の愛妾、モンテスパン夫人にも疑惑が及ぶ。しかしなぜそんな上流階級の女性が毒薬を求めなければならないのか。動機は、あった。実は当時モンテスパン夫人は、ルイ十四世の寵愛を失いつつあり、入れ替わりに新しい寵妃フォンタンジュ嬢が、我が世の春を謳歌していたのである。

モンテスパン夫人は嫉妬心から、ルイ十四世とフォンタンジュ嬢を殺害せんとしていたのではないか。果たして国王毒殺計画はあったのか、その首謀者は誰だったのか。ルイ十四世はこの問題を他の事件と切り離し、厳重な情報統制を敷きながら捜査の継続を命じたのであった。

なお当時の黒ミサでは、キリスト教の儀式を性的にパロディー化した儀式が、密かに行われていたらしい。祭壇ではなく裸体の女性の上でミサを行い、祭壇に接吻する替わりに女性の恥部に接吻し、神ならぬ悪魔の名を唱えながら乱交する、といった具合である。おそらくはカネ目的だろうが、こうした儀式を執行する司祭までいたというから呆れるほかない。しかも通常のミサでは赤ワインを啜るのが普通だが、黒ミサでは堕胎した胎児や新生児の血液を啜るといった、おぞましい行為も行われていたそうだ。

魔女たちの中には産婆を生業とする者も混じっていたから、おそらく堕胎した胎児を入手するのは、さして難しくなかったのだろう。こうした胎児は売れば相当な金額になったそうで、なかには売り物の堕胎薬を使い、自ら孕んだ胎児を堕ろして売った魔女もいたという。ここまで来るともはや彼女たちは内面から、本物の魔女に成り果てていたというほかない。

こうした一連の毒殺パニック騒動の中で、毒殺容疑がかけられた容疑者には、女性ばかりでなく男性もいた。なかでもフランスを代表する悲劇作家、ラシーヌまでもが容疑者に含まれていたという事実には驚くほかない。ラシーヌは当時マルキーズという女優と事実婚の状態にあったが、この女性を毒殺した容疑がかけられたのだ。マルキーズの死後、ラシーヌは狂ったような放蕩生活を送り、しかもその一年後には『ブリタニキュス』という毒殺をテーマにした悲劇を書いている。つまり状況証拠は真っ黒なのだ。

だがこの書物の著者であるジャン＝クリスティアン・プティフィスは、ラシーヌ有罪説を断固として否定する。この著者はラシーヌが妻の死後に放蕩生活を送ったのは、彼があまりにも繊細な人物であったためだと主張。もし本当にラシーヌが毒殺犯だったのなら、毒殺をテーマにした芝居など書かなかったはずだと述べている。

ちなみに著者のジャン＝クリスティアン・プティフィスは在野の歴史学者ではあるが、パリ政治学院とソルボンヌ大学に学び政治学の博士号を取得、アカデミー・フランセーズ賞などを受賞したという人だ。だが、著者の推理はいささかラシーヌその人を、人格的に信頼し過ぎているように私には思える。古い愛人を毒殺して放蕩三昧に耽り、自身の犯行に触発されて毒殺事件の芝居を書いた、という推理も充分に成り立つからだ。この著者は本筋のルイ十四世毒殺未遂事件では、ルイ十四世が封印しようとした極秘資料を発掘、きわめて緻密な推理を展開しているが、ラシーヌ事件の推理では精彩を欠く。おそらくラシーヌの文学的な栄光に惑わされ、その推理の目も曇ったのではないか。

さて、以上の通り十七世紀の魔女裁判を見てみると、なんとも殺伐とした思いに囚われる。前時代の魔女たちが、まがりなりにも太古の大地母神信仰との関わりがあったのに比べ、この時代の魔女たちは誰もが欲得づくで行動してばかりいるからだ。深い森の中でエロスを謳歌するサバトに集うのではなく、都市のスラムで嫉妬に狂い、カネ目当てで夫を毒殺する。そんな十七世紀の魔女たちは、なんとも浅ましいというほかない。

彼女たちの多くは錬金術にも手を出していたが、これもまた単なるカネ目当てでしかなかったようだ。本来の錬金術は黄金の錬成をするばかりでなく、人格的な錬成を行うところに目的があったはずなのだが、彼女たちにはそうした深遠さは見られない。単にカネ目当てに堕した錬金術が向かった先は、既存の貨幣を改鋳した偽金づくりだ。まったくもって淋しい話である。

とはいえ魔術に走った彼女たちにも、酌むべき事情はいちおうある。というのも当時の上流階級の結婚は、そのほとんどが政略結婚であり、愛情の伴わぬ無味乾燥なものだったからだ。彼女たちの多くは空漠たる日々に耐え難さを感じていたが、ようやく真実の愛に巡り会えたとしても、離婚や不倫は許されていなかったし、不義密通を犯せば一般施療院送りであった。そうしたがんじがらめの生活を唯一突破するための秘薬こそ、魔女の手になる毒薬だったのである。

十七世紀の貴族たちは、健全なエロスの発露を政略結婚で封殺しようとした。その結果、貴婦人たちの体内で持て余されたエロスの澱みは、人知れず膿み腐っていったのである。こうしたエロスの血膿を煮詰めて蒸留したものこそが、魔女たちの毒薬だったのだ、といえようか。毒殺された亭主たちは、自業自得の死を遂げたのだと言えるかもしれない。

★モルモン原理主義の神権的ミソジニー

さて、お次は十九世紀に生まれたキリスト教の分派、モルモン教のエロスについて考えてみたい。もともとモルモン教は一八三〇年に創始された、キリスト教の分派である。彼らは新旧の聖書を奉じるところまではキリスト教徒と同じだが、それ以外に「モルモン経」と題された独自の教典を持つ。このためキリスト教の諸宗派からは、異端、あるいはキリスト教とはもはや別種の、アメリカ生まれの新興宗教と見られている。

だがここで取り上げるのは、こうした一般のモルモン教徒ではない。「モルモン原理主義者」と呼ばれている、より閉鎖的な一群についてである。実は一般のモルモン教徒とこうした原理主義者とは、同じ教典を奉じていても、その内実は天と地ほど異なっている。これらモルモン原理主義者たちは、一夫多妻制を教義として奉じる人々なのだ。

確かに一般のモルモン教徒も、その歴史の初期の段階では、一夫多妻制を教義の一つとしていたことがある。だがその後、モルモン教の公式な教義からは、一夫多妻制の教義は消えている。なのに一部の原理主義者は、かたくなにこの初期の教義を墨守。コロニーを作って独自の生活を営み、密かに一夫多妻制を守っているのだ。のちに見るように彼らのエロスのあり方は異様に歪んだものとなっており、破壊的カルトと呼んで差し支えない集団と成り果てている。

米国のジャーナリスト、**ジョン・クラカワー**によるドキュメンタリー『**信仰が人を殺すとき**』は、この奇妙な集団の持つ、一種異様な性格を探る書物である。同書によればモルモン教徒の人口は、全世界で千百万人にも及ぶという。そのほとんどは保守的な共和党支持者であり、敬虔かつ勤勉であることが知られているそうだ。だが彼らはその初期の段階では、合衆国政府に公然と敵対し、独立した宗教国家のような体制を取っていたのだという。

当然、周囲のキリスト教徒との諍いは絶えず、しばしばキリスト教徒との「聖戦」を繰り返していたらしい。こうした血腥い伝統を受け継ぐのがモルモン原理主義者たちで、こうした「聖戦」の負の伝統は、なんと一九八〇年代に入っても一部の信者に受け継がれていた。モルモン原理主義者の信奉者だった、ロン・ラファティとダン・ラファティという兄弟が、ある日「神のお告げ」を聞いたと主張。彼らの弟の妻の女性と、その赤ん坊を惨殺してしまったのである。

さすがに現在でもなお殺人の教義を信奉するのは、原理主義者の中にもほとんどいない（と信じたい）が、もう一つの一夫多妻制の教えになると、いまなお相当数の原理主義者が信奉している。クラカワーの著作によると、一夫多妻制を奉じる原理主義者は推定三〜十万人ほど。カナダ、メキシコ、アメリカ西部の一帯で、いまも生活しているそうだ。その起源はモルモン教の開祖であるジョセフ・スミスにまで遡るが、彼は少なくとも三十三名、おそらくは四十八名ほどの女性と結婚したとされている。こうした無軌道な暮らしぶりが祟り、彼は結局キリスト教徒からの私刑によって殺害され、その生涯を終えている。呪われた教義というほかない。

さらに二代目の教会指導者、ブリガム・ヤングの時代に入ると、彼らは公然と一夫多妻制を教義に掲げだす。当然ながら合衆国政府はこの教義をめぐって教団と対立し、ユタ準州政府との軍事衝突の寸前まで行くことになる。モルモン教徒がしぶしぶ一夫多妻制を放棄するのは、一八八七年に教団への解散命令と資産没収の法律が成立して以降のことだ。だがこれも表面的なポーズに過ぎず、モルモンの教会指導者たちは一夫多妻制を守るため、密かにメキシコとカナダに信者集団を送り込んだ。いまなお続く原理主義者のコロニーは、こうした一群の一夫多妻主義者たちの流れを汲むものなのである。

たとえば人口九千人のコロラド・シティは、ほぼ住民の全員がモルモン原理主義者で構成された街である。この街の教会「UEP」の指導者、通称アンクル・クーロンは、推定七十五名もの妻を持ち、六十五名もの子どもを作っているという。最後の方の妻とは八十代で結婚したが、相手は十四、五歳だったらしい。同世代どうしの相思相愛の関係であればかろうじて許容できないこともないが、その相手が八十代の老人、しかも宗教的権威を笠に着ての重婚なのだから論外だ。

この町はグランドキャニオンのど真ん中で孤立している上、学校も警察も司法も行政もすべてが原理主義者で占められているため、脱出する手段は皆無に等しい。人目を盗んで脱走を試みる少女もいるが、捕まれば人里離れた牧場の再教育キャンプに送られ、服従するまで鞭打たれる。

アンクル・クーロンに代表されるように、原理主義者のコミュニティーで目につくのはペドファイル的な関係である。十代前半で一回り以上も歳上の男性と結婚させられる例が、この街では日常茶飯事となっているのだ。これは考えれば当然の話で、ここで認められているのはあくまで「一夫多妻」であり、夫の側には重婚が認められていても、妻の側は重婚できない。したがって同世代の女性がみな結婚してしまえば、次の妻は下の世代から探さざるを得なくなるのだ。

しかもこうした重婚の相手は、しばしば宗教指導者が勝手に決める。十代前半で半強制的に結婚させられて妊娠すれば、学校にも通えなくなる。このため多くの少女が望まない結婚や妊娠をさせられ、教育を受ける機会も奪われる。おまけにモルモン原理主義者たちは厳格な家父長制を掲げており、家長に逆らうことは許されず、下着のデザインまで決められている。結婚前のセックスどころか、デートでさえ厳禁だ。要するに自然な恋愛感情が芽生える前に摘み取られ、指導者の薦める「聖なる結婚」こそが正しいものであるかのように、幼少期から洗脳されるのである。

こうした過剰なエロスの抑圧が常態化しているため、逆に彼らのコミュニティーの中では幼児への性的暴行やレイプが頻発し、なかには歯が生え変わる年頃の小学生ですら妊娠させられるケースもあるという。しかも異常に厳格な家父長制のせいで、不妊や流産は女性側の責任とされる。こうした事態に見舞われた女性たちは、下品な言葉で町中から罵倒されるのである。もちろん妻同士の嫉妬は日常的なものだし、普通に愛しあって結婚したと思ったら、実は自分の連れ子が相手の目的だったというケースもある。抗議すれば暴力の嵐に曝されるし、ひどいときにはコミュニティーの外から少女が拉致され、原理主義者と結婚させられる。一言でいって彼らのコミュニティーは、エロスの生き地獄も同然なのだ。

世界には多様な民族があり、婚姻制度もまちまちで、一夫多妻制を保ちながら安定したコミュニティーを築いている社会もあるだろう。だがしかし、自らの国の法令に背き、周囲の社会の情報をシャットアウトしてまでその制度を維持している集団となると、もはや破壊的カルトとしかいいようがない。実際、UEPではテレビの視聴や新聞、雑誌の購読が禁じられており、しかも多重婚で子どもを産んだ妻たちは、法制上はシングルマザーと見なされる。このため彼らは生活保護などの公的扶助を、年間六百万ドル以上も費消しているのである。

それでは、どうしてこんな不条理な制度を、初期モルモン教徒は教義として掲げたのだろう。ここで十九世紀に発行された、一夫多妻制を讃えるモルモン原理主義者のパンフレット『調停者』の一部分を、クラカワーの著書から以下に孫引きしよう。

「妻は神の法に則して夫の管理下に置かれる。夫が家長だからである。(略)男性からの権力の剥奪を願い出ることも許されない。ただ、服従するのだ……。(略)ここで、妻は、従者、お手伝い、牛、馬と同様、夫の所有物であることを宣言する……。[一夫多妻の神聖な教義を放棄したこと]で、無数の犯罪カタログが作られたことは明白である」(ウドニィ・ヘイ・ジェイコブズ『調停者』)

いわば女性は牛馬と同じなので、たくさん持った方が良いという理屈である。しかも地上にはびこる犯罪は、こうした男尊女卑の姿勢を人が忘れたから起こったというのだ。さすがの私も、ここまでひどいミソジニスト的言辞は見たことがない。

ちなみに冒頭に紹介したラファティ兄弟が原理主義にはまり込んだきっかけは、まさにこの書物だったそうだ。『調停者』に秘められた過激なミソジニー思想は、ついに殺人事件を引き起こしたのである。ちなみに一夫多妻制を最初に提唱した教祖ジョセフ・スミスは、当初この教義を内密にしており、いわば密教的な秘儀として側近にだけ伝えていたという。しかもスミスは一夫多妻を正当化するために、旧約時代の一夫多妻制を持ち出していたらしい。彼が典拠にしたのはアブラハムやヤコブ、つまりは伝説なのか史実なのかも定かでないような、創世記に登場する人々の時代の話だったのである。

スミスは四十名前後の妻たちと結婚生活を送りながら、頻繁に売春宿にも出入りしていたのだそうだ。旧約に一夫多妻の典拠を求めたのは、単に自らの浮気癖を合理化するためだったのに違いあるまい。スミスは好き放題に多数の妻や売春婦との情交を重ねる一方、妻には一切の不倫行為を許さなかったという。こうした身勝手な振る舞いが教義化されることにより強烈なミソジニー集団が生まれ、歪んだ神権的ペドファイルの王国が創り上げられていったのである。

ちなみに初期モルモン教団は、何の罪もない幌馬車隊を襲って一四〇名を殺害し、金品を奪う事件も引き起こしている。一八五七年の「マウンテン・メドウの虐殺」と呼ばれる事件だ。このほか初期モルモン教徒やモルモン原理主義者たちは、実にしばしば凄惨な犯罪を引き起こしている。同書にはその犯罪の数々が詳細に綴られているが、そこで私たちが目にするのはレイプと殺人、レイプと殺人、そしてレイプと殺人である。

著者のジョン・クラカワーはモルモン原理主義とよく似た集団の例として、我が国のオウム真理教を挙げている。一九九〇年代半ば、数千人以上を死傷させた地下鉄サリン事件を筆頭に、数多くの暴力的事件を引き起こしたこのカルト教団の教祖もまた、多数の「妻」を密かに侍らせて一夫多妻状態を敷く一方で、信者たちのエロスを厳密に管理するという、エロス的支配を行っていた。要は宗教的独裁者というのは、世界中いつでもどこでも同じことをするものらしい。

独善的な宗教が乱倫と大規模な暴力の双方に結びついたという意味で、確かにオウム真理教と初期モルモン教はよく似ている。独善的な宗教というものは、ことほどさようにエロスを荒廃させるものなのだろう。

★濡れ衣を着せられたサロメ

一口にミソジニーといっても単に「女性が嫌い、怖い」という感情ばかりではなく「嫌いだからこそ好き、怖いからこそ魅了される」といった、両義性を帯びた感情もある。新約聖書に登場するキャラクターの一人「サロメ」が表象しているのは、そうした両義性に満ちたミソジニーだ。サロメはイエス・キリストの先駆者と言われる洗礼者ヨハネ、つまりヨカナンの首を刎ねさせた猛女として知られる。サロメは父のヘロデ王に巧みな踊りを見せて魅了し「お前の願い事ならなんでも聞く」との言質を取り付ける。この言葉を聞いて彼女が所望したのが、まさにヨハネの首だった。かくてヨハネは首を落とされ、サロメの捧げ持つ盆に首を載せられるに至る。

かようにサロメは男の首を狩る妖女なわけだが、不思議なことに異様なまでに人々に愛され、人々を魅了したキャラクターでもあった。「嫌いだからこそ好き、怖いからこそ魅了される」。我が国で言えば「阿部定」のような、両義的ミソジニーの象徴である。十九世紀末におけるサロメの流行ぶりはすさまじく、サロメを取り上げた文学作品は、二〇世紀の初頭でなんと二七八九点にも及んでいたという。**工藤庸子**の『**サロメ誕生――フローベール／ワイルド**』は、そんなサロメをめぐる文化史を、縦横に論じた書物である。

この書物は不思議な構成を持ち、まずは著者によるサロメ論、ついで著者自身の訳によるワイルドの戯曲、そしてフランスの文豪フローベールが書いた「サロメもの」の短編小説、さらに両篇についての詳細な注解（これ自体がもはや独立した読み物といっていいほどの分量）を収録した一冊となっている。著者の工藤は冒頭の論文で、サロメ伝説のそもそもの始まりであった新約聖書に遡り、彼女のキャラクターを論じている。というのもサロメを巡る血縁関係は、ひどく錯綜してややこしいからだ。左図をご覧いただきたい。

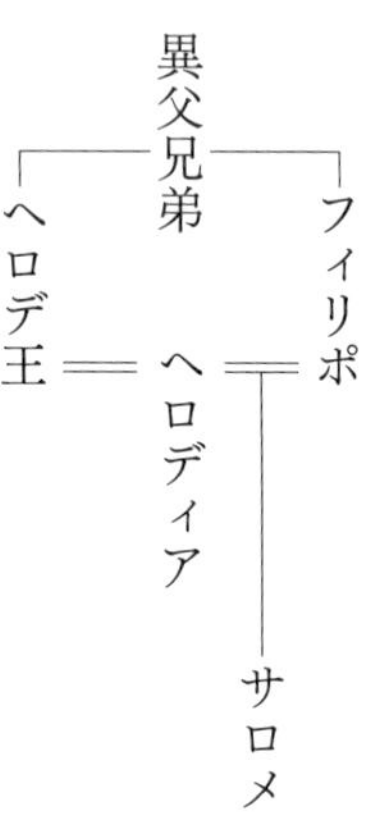

つまりヘロデ王とサロメとは実の子ではなく、おじと姪の関係であり、サロメはヘロデの妻ヘロディアが連れてきた連れ子なのである。しかもサロメの実父であったフィリポという人物は、ヘロデ王の異父兄弟なのだ。つまりサロメの母のヘロディアは、夫であるフィリポを捨てて、その異父兄弟であるヘロデ王に乗り換えてしまったことになる。これは俗に言う「兄弟丼」であって、現代の日本であっても誉められた話ではない。

そこでヘロデ王夫妻を批判する聖職者が現れた。この人物こそ洗礼者ヨハネ、つまりイエス・キリストに洗礼を与え「神の国が近づいた」と予言した人物である。ヨハネはイナゴと野蜜だけを食べて生きていたとされるほど厳格な清貧を貫いた人で、当然ながら倫理感は強い。ヘロディアの不品行な振る舞いを知り、火のついたように彼女を非難した。これをヘロディアは逆恨みしたのである。ヘロディアは自分に負い目があるものだから、ヨハネの小言が鬱陶しくて仕方がない。夫のヘロデ王に強引に迫って、ついにはヨハネを捕えて幽閉させてしまう。ところがいざ処刑する段になると、ヘロデ王は怖じ気づいて踏み切れない。なにせ相手は苛烈なまでに清貧を貫く人格者であり、しかももともとの非はヘロデ王夫妻にある。これでは躊躇するのが当たり前で、ヘロデ王は言を左右して処刑を引き延ばそうとした。

これに業を煮やしたヘロディアは、一計を案じて娘のサロメに、ヘロデ王の前で踊りを踊らせる。サロメの見事な踊りを見たヘロデ王は「お前の望むものなら何でもくれてやろう」と口を滑らせる。そこでヘロディアがサロメに吹き込んだのが「ヨハネの首が欲しい」という一言だったのである。酔った上での座興とは言え、仮にも一国の王が満座の客を前に約束した言葉であり、王自身といえども反古にはできない。かくてヘロデ王はヨハネの首を刎ねてしまうのである。

……と、以上が新約聖書に描かれた物語だ。つまりサロメは自分の意思でヨハネの首をねだったのではなく、母のヘロディアにそそのかされ、無邪気に母の言葉を繰り返しただけなのだ。ヨハネの首を盆に載せて運んだのも、母に命じられての行為に過ぎない。むしろここから読み取れるのは、自らの虚栄のために年端も行かぬ実の娘さえ利用する、ヘロディアの残忍な性格であって、サロメはその犠牲者に過ぎないのである。

フローベールの小説も、大筋は聖書の物語と変わらない。タイトルも「ヘロディア」となっていて、この物語の残虐性を担うのがヘロディアであるという前提は、いちおう踏襲されている。ところがフローベールの筆にかかると、本来犠牲者であるはずのサロメの踊りが、なんとも魔術的で蠱惑的に見える。しかもこのフローベール版では、サロメの容貌は若き日のヘロディアに生き写しという設定になっているのだ。いわばサロメはヘロディアの分身であり、義理の父を籠絡する小悪魔的少女なのである。

しかもフローベールの小説では、踊りのクライマックスでサロメが逆立ちを演じる場面が描かれる。台座の上に逆立ちで直立したまま、顔だけをガクンとこちらに向けて見せるサロメ。その姿はやがて首を切断される、ヨハネの運命を暗示するかのようだ。ここに描かれるサロメはもはや、生首を求める血まみれのロリータまで、あと一歩の距離しかない。

さらにワイルド版の戯曲「サロメ」になると、もはやサロメは聖者の首を求めてやまぬ、小悪魔どころか夜叉のような妖女へと変貌する。フローベール版があくまで無邪気にヘロディアの意思を代行させられてしまうのに対し、ワイルド版では自らの意思によってヨハネを籠絡しようとし、叶わぬと見るやその首を求める。かくて男の首を斬り捕る妖女、サロメのイメージができあがる。今日ではもはやサロメのもとの姿、つまり実母ヘロディアに唆されて殺人に関与した、可憐な少女の姿を知る人の方が少数派だろう。要するにマグダラのマリアと同様、サロメは「濡れ衣」を着せられたのである。

本書に所収の工藤論文は、フローベールとワイルドの作品を薮睨みにしつつ、それらが書かれた十九世紀末の時代背景や、両者が典拠とする聖書の世界を縦横に駆け巡りながら綴られている。複数のテクストがもつれあう彼方にサロメ幻想を垣間みるその筆致は、フローベールとワイルドの両者がインスピレーションを受けた、オリエントのアラベスク模様さながらの美しさだ。なかでも白眉はフローベールとワイルド両者の描く、サロメの踊りの場面の比較である。フローベールが邦訳にして三頁近い分量を費やして描写するこの踊りの場面は、なんとワイルド版ではわずか一行のト書きのみ。「サロメ、七つのヴェールの踊りを踊る」と記されているばかりなのである。

恥ずかしながら、私はワイルドの戯曲のなかに、あたかも流麗きわまる踊りの描写があったかのように錯誤して、この場面を記憶していた。工藤はこのワイルドの一行の描写を評して「ほとんどなにひとつ指示しないという意味で、天才的な思いつきだったのかもしれない」と記しているが、まったく私も同感である。ワイルドの書きつけた一行は、逆にわずか一行であればこそ、その行間を補完する無限の妄想を呼び込んでしまう。私の脳裏に生まれた記憶違いも、このワイルドの手練手管によるものと言える。つまりワイルドの翻案の凄みは、いかようにも読み手の想像を呼び込みうる、空虚な容れ物としてサロメの踊りを造形したことだったのだ。

ワイルドの描くサロメの姿は、自分自身の意思で男の首を狩り取る妖女である一方、いかようにも読者の欲望を受け入れる、空虚な身体としても描かれている。「嫌いだけど好き、怖いけど魅了される」。そんな両義的な女性としてサロメを描く上で、これほど巧みなテクニックもまたとあるまい。女性への嫌悪と崇拝両面を兼ね備える両義的なミソジニーの表象として、ワイルドのサロメは文学史上に燦然と輝いているのである。

★ドラキュラ、エロスの怪物

このようにキリスト教は比較的、性に対して狭量な宗教である。こうした宗教の支配する文化圏でエロスを描こうとすれば、必然的に異教的で背徳的なものになるのだろう。サロメしかりメリュジーヌしかり、幾多の魔女伝説しかり。ドラキュラもまた近代に生まれた、背徳的エロスの表象と言えるだろう。実際、十九世紀末に誕生した吸血鬼のドラキュラ伯爵には、どこかエロティックな趣がある。もともとはＳＦ作家でホラー評論家に転向した**デイヴィッド・スカル**は、その著書『**ハリウッド・ゴシック――ドラキュラの世紀**』で、こんなふうに書いている。

「ほとんどのモンスターは獲物を捕らえ手荒く扱う。言葉巧みに言い寄ったあとで命を奪うのはドラキュラだけである。（略）エナメルの靴を履き髪にはポマードをなでつけ、礼儀や社交といった我々の慣習をまね、図々しくもカモフラージュのために利用する。（略）犠牲者に忍び寄るのに好都合だからである」

同書はドラキュラ誕生の前夜から、もっとも初期の映画である「魔人ドラキュラ」の公開まで、約三十年のドラキュラの歴史を描いた書物である。スカルによると、ブラム・ストーカーによる原作版のドラキュラは、当時の骨相学を手がかりに「犯罪者タイプ」の顔として構想されたという。毛むくじゃらで口臭のある原作版ドラキュラは、紳士的な映画版とは似ても似つかぬレイピストのような怪物とされているのだ。

このため原作版ドラキュラには、しばしばフェミニストからの強い批判が浴びせられることがあるらしい。曰く「アンチフェミニズムの強迫観念を持つ書物」、曰く「性的行為としての殺し」といった具合である。著者のスカルはやや呆れ気味にこうした見解を紹介しているが、ドラキュラに対するフェミニストの評言は、なかなか痛いところを突いている。アメリカの戦闘的フェミニスト、アンドレア・ドウォーキンによる「性的行為としての殺し」なんて、ある意味で最大級の賛辞にも取れる殺し文句ではあるまいか。

さて、ドラキュラの原作者であったブラム・ストーカーが亡くなって十年を経た一九二二年、ドイツ人監督F・W・ムルナウの手になる一本の吸血鬼映画が公開される。この映画「ノスフェラトゥ」こそ、ドイツ表現主義ホラーの名作とされる作品なのだが、本作の吸血鬼はどういうわけかツルっ禿で、まるでビックリ箱から飛び出すように棺桶から飛び出してくるのである。

著者はここに勃起のイメージを読み取っているが、フランスのロジェ・ダドゥアンという批評家も、この吸血鬼を「歩く男根、あるいは〝男根主義者〟」と評したのだそうである。確かにツルっ禿の吸血鬼が直立する姿は勃起した男根にも見えるし、それだけに原作以上の強姦魔的イメージがある。とはいえ、ストーカーの夫人であったフローレンス・ストーカーは、この野蛮な姿がお気に召さなかったようだ。しかもこの映画は遺族であるフローレンスに無断で作られた「海賊版」だったのだからなおさらである。

夜会服にマントのいでたちで紳士的に話すドラキュラが登場したのは映画「ノスフェラトゥ」から二年後の、一九二四年のことだった。ただしこの紳士然としたドラキュラは、最初は銀幕に登場したのではない。ハミルトン・ディーンという英国俳優の一座による舞台の上に立ったのである(ただしこの一座、田舎向けメロドラマの巡業で人気を博した大衆演劇の劇団だったのだが……)。ともあれこの芝居はバカ当たりしてロングラン公演となり、地方からロンドンへ、さらにはブロードウェイでの公演へと登り詰める。

このアメリカ公演で伯爵を演じたのが、のちにドラキュラ役者の名優として名を馳せる、かのベラ・ルゴシという俳優だった。のちにドラキュラのトレードマークとなる、ゆっくりとした催眠的な台詞回しは、ルゴシがハンガリー出身で英語が不自由だったことから生まれたものだ。それまで興行的には成功していても批評的には「B級作品」の烙印を押されてきたドラキュラへの評価は、ルゴシの重厚な演技で一変する。野蛮なレイピストから高貴な誘惑者へと、ドラキュラのイメージは変貌したのである。

このブロードウェイ版ドラキュラの成功を見たハリウッドは、トーキー映画版ドラキュラの製作に乗り出すことになる。だが映画化を巡っては、フローレンスと英国版、ブロードウェイ版の演劇プロデューサー、そして複数の映画会社が、虚々実々の交渉合戦を繰り返すことになった。交渉の過程ではドイツの海賊版「ノスフェラトゥ」の存在も複雑に絡み、ドタバタ劇は約三年も続いたそうだ。最終的に権利を取得したのはユニヴァーサル映画社、主役を射止めたのはブロードウェイ版で成功を収めたベラ・ルゴシ。監督はのちに実際の畸形者たちを出演させて賛否両論の嵐に曝された映画「フリークス」で知られるトッド・ブラウニングだった。なんとも豪華な顔ぶれである。

かくて完成したハリウッド版ドラキュラは「魔人ドラキュラ」と題されて公開されたが、映画は最悪に近い出来栄えとなった。なにせ時は大恐慌直後、会社はギャラや予算を値切り倒し、主演のベラ・ルゴシは撮影中からご機嫌ナナメ。監督もやる気がなく、同じアングルの映像が三分も続くといった杜撰な状態のままで試写となった。この仮編集の試写を見たユニヴァーサルの首脳は激怒、無駄な場面のカットを指示したが、これが逆に災いして、前後のつながりのおかしなシーンが続出した。そのほか照明機材が映り込んだりタイトルロールに誤植があったりするなど、まったく出来栄えは散々だった。

ところがこの「魔人ドラキュラ」は空前の大ヒット作品となり、ユニヴァーサルの経営を立て直すほどの大入りとなったというからわからない。それにしても一体何がウケたのか。著者のスカルはその理由を、主に二つ挙げている。その一つはトーキーになって初めてのホラー映画だったということ。そしてもう一つのヒット要因は、まさに大恐慌直後の作品だったからだという。というのも本作でドラキュラの犠牲者となる女優のフランシス・デイドは、大恐慌直前の乱痴気騒ぎの時代、つまり「ジャズエイジ」の雰囲気を全身から漂わせた新人女優だったのだ。

そんなデイドが病み衰えてドラキュラの毒牙にかかる姿は、まさに大恐慌によって滅び去ろうとする、黄金の二〇年代のように見えたのだと著者は述べる。つまり観客はドラキュラに襲われるフランシス・デイドの姿に、大恐慌後の自分自身の姿を見たのである。おそらく観客の多くは「黄金の二〇年代」のバブルにはしゃぎ過ぎ、そのツケを支払うかのように、三〇年代の憂き目を味わっていたのだろう。貴族的な聖なる怪物、ドラキュラに襲われるフランシス・デイドの姿は、そうしたバブル崩壊後の落日を、あたかも貴族的で神秘的な没落、衰退のように感じさせたのに違いあるまい。

さて、この映画の権利関係を巡るドタバタには、実はあっと驚くオチがついている。詳しくは同書をお読みいただきたいが、実は全員がフローレンスの掌の上で踊っていただけであり、周囲はまったく無用のドタバタ劇を演じていただけだったのだ。ちなみにフローレンスはかつて『サロメ』の作者であるオスカー・ワイルドから求婚されたばかりか、ラファエル前派の画家たちが争って絵のモデルにしたという美貌の持ち主。ドラキュラを巡る男たちは運命の女フローレンスに、見事に翻弄されていたのだった。

ちなみに同書は三〇年代の話が中心で、以降はあっさりと触れられているに過ぎないが、七〇年代の英国製ドラキュラ映画を見て子ども時代を過ごした世代の私にとっては、この点が少々惜しまれる部分ではある。私が子どもだったころ、ドラキュラを演じて人気だった俳優はクリストファー・リー。このあたり、同書の訳者とほぼ同じ体験で、世代的親近感を覚えずにいられない。リーは現在もなお現役の英国人俳優で、「ロード・オブ・ザ・リング」や第二期「スターウォーズ」シリーズのほか、ティム・バートン監督作品の常連出演者として活躍しているので、興味を覚えられた読者は是非彼の演技をチェックしてみていただきたい。

リーの演じるドラキュラはいかにも英国紳士といった雰囲気で、三〇年代のルゴシが演じる異邦的、東欧的なドラキュラとはまた別種の色気があったものだ。彼がブロンドの美女ののど笛に牙を立てる場面では、私はいつもうっとりと陶酔しながら「自分にもこんな牙があればいいのに」などと思っていた。いま思うと、あれはおそらく子ども特有の、変形したリビドーの発露だったのに違いない。いずれにせよドラキュラがエロスと不可分に結びついた怪物であることは、まず間違いないことだろう。

★サド、裏返しの神学者

サロメやドラキュラの例に典型的に見られるように、西洋社会でエロスを描こうとすると、しばしば「異端」の色彩を帯びてしまう。これに対して我が国においては、エロスに対する規律意識が乏しかったと言われている。たとえば江戸時代まで我が国に公娼制度があったのは事実だし、地方に行けば近代以降も「夜ばい」の習慣が残っていた。もちろんこうした我が国の前近代における性の大らかさを、決して理想化して語ることはできない。公娼制度にせよ夜ばいにせよ、それらは「男にとっての性的自由」であって、女性には性的な選択権など実質的になかったからである。

とはいえ前近代のキリスト教圏におけるエロスへの禁忌のありようを見るとき、我々はそこに異様に狭量なものを感じて、少々戸惑わざるを得ない。たとえば西洋では幼少期の段階から自慰行為が厳しく禁止され、肛門性交は死罪となり、中世にあっては女性上位や後背位での性交すら「神に背く行為」とされたという。このように個人の寝室の中にまで性的なモラルが監視の視線を張り巡らせるような文化を、日本人は経験したことがない。せいぜいが「バレたら恥ずかしい」と思う程度のことである。

もう一つ我が国と西欧社会では、エロスにおける禁忌のあり方に大きな違いがある。我が国では「お上」が性的放縦や猥褻表現を取り締まったのに対し、彼の地では宗教、すなわちキリスト教道徳がこれを行ったという点である。西欧社会において性的な逸脱行為は、神への叛逆を意味したのだ。こうしたまさに背徳的なエロスのありようを、私たち日本人は自らの体感として経験したことがない。**遠藤周作**の小説**『留学』**は、クリスチャン作家である遠藤が真正面からこの問題に取り組んだ、一九六五年の作品だ。全体では三部構成になっているが、ここで紹介したいのはもっとも長く、全体の八割がたを占める第三部「爾もまた」という作品である。

本作主人公の「田中」という男は、マルキ・ド・サドの研究のためにパリに渡った仏文学の講師だが、エリート臭ふんぷんたる人物として描かれている。それもそのはず、当時はおいそれと海外へ行ける時代ではない。海外渡航は戦中戦後にわたって厳しく制限されており、この当時に海外渡航が認められたのは、政府関係者の視察や留学などの場合のみだったのである。

商用での海外渡航が可能になったのは一九六三年、観光旅行が可能になるのは一九六四年で、いちおう同書刊行時には観光旅行も可能にはなっていたが、それでも一人年間一回限り、しかもドルの持ち出しは五〇〇ドルまでに制限されていた。要するに当時は単なる物見遊山で海外に行くことなどもってのほかで、商用よりも研究目的が優先された時代だったのである。同書冒頭には飛行機でビジネスマンの一団に乗り合わせた主人公が、彼らに侮蔑的な視線を向ける場面が出てくるが、これはこうした時代背景による。

おそらく主人公は「昨日今日に渡航が許可された商売人のカネ儲け目的の渡航とは、俺の渡航はわけが違うのだ」とでも思っているのだろう。田中にとって海外の知的産物を吸収して持ち帰ることは、エリートにだけ許された特権なのだ。ところがこのエリート意識に凝り固まった主人公は、サドの倫理的、宗教的位置づけを考慮した上で、その研究対象に選んだわけではない。本作が執筆された一九六五年当時は、澁澤龍彦によるサドの邦訳書が猥褻文書として裁かれた「サド裁判」の真っ最中。つまり我が国におけるサドの紹介や研究は、ほとんど手つかずの状態にあった。彼はそうした「ハシリ」の作家であるサドに「早い者勝ち」の論理で手を着けただけの、文学的功利主義者だったのである。

主人公が研究対象に選んだサドは、フランス革命前後に数々の拷問と背徳行為によって投獄され、獄中でその思いの丈を書き綴ることによって作家となった男であって、立身出世主義とは正反対の制度外的作家である。サドは凄まじいまでの性的放縦を描いただけでなく、実生活でも密かにこうした性的放縦を働いて投獄され、獄中でもそうした妄想を抑えきれずに書き綴ったのである。しかもこの異端児は、単に己の変態性欲を書き綴ったわけではなく、神への叛逆としてのエロスの姿、性的行為を通じて涜神を行う無法者たちの姿を縦横無尽に描いたのだった。

つまりサドとは徹頭徹尾、骨の髄まで反逆児だった男なのであり、ある意味で裏返しのキリスト教道徳を体現する作家だった。本作主人公の田中とはまったく似ても似つかない、いわば「文学的危険人物」というほかない男である。ところが主人公の目的は、サドの文学的「成果」をちょいちょいと切り刻み、我が国に持ち帰って出世の道具にしようというところにしかない。本文中には記述がないが、裁判で世間の耳目を集めるサドの専門家となれば、出世競争で有利な小道具に使えるのではないかという下心も透けて見える。あまりにも小市民的な下心と、その道具にしようとする作家の巨大さや異様さが、ここではまるで釣り合っていないのである。

そんな自己中心的なエリート意識に凝り固まった田中の留学生活は、意外なほどつまらない理由から、周囲との齟齬を来していく。たとえば空港で早口のフランス語が理解できずにまごつく。ホテルの廊下をスリッパ一つの裸足で歩き回って恥をかく。先に渡仏していた日本人画家や作家たちといさかいを起こし、パリの日本人コミュニティーから浮き上がってしまう……。作中で田中が経験するのはごく些細なトラブルに過ぎず、海外に出たら誰もが一度や二度は経験することである。それを重大なものに見せているのは、彼の歪んだ選民意識のせいだ。

だがここで注意しておきたいのは、田中の躓きの原因が、しばしば身体的な日常動作にあることだ。文字であれば難なく十八世紀のフランス文学を読みこなす主人公は、たかだか空港での定型的な会話が聴き取れずに難渋する。現地の人間にとっては裸体同然のスリッパ裸足でホテルの廊下を歩いてしまうのも、裸体と着衣を分節する現地の身体的コードを知らないためである。そしてとどめに主人公は、フランスでは肛門に挿して使う体温計を、口にくわえて検温しようとしてしまう。サドが肛門性交を犯した罪で裁かれた男であったことを思い浮かべると、この場面は実に意味深長であると言えよう。

　つまりこの主人公は、エロスという身体的コードの根幹を抉ろうとした作家を研究対象にしていながら、彼の地の身体のありようについては、まるで無知なままなのだ。このほか彼は現地で娼婦から声をかけられ、慌てて逃げ出すという奇妙な臆病さまで発揮する。つまり田中は異文化ギャップに苦しんでいるというより、肉体に関する無知に苦しめられているのである。

　そして物語の終盤近く、田中はその高慢な態度への報いを、まさに肉体的な形で受けることになるだろう。かつてサドが暮らしたラコストの城、雪に閉ざされたその廃墟で、主人公が受けるこの裁きの場面には、まさに神への叛逆こそがエロスであることが、実に鮮やかに示されている。ここではその詳細には触れないので、是非じかにお読みになっていただきたい。


　さて、そんな同作の作者である遠藤周作は、中学生時代に洗礼を受け、キリスト教の問題を幾度も描いたクリスチャン作家として知られている。そんな遠藤にとって、キリスト教道徳を踏みにじる苛烈なエロスの作家であるサドは、キリスト教の陰画を描く作家として、きわめて重要な人物であったようだ。遠藤は小説家としてデビューする以前の一九五〇年、カソリック作家の研究を目的にフランスに留学。一九五九年にはサドについての研究を目的に渡仏し、サドの伝記作家でもある小説家のピエール・クロソフスキーや、やはりサドの伝記作家であるジルベール・レリイと面会している。

　本作はこの二度のフランス滞在を下敷きとした、遠藤の半私小説である。おそらく彼は現地でサド研究にあたりながら、幾度も自問したに違いない。自分は本当にサドの本質に迫れているのだろうか？　単に文学的立身出世主義の道具としてサドを使おうとしているだけではないのか？　そもそも日本人である自分に、つまりは神なき国の人間である自分に、神の陰画としてのサドが理解できるのだろうか？　……作中に登場する田中という人物は、そうした遠藤の内省を反映したものなのである。

遠藤がこの作品を書いてから半世紀近く経った現在、海外渡航や留学は、ごく当たり前のこととなった。現在の読者の中にはここに描かれる異文化とのギャップを「おおげさではないか」とか「昔は大変だったのだな」と受け流す方も、決して少なくないかもしれない。だがここに描かれているのは、いわば「裏返しの信仰」としてのエロス、逆光の中の神の姿としてのエロスである。そうした苛烈な異端のエロスを、私たちは体の芯から感じたことがあるだろうか。

文芸批評家の柄谷行人をはじめ「我が国に異端文学などない」と断言する論者は少なくない。私もほぼこれに同意するが、遠藤周作の手になる同作に限っては例外と考える。正確に言えば、本作は異端のありようを直視した作品ではない。そうではなく、サドという異端文学者が、我々日本人にとっては理解も到達もし得ない絶対的な他者であると示すことで、逆説的に異端というものの持つ「重さ」を示した作品と言える。身体のありようを寝室の中でさえ厳密に律する正統な信仰のなかで演じられる、信仰の陰画としての異端のエロス。この作品が描くのは、そうした真の異端が持つ重みなのである。

ちなみに作中、ラコストの城は石材として切り売りされ、あと二年もすれば消えてしまうだろうと書かれているが、いまもこの城の廃墟は破壊を免れ、現地に聳え立っているという。現在の城の所有者は、なんとファッションデザイナーのピエール・カルダンなのだそうだ。ピエール・カルダンといえば古色蒼然たる異端美のイメージからはほど遠く、むしろ未来的な美意識の持ち主のように思えるのだが、無制限、無限大の破壊を夢見たサドの居城は、この未来派的デザイナーに一体どんなイマジネーションを与えているのだろう。いずれにせよ、裏返しの神学者＝サドの居城とその異端神学は、そう簡単に消え去りそうもないのである。

★本章に登場する書物――――

『新約聖書』
岡田温司『マグダラのマリア――エロスとアガペーの聖女』（中公新書、二〇〇五）
澁澤龍彦編『エロティシズム（上）』（河出書房新社、一九九九）
ユーリー・ストヤノフ『ヨーロッパ異端の源流――カタリ派とボゴミール派』（平凡社、二〇〇一）
クードレット『西洋中世奇譚集成 妖精メリュジーヌ物語』（講談社学術文庫、二〇一〇）
上山安敏『魔女とキリスト教』（講談社学術文庫、一九九八）
ジャン＝クリスティアン・プティフィス『ルイ十四世宮廷毒殺事件』（三省堂、一九八五）
ジョン・クラカワー『信仰が人を殺すとき』（河出書房新社、二〇〇五）
工藤庸子『サロメ誕生――フローベール／ワイルド』（新書館、二〇〇一）
デイヴィッド・スカル『ハリウッド・ゴシック――ドラキュラの世紀』（国書刊行会、一九九七）

遠藤周作『留学』（新潮文庫、一九六八）

第六室

書物の遊郭

エロスの市の光と闇

★吉原とはどんな場所だったか

昔、フランスの映画監督、フランソワ・トリュフォーの作品で「華氏四五一」というのがあった。舞台は権力者によってすべての本が燃やされてしまった世界。そこで人々は一人一冊の本を諳んじることで「生きた書物」となり、次代に書物を伝えていく。次に進んでいただく部屋は、まさにそうした作りの部屋だ。この部屋にいるのは「生きた書物」となった遊女たちなのである。

彼女たちはいまやほぼ消え失せた遊郭の物語を諳んじて、入館者諸氏に語り聞かせる。もちろん書架も通り一遍のものではなく、遊郭を再現したものだ。あたりには和洋折衷の遊郭ふうに作られた書庫が建ち並び、床には川面を模した水路が張り巡らされ、水面には色とりどりの洋灯(ランプ)の煌めきが揺れる。行き交う遊女は豪奢な打ち掛けを身にまとい、鼈甲のかんざしを目映く照り輝かせて、ゆらりゆらりと歩くのである。

ただしその豪奢な見かけに目を奪われて、陶酔するばかりではいけない。マンガや映画の世界では、遊女は往時のファッションリーダーであったとか、粋でいなせで教養もあり、人気遊女になると浮世絵や芝居のモデルにもなった、などとされることが多いが、それは彼女たちの半面でしかないからだ。光あるところ必ずその背後には闇がある。こうした遊里に煌めく灯は、あくまで客寄せの誘蛾灯に過ぎないのだ。たとえば大正末期に実際に吉原にいた花魁、**森光子**の語りを通じて、遊女の実際の暮らしぶりをご覧になるといい。ひとたび裏に回って彼女たちの姿を覗けば、そこにはまさに生き地獄の光景が広がっているのである。

著者は吉原の遊郭に売られてきてから、約二年後に決死の思いで脱出するまで、密かに日記を綴っていた女性である。ここに紹介する**『吉原花魁日記――光明に芽ぐむ日』**は、そんな彼女が吉原を脱出後に出版したもので、底本の刊行は大正一五年(一九二五)。ごく普通の少女だった著者が、親の借金を肩代わりして吉原に売られていくところから、この書物は始まっている。

仲介するのは周旋屋だが、この周旋屋がひどい男で「酒のお酌でもしていればそれでよい」とか「食い物は東京の腕利きのご馳走ばかり」とか「お金にも不自由しないし着物は着られる」とか、挙げ句は性交渉を持ちかけられても断れるかのように言いくるめ、著者を吉原に送り込むのである。当然すべて真っ赤な嘘だ。

そもそも遊郭は建前上、明治五年(一八七二)に芸娼妓解放令というのが出て消滅していたはずなのに、この頃になっても実態的には江戸時代とほぼ変わらぬまま、その営業が続いていた。同書によると警察には「娼妓掛」という部署があり、戸籍謄本と娼妓届けを提出し、面接を受けることになっていたという。つまりは官許の公娼なのであって、芸娼妓解放令との整合性がどうなっていたのか、そこがさっぱりわからない。しかも実際に警察に行くと、散々なパワハラ、セクハラを受ける。読んでいるこちらの腸が煮えくり返る。

待遇だって最悪だ。朝は客のために炊いた残りの冷飯が、暖めもせぬまま食膳に並ぶ。おかずは味噌汁に漬け物だけ、一晩中責められるだけ責められたあとなので、それも喉を通らない。朝飯を食べ終えてからやっと眠り、夕方四時頃に昼飯を摂るが、おかずは煮染めか煮魚が一品のみ。夕飯は仕事の合間のわずかな時間に、昼間の残りの冷や飯を、おかずなしで食べていたという。

仕事の中身もひどいものだ。盆も正月も休みなし、強姦まがいのセックスをして得意がる男たちを相手に、一晩で替わるがわる十回以上も務めを果たす。昼間に客が来てしまうと、都合四十時間ほど働き詰めだ。月に一日だけ公休日があるものの、外出は脱走しないよう看守人付きとなる。あとは生理中だろうが親兄弟の命日であろうが、お構いなしに仕事が入るのである。

事が終わるたびに下湯を使うため、これが真冬になると身体に響く。あっという間に体内が傷つき、ひどい場合には膿んでしまう。病が高じると都の経営する性病専門の病院、吉原病院に入院することになるが、ここの待遇がまたひどい。出て来る飯は南京米、つまりタイ米などと同じインディカ種のコメで、ぱさぱさしている上に独特の匂いがあり、日本人には食べにくい。おかずは麩の煮たのと沢庵だけだ。

しかもこの病院は、相部屋どころか布団まで、二人で一組を使わせていた。当然ながら煎餅布団で、冬はすきま風が吹き込む有様である。意地の悪い掃除婦の老婆が患者をいじめ、夜になると綺麗な花魁が「綿を下さい、紙を下さい」と言いながら「出る」という具合。だが、そんな病院にさえ滅多に店は入院させない。入院する暇があったら客を取らせたいからだ。

もともと彼女たちは借金を背負ってこの遊郭に来ているのだが、店にはそんな彼女たちから情け容赦なくむしり取るシステムができている。客の遊び金を「玉（ぎょく）」というが、そのうち七割五分が楼主の取り分。残りの一割五分は借金の返済分として天引きされ、彼女たちにはわずか一割しか渡らない。天引き分だってきちんと返済に充てられたかどうか怪しいものだ。

盆や正月などの「しまい日」には「玉抜き」といって、客はふだんの倍の料金を払わされた上に、遣り手婆あに祝儀を弾んだり、芸者を呼んだりしなくてはならないというしきたりがあり、当然こんな日に来たい客はいない。すると店は客のつかなかった花魁から一日二円の罰金を取る。一時間の遊びがちょうど二円だったというから、当時の二円は現在の数万円の感覚だろう。

さらに娼妓たちは稼ぎ高によって席順が決められている。席順が上になると風呂も食事も先になる上、客に出る順番も先になり、結果として指名が増える。逆に席順が下がると店の者からばかりでなく仲間の娼妓からも見下される。罰金怖さとこの席順上げたさによって、おのずと娼妓どうしが競争しあうからくりである。

しかも娼妓は日々の消耗品の類いを、すべて自腹で賄っていた。客に出す菓子や石けんに始まり、楊枝や歯磨き粉の代金まで、ぜんぶ花魁が自腹で払う。さらには日々のお茶代や洗濯代、接客するための髪結い賃まで、一切合切が彼女たちの自腹だ。妙な客も山ほど来る。高慢な客、無愛想な客、因縁をつける客。言葉尻を捉えてねちねちと嫌みを翌朝まで言い続ける客、酔った挙げ句に店のものを壊したり、玉代を踏み倒したりする客。そのたびに弁償させられるのは花魁たちだ。こうして働いても働いても借金がかさむ、地獄の底に堕ちていくことになる。啄木を愛読していた著者はそんな日々の虚しさを、啄木風の三行分かち書きで、こんなふうに歌っている。

誰が為めに、この髪結ふぞ
悲しくも、夜毎に変る
仇し男の為め。

金に詰まった女ばかりなので、当然ながら問題も多い。時たま起こるヒステリーの発作、いじめ、告げ口、いがみ合い。金を貸した貸さないの揉め事も多いが、もっと多いのは馴染み客の取り合いである。この世界では「浮気厳禁」というのが不文律で、いったん娼妓が客につくと、ほかの娼妓への乗り換えは御法度となる。乗り換えたいなら他の店に行くしかないのだが、そうした掟を破る横紙破りの娼妓もいて、人の客を盗ってしまったりする。これが花魁どうしの揉め事のもとになるのである。

このほか客に惚れて貢いでしまう花魁だって出るし、振った振られたで大騒ぎとなり、自棄酒を煽ることもある。夜になればあちこちから啜り泣きの声が聞こえ、なかには無念のうちに亡くなる花魁もいる。そんな花魁は化けて出て、一人で寝ている花魁の布団を足許から引っ張る……。一言で言って「女の地獄」だ。

もちろん忘れえぬ客も稀にはいる。優しい客、人間どうしとして接しようとする客、指一本触れずに十字架のリングを渡して去っていくクリスチャンの客、などなど……。同書にはこうした印象深い男たちの記述も出てくるが、こうした男たちは珍しいからこそ本書に記されているのであって、圧倒的多数は獣のような男たちである。そんな性の荒野で生き抜くため、多くの娼妓は知らず知らずのうちに「花魁根性」という、特異なメンタリティーを身につける。大人しい客に手練手管の限りを駆使して籠絡し、巻き上げるだけ巻き上げようという性根である。

不思議なことにそうした花魁根性の持ち主は、客の前でいくらしおらしくしていても、客に性根の部分を見抜かれ、席順は上の方には行かなかったそうだ。ちなみに著者の森光子は自分のことを「べっぴんでもない、学問もない」と謙遜しているが、実際、特に愛嬌も良い方でなく、手練手管を使うこともなかったという。にも関わらず彼女の許には客が引きも切らず訪れ、席順はいつも二番目か三番目だったそうである。このあたりの不思議は女を売る商売に限らず、商い一般の極意に通じるかもしれない。

著者はこうした苦界の底から決死の思いで脱出をめざすが、面白いのはそうした著者の決意に大きな影響を与えた一人として、キリスト教団体、救世軍の伊藤富士雄が挙げられていることである。伊藤は廃娼運動の活動家として有名だった人で、なんとその孫はのちに日本初のゲイ雑誌『薔薇族』を創刊することになる、かの伊藤文學である。まさかそんな孫ができようとは、伊藤も著者も予想だにしていなかったことだろう。おそらくこうした祖父を持ったことが、のちにセクシュアル・マイノリティーに深い理解を示す遠因になったのかもしれない。

★吉原に「愛」はあったか

『春駒日記――吉原花魁の日々』は、前著の高い評価を受けて綴られた続編である。著者は前著に続いて花魁の春駒こと**森光子**、底本の『春駒日記』は昭和二年（一九二七）の刊行で、これに雑誌掲載の手記を併録したものとなっている。

同書では著者自身の暮らしぶりを含む、娼妓たちのエピソードが数多く紹介されている。そのころ吉原一の花魁と言われた娼妓の話や、吉原の娼妓たちからさえも賤視されたという千住遊郭の娼妓の物語、著者自身が患った性病の闘病記など、明暗双方のエピソードが紹介されており印象深い。光子が脱出して以降、彼女の勤めていた廓で起きた娼妓たちのストライキの顚末なども、著者の友人であった娼妓の手紙を再掲する形で紹介されており、当時の遊里の状況に彼女が一石を投じたようすが伺える。

同書では遊里で遊ぶ男たちの話も数多く紹介されている。ただしここに紹介されるのは、いっぷう変わった奇妙な客のエピソードばかりだ。娼妓を抱くどころか話さえせず、玉代だけ払って賛美歌を歌っていたクリスチャン。ことあるごとに自分の仕事を自慢する、映画関係者と名乗る男。完全に泥酔して何もせずに眠り込んでしまう客や、登楼してはお経を読み上げている客など、実に不思議な男たちばかりである。いわば遊郭版「忘れえぬ人々」と言えよう。

むろん光子の筆はこうした客の多くを容赦なく斬り、性欲の権化のように書くのだが、よくよく読めばどの客の背後にも、強い孤独感と寂寥感が透けて見える。結局のところ男というのは、女性の身体というより心を買いに遊里にやってくるのだな、と思わされる。乾ききった魂に潤いを与えてくれる刹那的な愛の売買を夢見て、男たちは遊里にやってくるのだろう。

こうした仮想恋愛の顧客たちのなかでも特に印象深いのは、浅草で女形をしていた客である。この人は浅草の劇場で女役を演じている俳優だったそうだが、私生活でもジェンダーやセクシュアリティーの面で、相当な混乱を来していたようだ。著者を前にしての態度にしても、同性としてつきあいたいという友愛の情と、男性として彼女たちを抱きたいという欲望、両方が彼のなかでせめぎあっていたように見える。とはいえ著者はこの人物のことも、最後にはバッサリ切り捨てている。実際にはトランスジェンダーといっても実に様々な形があって、こうした混沌とした性を抱えた人は少なくないのだが、それが彼女には性欲を隠す欺瞞と映ったらしい。出会った場所が不幸だったと言うほかかない。

客の中にはかなり真に迫った恋愛感情を持つ者もいて、著者自身は幾度かこうした告白も受けたようだ。たとえば兵庫県から来た行商人のお客。この種の店では誰か一人を接客中であっても、他の客からお呼びがかかれば、娼妓はキリのいいところで切り上げて、そちらに出向かなければならないという決まりがあるが、この行商人は光子を一瞬でも手放すのが耐えられず、襦袢の裾を抑えて引き止め「玉はいくらでも払うからそばにいてくれ」と懇願したという。結局この男は国に帰ってしまうのだが、著者の許にはその後も手紙が届いたそうだ。

そしてもう一つ印象に残るのが、石部と名乗る美大生とのエピソードである。遊郭では娼妓の「乗り換え」は御法度である旨は前節でも記したが、この客はほかの娼妓から乗り換えてまで、著者の光子に言い寄ったのである。この美大生は彼女の常連になるだけでは飽きたらず、光子の部屋の掃除をしたり火鉢の火を熾したりして、豆まめしく機嫌を取っていたらしい。ある意味、娼妓冥利に尽きる話と言えるだろう。

なのに光子はこの美大生の愛よりも、廓仲間との友情を優先してしまう。彼女は石部に対して愛想づかしを繰り返し、ことさら邪険に扱ったのである。最終的に彼女は一計を案じ、わざと寝間着のまま髪も梳かさず美大生の前に現れる。以後この美大生は二度と廓に来なくなってしまう。寝間着姿のだらしなさに呆れるより、故意にだらしない姿を装ってまで愛想づかしをする、彼女のつれなさに打ちのめされたのだ。

のちに彼は廓どころか日本さえ捨てて、はるか満州へと旅立っていく。当時の満州と言えば中国軍閥とソ連（現在のロシア）の赤軍が激しく戦火を交え、そこに日本の軍部が謀略を張り巡らすという、混沌とした政治状況にあった。光子への思いが募りに募り、その執着を断ち切るために、あえて危険な満州に渡ったのである。

彼はのちには兄を廓に使いにやって、一連の事情を説明させようとしている。誰が見ても未練タラタラの行動だが、光子は兄の話をろくに聞こうともせぬまま、さっさと奥に引っ込んでしまう。「石部さんがどこへ行こうと妾(わたし)の知ったことじゃありませんわ」、などと捨て台詞まで吐いて、である。これにはさすがに当の著者自身でさえ、理解不能な行動だったと書いている。何故そこまでつれなくしたのだろう。

理由の一つは著者自身が書いている通り、廓仲間との友情を優先するあまり、だろう。だが、それだけだろうか。もし単に縁を切りたいだけなら、客が音を上げるまで玉代を吹っかければ良いだけだし、その方が経済合理性にも叶っている。だが彼女の取った行動には心理戦的な色彩が強く「どこまでやったら嫌われるか」と、相手を試しているように見えるのである。

カウンセリング方面でよく使われる言葉に「試し行動」というのがある。主に児童心理の分野で使われる言葉のようだが、子どもが親の愛情がどれほどのものかを確認するため、わざとワガママを言ったり拗ねてみたりする行動のことらしい。光子の一連の行動は、どうもこの「試し行動」の一種ではなかったかと私には思える。実際、本書を読んでいると、光子がこの試し行動に近い行為を、幾度も客に取っていたことが読み取れる。それも相手が真剣に自分に愛情を寄せていると思しいときに限って、彼女はこの試し行動を発動させているのである。

ふつう試し行動は第一次反抗期、つまり二〜三歳の子どもが親に対して行うもので、大人になってもこんなことをしていたら、周囲の人は愛想を尽かして人間関係が破綻する。ところが光子は二十歳を超えて、この試し行動を、しかも自分の顧客に対して行うのである。

大人になっても試し行動をするのは、幼少期に親の愛情に恵まれなかった子どもが多い。たとえば幼児期にネグレクト（育児放棄）を受けた子どもは、大人になっても試し行動をやめない。彼らは幼児期に親の愛情を確認できなかったため、成人して以降も他者からの愛情に信頼感を抱くことができない。このため彼らは「自分は見捨てられるのではないか」という不安に、しばしば見舞われるのである。

彼らは他者が自分を愛してくれているかどうか確認しようとして、執拗に試し行動を繰り返す。

こうした状態は一般に「愛着障害」と言われるそうだが、成人以降の愛着障害がやっかいなのは、場合によっては相手との人間関係が完全に破壊されるまで、試し行動をやめない点にある。

幼児期の試し行動であれば、誰もが必ず行うものだ。オモチャを買ってくれとかお菓子を買ってくれと店先でぐずるのは、そうした試し行動の典型である。ところが成人の試し行動は「石橋を叩いて叩き壊す」ところまで行ってしまう。彼らは「ここまでやっても愛してくれるかな、ここまでやっても大丈夫かな」と執拗に相手を試し、相手が愛想を尽かして離れて行くと「やっぱりあの人の愛情は嘘だった」と安心するのだ。周囲から見ると奇妙きわまりない行動だが、当人のなかでは「偽の愛情を見破った」ことになる。このため彼らは相手が離れて行ってはじめて、やっと一安心するのである。

とはいえ光子は遊里に入るまではごく平凡かそれ以上の暮らしを営んでおり、比較的に親の情愛にも恵まれていて、いわゆる愛着障害に陥るような境涯とは考えにくい。一時は確かに遊里に売られたことを恨むものの、最終的には親との死別に際して、その愛情を疑ったことを詫びてさえいる。なのになぜ彼女は成人して以降、こんな試し行動を取るようになったのだろう。

いずれにせよ不可解な話だが、その不可解さが廓という場所特有の「何か」なのだろう。ちなみに評論家の紀田順一郎による巻末の解説によると、光子はその脱出を手伝った外務省の下級官吏、西野哲太郎と結婚したが、その後の二人の消息は不明だという。最後の最後に掴んだ西野との愛が本物であり、終生二人が添い遂げたのであれば、これほど喜ばしいことはないが、さて実際にはどうだったのだろうか。

★苦界であるがゆえの輝き

　ここまでは吉原の暗い面ばかりをご紹介してきたが、同時に吉原という場所には、まばゆいばかりに明るい面もある。画家の**斎藤真一**の手になる画文集『**吉原炎上**』を読むと、これが同じ吉原のことを書いたものかと目を疑うほど、きらびやかな吉原の姿が活写されているのと出会う。まず物理的にどこよりも明るいのである。

　本作の主人公、花魁の若汐（わかしお）こと内田久野は、親の借金を背負って岡山から、船で吉原へとやってくる。ところが彼女が目にした吉原の夜景は、横浜港よりも新橋よりも両国よりも、どこよりも賑やかなものだった。色とりどりの提灯や洋灯、ガラス窓や障子から漏れる灯り、廓を彩るステンドグラス。そこに豪奢な友禅をまとった花魁たちが行き交う。当時の吉原の遊女の数は、三千名に達したと言われているが、その華麗さはいかばかりであっただろうか。

　同書の作者は画家だけに、そんな吉原の華々しさを、独特の幻想的なタッチの絵画で伝えてくる。行灯のように床に立てて灯をともす、チューリップ型の洋灯の輝き。部屋の窓から見えるのは、浅草十二階こと凌雲閣の煌めき。いまでは消防法の関係で見ることができなくなった、木造四階建て、五階建ての遊郭の佇まい。花魁の姿が映るまで磨き込まれた、底光りのする板張りの廊下。今戸橋の下を流れるのは、いまでは暗渠化されてしまった山谷堀だし、そこを行き交う屋形船にもぼんやりと灯が揺らめいていて、まるで夢うつつの光景である。
吉原には大店、中店、小店とあって、久野が最初に勤めた中米楼（なかごめろう）は、中店クラスの店だった。そこから久野は吉原名物の時計台で知られた大店、角海老楼に転籍する。そこではお内儀さんも花魁衆も親切で、これまでの節に見たような、遊郭独特のギスギスした雰囲気もない。一番を張る花魁になると、威厳のようなものまで漂っていたという。久野はここで「お職」、すなわち店の筆頭に位置する地位にまで登り詰め、源氏名も「紫」に改名。花魁道中と呼ばれるパレードに参加することになる。

こうした遊里の描写のなかでも特に驚かされるのは、大店を訪れる客層の華やかさだ。政府高官、会社重役、将官クラスの軍人たち。『江湖新聞』創設者の福地桜痴に、自由民権運動の指導者、中江兆民。右翼結社、玄洋社の首魁であった頭山満（とうやまみつる）や、最後の将軍こと徳川慶喜。明治政府の重鎮であった山県有朋や井上馨、さらには当時の総理大臣であった伊藤博文までが登楼していたというから驚くほかない。そうした客層だけに花魁をいたぶるような無粋な遊びをすることもなく、若い官吏が遊女に無理無体を強いると、重鎮たちが「遊びが若い」とたしなめる場面もあったそうだ。

もちろん暗い話も本書には出てくる。たとえば亡くなった花魁は、人知れず裏木戸から弔いに出される。金銭にまつわる苦労は前節までに述べた通りで、心中事件も珍しくはない。なかでも鬼灯（ほおづき）を使った堕胎のくだりは凄絶の一語に尽きる。本書で紹介されているのは鬼灯の根の皮を剥いだ白身の芯を、子宮の穴に入れるという方法である。なんでも鬼灯には子宮を収縮させる作用のある成分が含まれているそうで、実際これで流産してしまうらしい。

こうしたエピソードが本書では淡々と語られるが、その淡々とした叙述に凄みがある。ちなみに吉原から浅草はすぐの場所で、浅草といえば「ほおづき市」が有名である。この浅草の風物詩の由来も、もともとは鬼灯の堕胎法にあったのかもしれない。

さて、そんな吉原の苦界のなかで、久野は一人の人物と出会う。登楼する政府重鎮のお供でやってきた若手官僚、坪坂義一である。坪坂は久野と同じ岡山の出身、やがて二人は相思相愛の仲となり、めでたく久野は坪坂によって身請けされる。坪坂は官僚を辞してのち、まずは銀行業、さらには繊維業で成功し、そこから伊藤博文の引きで、朝鮮総督府の高官にまで登り詰めている。タイトルにある吉原炎上、つまり明治四十四年（一九一一）の吉原大火を久野が知るのは、韓国ソウル在住時代。新聞を通じてのことだったそうだ。

吉原での堕胎の経験が祟ったのか、残念ながら二人の間に子はなかったそうだが、養女をもらって慈しんだらしい。その後、坪坂義一と久野の夫妻は内地へ引き上げ、二人の郷里の岡山で小さな染物店を営み、穏やかな晩年を過ごしたという。そして昭和十二年、久野は暮れにひいた風邪がもととなり、静かに息を引き取っている。享年八十六だったというから、当時としては大往生だ。明けて昭和十三年（一九三八）の正月、夫の義一は自宅で自害したという。自害そのものは悲しい出来事ではあるが、二人の愛情が本当のものであればこその、この結末だったに違いない。

久野が吉原に来たのは十八のときで、彼女が義一に身請けされたのは二十五のときだったというから、彼女が吉原にいたのは足掛け八年ということになる。決して短い年月ではないし、現在の目から見れば「悲惨な過去を背負った女性」ということになるのかもしれない。また、その後の「栄達」にしても、後世から見れば植民地支配に乗じたものとして、指弾されてしまうのかもしれない。だが彼女の生涯を、単に「悲惨一色の苦界から政府エリートの玉の輿に乗って脱出した人生」と見るのには、私はやや抵抗を感じる。

彼女の生涯を一面的な論理で断罪するのは、ごく簡単なことだろう。だが、そうした理屈で割り切ってしまっては、そこから零れ落ちてしまうものが、あまりにも多いような気がする。特に遊里の得も言われぬ悲しい輝き、政界、官界、財界人との交遊、そうしたなかで得た夫との愛を、無価値なもののように斬って捨ててしまうのは、少なくとも私には難しい。作者の筆で描かれる吉原の光景、夢か現か幻かもわからぬその景色を見たあとならなおさらだ。

どんな職業の担い手にも、その職業ならではの矜持がある。人から見れば辛いだけの生業に見えても、いや、その仕事が辛いものであればあるだけ、その誇りも強く高いものになるのが浮き世の習いだ。善か悪か、廃絶すべきか肯定すべきかのマルバツ式で判断をくだすのでなく、そうした矛盾を矛盾のまま、受け止めたいと私は思う。

私がこの物語を知ったのは、ご多分に漏れず五社英夫監督、名取裕子主演の映画「吉原炎上」（一九八七）がきっかけだった。ラストの花魁道中の場面では、豪奢な打ち掛けを身にまとい、黒塗りの高下駄で内八文字に練り歩く、名取裕子の姿が印象に残っている。とはいえこの映画版と、原作にあたる本書とでは、ずいぶん話の骨格が違う。映画版は本書の世界を借りて、脚本家の中島貞夫が自由に想像を巡らし、独自の物語を書き上げたものと考えた方が良いだろう。

この書物がセミドキュメンタリーであり、主人公の久野が作者の養祖母をモデルにしたものであることは、恥ずかしながら本稿の執筆がきっかけで初めて知った。巻末の作者あとがきによると作者はその母、つまり久野の養女であった斎藤益からの聞き書きで同書を書き上げたそうだ。あとがきによれば当時の吉原では、花魁道中に出られる花魁は数名しかいなかったそうである。だとするなら当時の「お職」は江戸期の「太夫」にほぼ相当するものと言えよう。

また作者あとがきには、作者の母が小学生だったころ「養母が吉原で太夫を務めた」と級友に話したところ、周囲から「そんなに偉い人だったのか」と驚かれた、とのエピソードも紹介されている。また明治三〇年頃のすごろくの上がりには、しばしば花魁の太夫が描かれていたらしい。花魁もある程度以上の地位になると、やはり一種のステイタスだったのである。

既に幾度となく述べている通り、この時代の娼妓たちは、多くが恵まれない境涯にあり、好むと好まざるとに関わらずエロスを売る立場に立たざるを得なかった人々だ。そうした状況を生む社会のありようには賛同できないし、性行為の売買そのものについても、望ましいものとか推奨すべきこととは考えない。とはいえ同時に、エロスの技芸一つで世を渡り、そこから成り上がった彼女たちの矜持のようなものを、一概に否定する気にも私はなれない。遊里を過度に理想化するのは禁物だが、全否定するのもまた物事の一面しか見ない態度だとは言えまいか。

作者の斎藤真一は、大正十一(一九二二)年、岡山県生まれ。昭和二十三年(一九四八)に東京美術学校、いまでいう東京藝大を卒業し、公募団体展への出品を経てパリに留学。滞欧中に藤田嗣治と交流を深め、帰国後の一九六〇年、文芸春秋画廊で初個展を開いている。以降はコンスタントに個展を開催。北陸地方を遊行した盲目の女芸人「瞽女（ごぜ）」をテーマにした連作など、不幸な境涯の女性をしばしばテーマに据えた。かつて花魁であった女性を養祖母に持ったというその生い立ちが、おそらくは不幸な女性を描く作風の礎となったのだろう。

ちなみに私は文庫版でこの書物を読んだが、底本となったハードカバーはタイトルが異なっており『**絵草紙　吉原炎上――祖母　紫遊女ものがたり**』となっている。文庫版はオリジナルの刊行からほどなく、映画の公開と同時に刊行されたものだ。残念ながら斎藤は一九九四年に亡くなっているが、その作品の多くは山形県「斎藤真一心の美術館」に収蔵されているという。残念ながら私は実物を見る機会に恵まれていないが、いつか自分の目で実見し、遊里を生きた女性たちの息吹を、肌身で感じたいと思っている。

★文化の揺りかごとしての吉原

かつて吉原には引手茶屋と呼ばれる、一種の待合室があり、これが一つの業態として栄えていたものらしい。吉原に来た客はいったんこの引手茶屋に寄って、そこで芸者を上げて酒食や歌や踊りを楽しみながら、花魁が来るのを待ったという。そこで「今日はあの子を呼んできて」などと頼み、貸座敷＝遊女屋から花魁が来るのを待ったのである。ここに紹介する『**吉原はこんなところでございました――廓の女たちの昭和史**』は、吉原で引手茶屋を営む家に育った、**福田利子**という女性の手になる書物だ。つまりは経営者側から吉原を描いた書物である。

遊女屋に大中小の別があることは前節にも述べたが、なかでも大店で遊ぶには引手茶屋を経由するのが習わしで、いきなり大店に入ることはできなかったそうだ。しかも引手茶屋は京都の祇園と同じで一見さんお断り、つまり誰かの紹介でないと入れない仕組みになっていた。おまけにこの大店では、初顔合わせとなる花魁と客は寝所まで入ることは許されず、初会では花魁こそ同席してくれるものの、芸者や幇間をあげて遊ぶだけだったという。

二回目もやはり「裏を返す」といって、同じことをしなくてはならない。お客が花魁の寝所に入れるのは三度目で「馴染み」になってから。つまり寝所に入るには、ある程度のステイタスと人脈、幾度も通い続ける財力が不可欠だったのである。

また、さすがに昭和になる頃には廃れていたそうだが、初会では「引き付け」と呼ばれる儀式が行われていたという。これは花魁と客を新婚の夫婦に見立てた「嫁入りプレイ」なのだが、実にこと細かに手順が決まっている。花魁が登場すると口上があり、花魁が吸いつけた煙管をお客に吸ってもらう「吸いつけ煙草」という儀式がある。しかも煙管は花魁が直接手渡すのでなく「下新」と呼ばれる下働きの少女の手を通じて手渡す決まりである。これが終わると「お召しかえ」で、儀式用から座敷用の着物に着替えるという段取りがある。とにかく悠長というか、ゆったりした時代だなと感心する。

とはいえ、こうした悠長さにはもう一つ狙いがある。前節までに述べた通り、とかくエロスの売買の場には、切った張ったのトラブルがつきまとう。だが引手茶屋での初会から馴染みになるまでの間に、暴れるなどの粗相をすると花魁の寝所には入れない。つまり大店の高級花魁には幾重ものリスクヘッジが設けられていたのである。引手茶屋はトラブルから高級遊女たちを守り、剥き出しのエロスを「遊び」というオブラートで包んで格式を持たせる文化装置だったわけだ。

同書はそうした引手茶屋の家に育った書き手の手になるものだけに、遊里の文化面については充実した記述がある。実際、高級遊女になると歌舞音曲はもちろんのこと、琴や三味線、俳句や碁、なかには水墨画に通じた花魁もいたそうだ。彼女たちがしばしば浮世絵の題材となったのはよく知られる通りだし、吉原は歌舞伎とも密接な関係にあった。吉原を舞台に活躍する侠客の物語「助六」のように、歌舞伎はその多くが吉原を題材としていたのだ。そもそも江戸時代に歌舞伎小屋が建ち並んだ浅草の猿若町は吉原のすぐ近く、歌舞伎役者が吉原を訪れることも珍しくなく、襲名披露などの際には役者が引手茶屋に挨拶するしきたりもあったという。

著者の福田利子は大正十二（一九二三）年の生まれだが、その幼少期の吉原には、こうした江戸時代の情緒的な部分がまだ残っていたものらしい。町の中心部にあたる仲之町の植木柵には、春には桜が移し植えられ、夏になると七草を描いた掛け行灯が吊るされて絵師が腕を競い合い、菊の頃には菊人形が、冬には判じ物が展示されたそうだ。客は吉原に来るとまずこの植木柵を眺めてから引手茶屋に、それから遊女屋へと向かった。このほか「仁輪加（にわか）」と呼ばれる即興の風刺劇なども上演されていたらしく、吉原ならではの風物詩が四季折々にあったらしい。

さて、そんな百花繚乱の吉原に暗雲が垂れ込めだすのは、昭和十六年（一九四一）ごろのことだ。昭和十六年といえば日中戦争が泥沼の様相を呈し、いよいよ日米戦争へと日本が舵を切る頃である。

この年、歌舞音曲の停止令が出され、吉原はなんとか例外として認めてもらったものの、やはり世間を覆う自粛ムードは、遊里への逆風となったようだ。そしてもう一つこの頃の吉原には、大きな変化が起こっていた。花魁たちがいわゆる「従軍慰安婦（原文ママ）」として、前線に赴きだしたのである。この問題についてはさまざまな見解があることは承知しているし「従軍慰安婦」という言葉そのものにも異論を唱える論者がいるのは存じ上げてはいるが、ともあれ該当する箇所を本書から引用しておこう。

「吉原から従軍慰安婦を出すようにという軍命令が、貸座敷組合に来たのだそうでございます。（略）あのときは必ずしも強制ではなく、自分から希望して、兵隊さんについて行きたいといった花魁が多かったんですよ。（略）慰安婦を希望した花魁たちはみな、『兵隊さんと一緒に死ぬ』ということを本気で思っていたのだそうです。（略）戦場で亡くなった人たちも、相当な数になるのではないでしょうか。でも、一般の戦死者には軍人遺族年金が支給されているのに、従軍慰安婦は名簿もないのだそうです」

どれも伝聞ばかりでいささか信頼性を欠く記述ではあるが、それはさておき右の引用文には一つ大きな矛盾がある。「従軍慰安婦を出すようにという軍命令が」来たのに「必ずしも強制ではなく、自分から希望して、兵隊さんについて行きたいといった」というのである。軍は関与していたのかそうでないのか、命令だったのかそうでなかったのか。真相は一体どうだったのだろう。ただ、著者が慰安婦の派遣を「軍命令」と受け止めたということは、一つの時代の証言として見逃せない事実と言えるかもしれない。

断っておくが著者の福田利子は、いわゆる左翼的な人物ではまったくないし、慰安婦は自発的に戦地に行ったと誇らしげに書く人ですらある。ましてこの証言は「軍命令が貸座敷組合に来た」ことについての、吉原関係者の間に伝わる伝聞の記録として綴られている。少なくとも吉原の多くの人々のあいだで軍の命令があった「かのように」思われていたことは間違いあるまい。

そしてもう一つ特筆しておきたいことは、戦場での慰安婦の生活は、死と背中合わせのものだったということだ。なにせ「お国のために死んで来い」が兵士を送り出す際の決まり文句であった時代、それでもなお彼女たちは死地に赴き、お国のために身体を張った。確かに慰安婦は兵士ではなかったかもしれないが、名簿すらなく戦史にすら記されないというのでは、あまりにむごいと思うのだが、どうだろう（もちろん慰安婦であった過去を知られたくない人も多くいることだろうが、それにしても、との思いは禁じえない）。

その後、日本が敗色濃厚となるにつれ、内地に残った花魁たちの日本髪も禁止となり、最後はもんぺ姿で仕事に臨んだという。そして一九四五年三月十日の東京大空襲で、吉原は全滅する。だが、そんな焼け跡で呆然とする吉原の人々に、一九四五年五月、当局は吉原復興を命じたらしい。理由は治安維持と国威発揚のためだったという。

既に当時、日本の主要都市は空襲によって焦土と化し、吉原の花魁たちも多くが空襲で落命、生き残った者も散り散りバラバラの状態にあった。吉原復興どころの状況とはとうてい思えず、当局の正気を疑わざるを得ない。とはいえ命令は命令である。ベニヤでできた急ごしらえの吉原遊郭が、営業を再開したのは八月五日のこと。そして八月十五日、日本は敗戦。復興吉原はわずか十日で再び姿を消したのである。

だが、さらに驚かされるのはそのあとである。敗戦からわずか三日後の十八日、内務省から各府県に向けて「進駐軍特殊慰安施設について」という無電が打たれた。内容はまたしても吉原の復興を命じるもの、目的は「一般の女性の貞操を守るため」だったそうだ。当時の日本政府はセックスのことしか頭になかったのだろうか。

ともあれこうして進駐軍向け国営売春機関「特殊慰安婦保安協会（ＲＡＡ）」の施設が吉原に次々とオープンするが、その結果は悲惨だったようだ。遊興費に事欠いた米兵が娼婦を強姦する事件が相次ぎ、避妊具もつけずに事に及んだ結果、凄まじい勢いで性病が蔓延したのである。結局わずか一年で立ち入り禁止の立て札が立ち、三たび吉原は無人の野に帰ったという。戦時下、占領下などの紛争地帯では、いくら性風俗を作っても性犯罪の防止には役に立たないという、見本のような事例と言えよう。

一九四六年、今度はＧＨＱの命令によって公娼制度は廃止されるが、警視庁は「特殊飲食店の経営なら認める」という方針を打ち出し、このＧＨＱの命令を骨抜きにしてしまう。警視庁はそれまでの貸座敷＝遊女屋を表向き「カフェー」に業態転換させることで、うやむやのうちに延命を図ったのである。これ以降、吉原の貸座敷は一斉に模様替えし、ボックス席とバーカウンターの設置が義務づけられ、和風の店は一掃される。こうして誕生した特殊飲食街こそが、いわゆる「赤線地帯」

である。かつて曲がりなりにも江戸文化のゆりかごとなった貸座敷は、こうして姿を消してしまったわけだ。

吉原の歴史は一九五六年の売春防止法の成立によって、この赤線地帯が廃止されるところで終わる。だが売春防止法の施行ののちも、特殊飲食店は特殊浴場＝ソープランドとして業態を改め、実態的に現在も続いているのは広く知られる通りである。セックス産業の街としての役割はそのままに、そのうえに華開いたエロスの文化を根こそぎにされた街、吉原。読者諸氏はその歴史と現在を、どのようにお考えになるだろうか。

★海を渡った遊女、からゆきさん

さて、お次は少し吉原を離れ、海外に目を転じてみたい。かつて幕末から明治、大正中期までの頃、我が国から海外の諸都市へと渡った娼婦たちがいた。こうした人々は「からゆきさん」と呼ばれ、北はシベリア、西は中国や東南アジア、南は遠くインドやアフリカにまで出かけ、春をひさいでいたという。ここに紹介する**山崎朋子**の『**サンダカン八番娼館――底辺女性史序章**』は、かつて「からゆきさん」の一人として北ボルネオ、つまり現在のマレーシアの商都サンダカンへと渡り、そこで娼妓として働いた老女「おサキさん」への聞き書きを中心に、からゆきさんの姿に迫ったドキュメンタリーである。

おサキは戸籍上だと明治四十二（一九〇九）年生まれだが、実際の年齢は十歳ほど上。からゆきさんは日本全国から出たが、特に九州の天草、島原の出身者に多かったと言われ、おサキもそんな天草出身のからゆきさんである。博打好きだった父の代に土地を失い、父の病没とともに暮らしが窮迫。しかも母が子どもたちを見捨てて再婚してしまった。子どもたちだけでの経済的自立は難しく、まずは姉のヨシがミャンマーのラングーンに売られ、次いでおサキも十歳で、北ボルネオに売られて行ったのだという。

ちなみに当時の北ボルネオは、実質的なイギリスの植民地であった。かつてインドを支配した東インド会社のように、ロンドンに本拠を置く北ボルネオ会社という会社組織によって、国家そのものが支配されていたのである。そんな北ボルネオの植民地経済の富、ゴム農園などのプランテーション農業から生まれる富をめざして、からゆきさんは海を渡ったわけだ。

外地での生活は比較的豊かなものだったようで、おサキはボルネオに渡った当初は、毎日三度白米を食べられる生活を喜んだという。だが、そんな喜びも長くは続かなかった。初めて客を取らされたのは初潮前の十三歳。生理中でも病気でも客を取らされ、着物代や化粧代などが自分持ちになるのは内地の遊郭と同じである。

しかも港町のサンダカンは、大きな船が着くと一気に客が押し寄せる。このため多いときだと一晩三十人もの客を取らされたという。しかもその数年後、おサキはさらに他の小さな島へと転売される。これ以上の僻地に行かされてはたまらぬと島を脱走。サンダカンへと舞い戻ったおサキは、八番館の楼主「サンダカンのおクニ」に保護を求める。当時の北ボルネオで、娼婦を束ねる女傑として知られた女性である。

おクニが楼主を務める八番館は、天国のような場所だったそうだ。食事に豚肉が出る、鶏肉が出る、黒鯛の刺身が出る。しかも経営者と娼妓たちが同じものを食べ、決して見下すことはなかったという。困って訪ねてくる者があれば人種や国籍を問わず世話を焼き、サンダカンで死んだ日本人を弔うために、海の見える丘を切り拓いて日本人墓地まで作ったおクニ。おサキはそんな彼女のことを、実の母のように慕ったという。

しかもおサキはこの八番館で過ごすうち「ミスター・ホーム」と名乗る英国人の妾になる。ホームは北ボルネオ会社の運営する税関の官吏で、いわば国家公務員である。からゆきさんとしては相当の立身出世だ。だが妾とは言ってもこれは偽装で、ホームが夫のある女性と結んだ不倫関係を隠すためのダミーであり、実際には愛情のかけらも見せなかったそうである。とはいえ、いずれにせよ経済的には、大変な栄達であることには違いない。実際この頃おサキは大金を手土産に、一時帰国も果たしている。

だが彼女を待ち受けていたのは、故郷の冷たい仕打ちだった。自分と姉の仕送りで建てたと思しき兄の家、ところがそこには嫁がいて、家の中に居場所がない。結局おサキはカネのあらかたを親類に配り終えると、残りを料理屋での芸者遊びにつぎ込んでしまい、再びサンダカンへと戻ってしまうのだった。

ところが戻ったサンダカンでおサキが見たのは、左前になった八番館と、高齢で体調を崩したおクニの姿だった。おサキは経営の傾いた八番館を処分し、おクニの最期を看取ってやるが、ショックで重度のうつ状態に。医師の診断を聞いた主人のホームは、まとまった額の手切れ金を渡し、日本へと帰国させるのであった。無論、今度も日本で待つのは、以前同様のつれない仕打ちだ。ホームから貰った手切れ金は、おサキが心神耗弱状態にあるのを良いことに、親族が寄ってたかって騙し取り、兄嫁は険のある目つきで睨みつける。逃げ込む先は芸者遊びだが、それがまた保守的な村の倫理感を逆なでする。

そんな芸者遊びで知り合った男といったんは所帯を持つものの、殴る蹴るの毎日が続く。もはや日本に居場所はないと悟ったおサキは、かつての朋輩を誘って満州をめざす。今度は娼妓ではなく飲食店での酌婦として満州に赴き、そこでトランク職人の男と所帯を持ったおサキは、今度こそ生活を軌道に乗せる。めでたく子宝に恵まれたのが昭和九年（一九三四）、さらに夫婦ともども仕事に精を出し、二人はオンドルつきで二階建ての家まで持つのであった。

ところが間もなく日本の敗戦。命からがら帰国すると、夫の生地であった京都に落ち着き、夫は郵便配達夫、おサキは掃除や洗濯、子守りなどをして、遮二無二働く日々を送る。やがて十数年後、夫が病没。息子が成人してしばらくすると、息子は再三おサキに向かって、天草に帰るよう薦めたという。仕方なしに独居を始めた彼女の許に、息子が嫁をもらったという便りが届く。実は息子からの執拗な別居の薦めは、彼女がからゆきさんであった過去が、結婚の障害になると考えてのことだったのである。

母に捨てられ兄に捨てられ、親族や息子からも捨てられて、孤絶の中で暮らしていたおサキ。著者の山崎はそんな彼女を訪ね、三週間にも渡って寝食を共にしながら、この長大な物語を書き綴るが、その家は壮絶な有様だったようだ。茅葺き屋根は堆肥のように腐って壁は崩れ、襖や障子は骨だけの状態。畳も腐ってムカデの巣となり、家には井戸も水道もない。風呂は甥の家で貰い風呂、大小ともに裏の崖で用を足す。食事は米と麦が半々、それに屑芋を塩と味噌で煮たものだけ。山崎はそんなおサキと同じものを食べ、同じ家に泊まってこの書物を書き、帰京後も送金を続けたのである。

出会って間もない頃の著者に向かって、おサキはこう語っている。村内の身内の者でも縁側に腰をかけるのがせいぜいで上がろうとせず、実の息子でさえ一日泊まるのがやっとのこの汚い家に、あなたはこうして寝てくれた。天草に来ることがあれば、是非またこの家に寄って欲しい、あなたのことは死ぬまで忘れない、と。

おサキの生涯を振り返ると、見事なまでに肉親からは裏切られ、身も知らぬアカの他人に助けられて生きてきたようすが伺える。昨今、児童虐待などのニュースを根拠に、戦後は家族が崩壊した、戦前の家族は素晴らしかったという論をよく耳にする。だが戦前であれ戦後であれ、人は身内に対して鬼になることもあれば、逆にまったくの無縁の人でも、ときとして菩薩になることがある。おサキの生涯を語るこの書物は、そのことを私たちに伝えてくれる。

同書ではマルクス主義史観、階級闘争史観の上に立って、からゆきさんという歴史的現象が分析されており、そこではこうした「性的労働者の輸出」が、何よりも貧困から生まれることが指摘されている。著者はさらに天草がもともと農業にも漁業にも不適な地帯であったにもかかわらず、江戸期に流刑地として罪人たちを送り込まれ続けたため、土地の生産力に比して過剰な人口を抱え込んだことを指摘。こうした貧困の根絶こそが、からゆきさんのような奴隷的な性的労働を断ち切る方法だと結論づけている。

だが本書の真の核心部分は、そうした経済的な分析にあるわけではないように思う。実際、本書のタイトルはあくまで『サンダカン八番娼館』であり、あのサンダカンのおクニが経営した娼館の名前、おサキをして「天国」と言わしめた場所である。私はここに著者本人も意識していなかった、本書の核心があるように思う。

既に前節でも見たように、日本では幾度となく廃娼令が出されているが、その実態はと言えば建前ばかりで、実際には深刻な人権侵害が当局公認で行われていた。そうしたなかで娼婦たちの心身を守るセーフティーネットとなったのは法律ではなく、むしろ大店の持つ文化的機能や格式、そこに敬意を感じて粋な遊びをする、客たちの不文律であったと言えよう。だが内地における歌や踊りといった文化的伝統から遠く離れ、こうした格式を持ち得ない外地にあっては、こうした文化的セーフティーネットはない。替わって娼妓たちを守った拠り所こそ、おクニの「義侠心」だったのである。

本書ではおクニの養女であるおサクへの聞き書きも収められている。このおサクの証言によれば、おクニは月に一度は餅をついて近隣に配ったほか、鶏を丸ごと使ったカレーを作って振る舞うなど、ことあるごとに椀飯振る舞いを行ったそうだ。人種や国籍も問わず誰彼構わず仕事の世話をし、そのもてなしぶりも相当の広範囲に及んだらしい。なかでも台湾総督府からは、年に一度必ず贈答品が届いたほどだったそうだ。このため悪辣な女衒といえども、おクニが睨めば無茶はできなかったのだという。つまりは彼女の義侠心が、娼妓たちを守ったのである。

いくら制度的、法的に娼婦の保護が謳われても、そうした制度に魂を入れる「何か」がなくては、制度は生きたものにはならない。また、経済的な状況の改善も、確かに待遇の底上げにはつながるだろうが、それだけでは充分ではあるまい。制度や経済状況といった形式に魂を入れる「何か」とは、ある場合には「格式」と呼ばれるだろうし、ある場合には「義侠心」と呼ばれることになるだろう。つまり性的労働者に対する敬意の念がそこになければ、いくらカネを使ったり制度をいじったりしてみても、根本に横たわる問題は解けないのだ。

おクニの死とともに露と消えた娼婦の天国、サンダカン八番娼館。おそらく著者はおサキやおサクへの聞き書きを通じて、その残像を見つめようとしたのだと思う。はるか南洋に消えた娼婦の天国、その残照は私たちの許に届いているだろうか。私たちは性的労働者への真摯な敬意を、真に持ちえているだろうか。そのことを本書は無言のままに問いかけているのだと思う。

★遊郭を舞台にした奇想文学

さて、遊郭の章の締め括りとして、ここでは一冊の奇書をご紹介したい。作家の**辻中剛**の手になる小説『**遊郭の少年**』がそれである。この書物を取り上げる理由の一つは、同書で描かれるのが吉原のような官許の遊郭でなく、準公娼地帯であった内藤新宿を舞台にしているからだ。

主人公の少年、前園聖は、そんな遊女屋の一つ「万字屋」を経営してきた一族の末裔。この物語は少年の曾祖父の時代、つまり徳川幕府瓦解の時代に始まり、主人公の少年時代、つまり太平洋戦争の戦時下の頃までを舞台とする。つまり本書は遊郭に生まれた一少年の「ヰタ・セクスアリス」であると同時に、新宿という準公娼地帯の近代史を綴る物語なのである。

なにせ小説だからどこまで事実かは判然としないが、それでも同書は興味深い記述であふれている。内藤新宿が五十数軒の遊女屋から成り立っていたこと。江戸時代でも人身売買は建前上では禁止されていたため、遊女たちは法的には遊女屋の「養女」となっていたこと。にも関わらず遊女たちは養父母に骨の髄までしゃぶられて、歯向かえば拷問にあったこと。徳川時代から明治の頃には遊女屋の土蔵は「拷問蔵」と呼ばれ、そこで遊女への拷問が行われたこと。とはいえ大正デモクラシーの時代を経て昭和に入ると、そんな遊女の待遇も改善され、生理休暇や自由な外出も認められたこと、などなど。こうした待遇改善の背景には、花魁の春駒こと森光子をはじめとする人々の活躍があったことは、既にこれまでの節に見た通りだ。

さて、そんな新宿の遊女屋に育った主人公は、ヒトラーが政権を獲得したのと同じ年、すなわち昭和八年に生まれ落ちる。万字屋の家紋である「卍(まんじ)」がナチスの鍵十字と似ていたことから主人公はヒトラーの信奉者となり、ナチスの腕章を学童服の上から巻いて、ナチス式の行進を真似て学校に通う。しかも彼は七五三のお祝いの日に、新宿駅南口の大ブリッジの上から転落し、以来どういうわけか子どもながらに大人の男女の秘事をすべて理解したという、悪魔のようなファシスト少年になる。こうした捻れに捩じれた構図、性と経済と政治の三つ巴の交点を描く奇想ぶりこそ、私がこの書物を推すもう一つの理由なのである。

さて、そんな主人公の思想や行動は、さらにグロテスクに捻れていく。当時の少年の例に漏れず天皇陛下を奉じる軍国少年であるにも関わらず「アジアの総統」になることを密かに夢見る誇大妄想ぶり。教会の前を通るときには神を冒涜する言葉を吐く癖に、敬愛するヒトラーがキリスト教徒であることは都合よく忘れ去るご都合主義。花園神社の社殿に向かってハイル・ヒトラーの敬礼をし、週番教師から張り倒されるという筋違いな行動。当人はアジアの盟主となるべき大天才のつもりだが、傍目から見れば道化そのものの行状というほかない。

さらにこの少年は、日本神話における悲劇の英雄ヤマトタケルに関しても、彼一流の屈折した解釈を披露する。我らが主人公の聖によれば、ヤマトタケルはゲイボーイよろしく少女に化けて、酔った相手の隙を突いて暗殺した、卑劣きわまりない皇子なのだという。もっともこの主人公によれば、こうした卑怯な戦法こそが実は日本民族古来の偉大な戦術であって、真珠湾攻撃の奇襲もこれに基づくものだというのである。つまり彼にとっては卑怯さこそが日本の美徳であり「油断する敵が間抜け」なのだ。

彼の思想や行動は矛盾だらけではあるが、よくよく考えれば彼の矛盾は、当時の日本が抱えていた矛盾と背中合わせのものばかりである。「現人神」を奉じているにも関わらず、アーリア民族の優越を説くナチスと平然として同盟関係を結ぶご都合主義。男らしさと日本精神を説きながら、その実は真珠湾に奇襲攻撃をかけて恥じない卑怯千万さ。少年の抱える思想的矛盾は、実は皇国日本の抱えた思想的矛盾の陰画なのだ。

こうした矛盾の中でも最たるものが、セックスに対する態度である。軍部は聖たちの店に従軍慰安婦の供出を求める一方、酒は切符制に切り替えよ、月に二回は「肉なし日」と定めよと命じる。花見の宴会は自粛せよ、華美な服装やパーマ、日本髪も禁止。とても遊里とは思えぬほどの禁止づくしである。当局は一方で性的サービスの供出を求めながら、他方ではやたらとあれこれ禁止ずくめにして、遊里をまるで火の消えたような荒廃に追い込んだというわけだ。

けだし人間というのは矛盾の塊のようなもので、それが二人になり三人になれば、矛盾の振れ幅も大きくなる。国家というのはそうした矛盾の最たるものだが、そんな国家規模の矛盾が暴走するのが戦争だ。いっぽう本来的には売買できない「愛」を、売り物でもあるかのように見せかけて肉体を商うのが廓であり、そこには本来的な矛盾がある。この二つの巨大な矛盾がぶつかりあうのが、戦時下の廓という場所なのだ。

主人公が体現してしまう思想的捻れは、こうした幾重もの矛盾が積み重なった結果である。そして我らが主人公は、その矛盾からくる苛立ちを、積極的に解消しようとはしない。彼が取る行動は、より弱い立場の者に苛立ちをぶつけようとする、完全な八つ当たりである。たとえば行きすがりの猿回しの猿を、パチンコで撃って面白がる。あるいは近所を徘徊する精神病患者を、糞尿入りの落とし穴に落とす。つまりは社会的弱者である遊里の子が、その苛立ちを更なる弱者に転嫁する、虐待の連鎖の縮図である。

そんな苛立ちをさらに加速するのが、近所の娼妓、文枝への恋心だ。主人公は廓の子であるため、本来よその見世の娼妓と情を通わせるのは御法度である。しかも時局柄、街を娼妓と歩いているところを見られれば、教師から血まみれになるほど殴られるのは必定だ。偶然会うのを期待して、近所を徘徊するだけのせつない恋路。だが文枝は婉然と微笑んで喜ばせたと思えば、伝法な口調で聖少年をやりこめるのである。

悪魔のようなファシスト少年のはずの前園聖も、この内藤新宿のファム・ファタールの前ではただの小僧だ。やがて聖は文枝のために、風呂を花湯にするための花を求めて、新宿御苑の桜を折り盗ってしまう。当時の新宿御苑といえば皇室のご領地、娼妓の風呂の湯のために御苑の花を折り盗るなど国賊に他ならないはずだが、彼はそんな禁苑の桜に手をかけるのである。

やがて主人公は文枝の過去の事情を断片的に知るにつけ、複雑な思いを深めていく。主人公の育った見世に、かつて文枝が在籍していたこと。とうに年季も明けているのに娼妓を続けていること。主人公の父曰く文枝は「性質(たち)のいい女じゃなかった」こと……。美しい顔だちの下に、いつも暗い沼のような孤独を秘めた文枝。その過去をきれぎれに知った聖は、やがて文枝の過去についての奇想天外な妄想を育んでいく。妄想はバロック的な捻れを見せながら膨れ上がり、やがて戦況の悪化とともに、怒濤のカタストロフへと突入していくのである。

エロスと経済、そして戦争が三つ巴となって炎上する戦時下の内藤新宿。この暗黒の三角形の中心を突き抜けて疾走する前園聖少年は、不毛のエロスと自らの死、そして国家そのものの滅亡が重なる三重のカタストロフを夢想する。国家的カタストロフと自らの死を重ねるメンタリティーは、三島由紀夫の『金閣寺』から近年のセカイ系アニメまでと相通じる。文体はきわめて豊かできらびやか、なかでも本土空襲の紅蓮の地獄を描くあたりは圧巻で、後半に描かれる空襲の光景は、一種の崇高ささえ感じさせるほどだ。
このほか中盤に登場する美しい蛍の描写が、終盤に描かれる大空襲の伏線になるくだりは見事の一言。最後の最後にも予想外のどんでん返しが用意され、内藤新宿の近代史を語り尽くした物語として完結している。すでに本書で幾度となく見た通り、エロスとは本来的に、禁止と侵犯という矛盾が秘められている。そこに権力が絡めば矛盾は二乗、エロスの売買という経済的側面が絡めば、その矛盾は三乗となる。こうしたエロスの矛盾の三重の交点を描いたという意味で、同書はまれに見る傑作ではないかと思う。

同書に記されたプロフィールによると、作者の辻中剛は戦後生まれで、生年は一九五〇年、つまり七〇年安保世代である。写真家の東松照明の作品「学園の荒廃」にモデルとして登場したこともあり、著者近影にはその一枚が使われている。帯には「野坂昭如先生、おもしろさ保證（週刊文春）のマイナー文學!!」の帯文とともに「初刷奇蹟的完賣!!」の文字が並び、出版当時はかなり幅広く読まれたものだったらしい。

映画監督の今村昌平の助監督やプロデューサーを数多く務めた日本映画学校の相談役、武重邦夫によれば、同書は今村昌平監督、石堂淑朗脚色によって映画化される構想もあったという。映画版の予定タイトルは「新宿桜幻想」だったそうだ。残念ながらこの構想は実現しなかったが、もし実際に完成していたら、どれほどの大傑作が生まれたかと惜しまれる。この書物そのものも絶版になって久しく、その後復刊されたようすもなさそうである。どこかの版元によってこの書物が再び刊行され、再び多くの読者の目に触れることを、筆者は強く望んでいる。

★本章に登場する書物――

森光子『吉原花魁日記――光明に芽ぐむ日』（朝日文庫、二〇一〇）
森光子『春駒日記――吉原花魁の日々』（朝日文庫、二〇一〇）
斎藤真一『吉原炎上』（文春文庫、一九八七）
福田利子『吉原はこんなところでございました――廓の女たちの昭和史』（ちくま文庫、二〇一〇）
山崎朋子『サンダカン八番娼館――底辺女性史序章』（文春文庫、二〇〇八）
辻中剛『遊郭の少年』（パロル舎、一九九三）

第七室

『火垂るの墓』のエロス

不可能性のエロティシズム

★わいせつ裁判と「火垂るの墓」

『四畳半襖の下張』という書物は実は二つあって、一つは永井荷風によって書かれた短編小説、もう一つは**金阜山人**（きんぶさんじん）という人物によって書かれた春本版『四畳半襖の下張』であり、現在、人口に膾炙しているのは後者の方である。

春本版『四畳半襖の下張』は一説によれば、金阜山人のペンネームを名乗って永井荷風自身が書いたものだと言われている。この説は広く唱えられて支持されているものの、実際に荷風自身の作であるのか、それとも逆に得体の知れぬ何者かが荷風の名を騙って書いたものなのか、その真相は藪の中である。国文学者ならぬ私にはその真相は皆目見当がつかないが、ともあれこの「春本版」が、きわめてよくできたポルノグラフィー文学であることは間違いない。

この作品は作者の金阜山人が、一軒の空き家を買い入れるところから始まる。山人はそこで襖の下張りに、文反古が用いられていることに気づく。この襖の下張りに綴られていたものこそ、五十代を過ぎたとある男の「ウィタ・セクスアリス」の告白である。以下、本編はこの文反古を引用する形で綴られていく。つまりは物語の中に物語がある、入れ子状の「枠物語」である。

文反古の主題となるのは、現在では主人公の女房となった「お袖」が、まだ「袖子」と名乗って芸者を営んでいた頃に、初めて主人公と床入りした際のエピソードである。なにせ事が事だけに、体位や行為のあからさまな描写が続くわけだが、この小説の真骨頂は、男と女の性行為を一種の心理戦として捉え、描写し尽くしたところにある。

袖子はセックスを単純に仕事として割り切り、できるものなら早く済ましてしまおうと考えている。ところが客である男の方は、そんなおざなりのセックスでは面白くない。いったんイキそうになったと見せかけて、袖子が「もうぢきお役がすむものと早合點して（略）一息に埒をつけてしまはうと（略）はげしく腰をつかひ」出したところを、急に抜いたり「急所」をいじり倒したりの手練手管を巧みに繰り出し、次第に本気にさせていくという筋立てである。

本編は終戦前後には既に、好事家の間では比較的知られたものとなっていたそうだが、公のメディアに掲載されたのは遅く、七〇年代に入ってからのことである。この七〇年代版の刊行の経緯はのちに説明するが、実際、私の手許にある『四畳半襖の下張』は、粗末な和紙に刷られて奥付すらなく、おそらく地下出版によるものと思われる。いつ誰が刷ったものか判然としないが、小金持ちの好事家がカネにあかせて印刷し、マニア仲間に売りさばいたのではないか。

この短編は現在ではKindleでも読めるほどポピュラーな作品となっているが、先ほど触れた七〇年代の公刊の折には、この一編を掲載した雑誌の版元とその編集長が、わいせつ文書販売の罪に問われるという事件があった。雑誌のタイトルは『面白半分』、編集長は作家の**野坂昭如**。つまりは『**火垂るの墓**』の作者その人である。ちなみにこの事件は最高裁まで争われ、株式会社面白半分の社長が罰金十五万円、野坂が罰金十万円で、被告の有罪が確定している。

かつて私が子どもの頃には、野坂昭如といえばブラウン管で見ない日はないマルチタレント型の作家として知られていたものだが、試しに二十歳の学生に「野坂昭如って知ってるか」と尋ねたところ、見事なくらい誰も知らない。『火垂るの墓』は知っていても、その原作者たる野坂の名前は、若い世代には馴染みのないもののようである。日本人の感涙を絞ってきたアニメ「火垂るの墓」原作者が、実はわいせつ裁判の被告になって罰金刑を受けた前科者だったなど、若い世代にとっては想像を絶する話に違いない。

ちなみに野坂の手になる原作『火垂るの墓』はアニメ版「火垂るの墓」とは違って、まるで口承文芸のような名調子で改行もほとんどなく、句読点すら時として省いて語りに語る饒舌体。その特異な文体で綴られるのは、平時なら善良な市井人であるはずの人々が、戦時下で突如見せる非人間性と、そうした人々の作る社会がもたらす、凄惨な飢えの地獄絵図である。そのありさまは作中、飢えて死んだ主人公の妹が作者に憑依し、和讃か呪詛を語るかのごとくで、アニメのように感動、落涙を誘うものというよりも、もはや行間から殺気が滲み出るほど鬼気迫る。とはいえ同作は戦時下における人間の真実を捉えたものとして高く評価され、この作品と「アメリカひじき」の二作をもって野坂は直木賞作家とされたわけで、日本文学史上に残る名作であることは間違いない。

さて、そんな野坂は件の『襖の下張』を雑誌誌上に掲載したばかりでなく、自身によるポルノグラフィー文学の執筆でも知られ、デビュー作はその名もずばり『**エロ事師たち**』というものだった。同作を始めとする野坂のエロティックな小説群は、江戸戯作文学が昭和の時代に転生したかのような独特の味わいとともに、広く愛されたものである。しかも野坂は作詞家やコピーライターとしての顔も持ち、自身でマイクを握って音源を発表したり、CMに登場しては自作のコマーシャルソングを披露したりしていた。既に述べた通りブラウン管で見ない日もなかったのは、こうした「課外活動」のためである。

★「エロ事師たち」のなかのタナトス

そんな野坂の『エロ事師たち』はブルーフィルム、すなわちいまでいうならアダルト動画の制作を筆頭に、エロスに関わることならなんでもござれ、「エロスの総合商社」を展開していた「スブやん」と、その仲間たちの物語である。この作品が刊行されたのは昭和四十一年、すなわち一九六六年のこと。その冒頭に描かれるのは、天井裏にマイクを仕込んで隣室のセックスの様子を隠し撮りならぬ「隠し録り」したエロ音源の制作、販売をめぐるエピソードである。

なにせ近年ではクリック一つで高解像度のエロ動画をストリーミングできてしまうというご時世。映像なし、あえぎ声だけの音源を買ってまで聞きたいと思う酔狂な御仁はほぼ絶無ではないかと思料するが、今を去ること半世紀前の当時においてはさにあらず。この盗聴エロ音源をば大枚はたいて購入したいと考える人々がいたのである。

驚かされるのはその金額で、一本三千円から五千円ほどで売っていたという。なんだ数千円かと言うなかれ、当時は大卒の初任給が二万五千円行くか行かないかの頃で、いかに彼らが高額商品で荒稼ぎしていたかおわかりいただけよう。今日いわゆるエロ動画はネット経由なら一本わずか数百円、この半世紀で進んだエロ系コンテンツの値崩れぶりには目を覆うほかない。

さて、そんな同作の主人公たるスブやん、もともと戦災孤児であったというから、多分にこれは作者その人の人生が投影されているのかもしれない――それというのも『火垂るの墓』の兄妹は、実は野坂とその妹自身がモデルだからだ。スブやんは初めはレジスターのセールスマンとして働きだすものの、転じて十枚一組のエロ写真の行商人となり、やがては女衒(ぜげん)の真似事を始め、さらには盗聴エロ音源の制作、販売へと進出。続いてブルーフィルムのレンタル、そして自主制作へと駒を進めていく。つまり『エロ事師たち』はエロ商売で一攫千金が可能であった時代、つまりは「エロ事」に夢のあった時代を舞台にした一種の悪漢小説、ピカレスク・ロマンだと言えるだろう。

だが一読して気づくのは、同書におけるエロティシズムが、しばしば死の近傍に現れることである。まるで本書冒頭に紹介したバタイユの論を地で行くような話だが、どっこいこれが野坂の筆にかかると理論的どころか、肉汁のしたたるような生々しさを見せる。たとえば主人公の相棒たる撮影技師の「伴的」が好むのはトルコ――というのは、いまでいうソープランド、つまり特殊浴場型性風俗のことだが――に行って、赤子のように扱われることである。なんでも伴的の論によれば、トルコに行って女がその体を男に触れさせるのはもってのほか、女のなすがままに男が触られ、徹底して男が受け身に回らねば、トルコの醍醐味はないというのだ。

されるがままの手技にひたすら身を委ね、いよいよ絶頂を迎えるその刹那、無我夢中で女にしがみつく。男が射精した沮喪のあとを、母親が赤子を拭うように優しく始末してほしい――それが伴的の願いである。性風俗に行って赤子のように遇されたいというのはかなり強烈なマザー・コンプレックスではないかと思えるが、主人公のスブやんはこれに違和感を感じはするものの、結局のところ伴的に倣って「赤子方式」でトルコ嬢に身を委ねる。実はスブやん、戦災で母親を亡くしており、伴的のこの珍説を聞いて、母の今際の際を思い出すのだ。

太平洋戦争における米軍機空襲の折、体を悪くして歩けなかったスブやんの母は、空襲警報が鳴っても逃げられなかった。仕方なしに母に布団を被せて水を浴びせ、そのまま逃げざるを得なかったスブやん、翌日になって焼け跡から傷一つない母の亡骸を発見するが、遺体を持ち上げようとする端から肉が崩れて剥げ落ちる。遺体は蒸し鶏と同じ要領で蒸し焼きになっており、見た目は傷一つない状態であっても、中身はホロホロになるまで火が通っていたのである。

スブやんはそんな亡き母の面影を脳裏に描きつつ、トルコ嬢の手技に身を任せる。蒸し鶏のように煮崩れた母の記憶を抱きながら、母にあやされるようにトルコ嬢に抱かれたいということの縺れきった感情を、バタイユがもし読んだら一体何と書いただろう。しかもこの挿話は全編の冒頭に置かれた、ほんの食前酒のようなものに過ぎない。以降も死とエロティシズムの近接は、本編のそこかしこに現れるのである。

たとえばエロ事師たちが麻雀の牌を囲みながら交わす、満州で死んだ日本兵の話。吐く息も凍る満州の冬、牝馬の性器が「ポーッポーッって息吐く」のを見たこの日本兵は、奇声を上げて右腕を馬の性器に突っ込み、馬と性交しようとして蹴り飛ばされ、そのまま絶命してしまう。また、胸を病んだスブやんの妻「お春」が、病気のため出産に耐えられず中絶する場面にも、死とエロティシズムの交差は現れる。哀れ骸となった五カ月の胎児を山本山の海苔の缶に入れて水葬に付し「ややこの冥福祈るためにも、いっちょええフィルム作ろやないかい」と、エロ事師一同は誓いあうのである。

そのお春が産後の肥立ち悪く、いよいよ息をひきとる間際には、スブやんは「ええ気持ちやろ、なあ、ええ気持ちのうちは生きてるしるしや」と、胸やら下半身やらを撫でさする。ついに臨終となるやいなや、今度は「お春、お前も好きやったなあ」と、エロ事師一同が揃って供養と称し、ブルーフィルムの上映会を始めるのである。このように本作におけるエロティシズムと死の近接には、まったく枚挙に暇がないほどなのだ。

ただし右に見たとおり、野坂文学における死とエロティシズムの近接は、あくまで生々しく人間臭い。主人公のスブやんはお春の死後、彼女の連れ子の女子高生、恵子に懸想する。ところが肝心のことに及ぼうとすると突発性インポテンツ、すなわちＥＤ状態に陥って手も足も出ない。仕方なしに諦めたスブヤンに恵子が一言「お母ちゃんのたたりかも知れんな」。その顔がまたお春そっくりであるというのだから、性は死を介して再び生と連なっており、どこまでも人間臭い。

このあとスブやんとその一統は、女衒の真似事やら「痴漢道」の指南やらの珍商法を次々に展開。合間にブルーフィルムのシナリオ執筆を担当する通称「カキヤ」の壮絶な死を挟み、別荘を借り切っての泊まり込み乱交パーティー開催へと突き進んでいく。その果てにスブやんを待ち構える運命は……、というのは読んでみてからのお楽しみだが、本作大団円の場面では、性が死を招き寄せ、死がさらに生へとつながり、そしてまた性へと突き抜けていくかのような光景が描かれ、ここまで来るともはやバタイユの理論すら霞んで見える鮮烈さである。

★「性=死=生」のトライアングル

さて同作における「エロ事師」の生業の有様は、どうやら作者の実体験が元のようである。野坂の自伝的小説『マリリン・モンロー・ノー・リターン』では、留年続きで大学に六年も通っていた主人公を、さらに失恋のショックが襲う。これがもとで学校を去った主人公、失意のなか大阪へと逢着、広げた新聞の求人広告に「シナリオライタ」募集とあるのを発見する。ところが飛び込んだ先は酔漢向けに「大人の紙芝居」を見せる事務所だった。この事務所の手がける紙芝居というのが、流しのギター弾きよろしく飲み屋街を渡り歩き、色事の場面を見せるというもの。「シナリオライタ」はこのエロ紙芝居の台本書きだったのである。

この事務所ではほかにも「ピーピングマシン」なる事業も手がけ、こちらは十円玉一枚を入れるとエロ写真のカラースライドが二十枚見られる仕掛け。事務所のおっさん、こちらのスライドも今後はストーリー仕立てのあるものにしたい、ついてはこちらもシナリオ執筆と主演男優をお願いできまいかと主人公に持ちかけ、語り手はそのままポルノ男優も兼業する破目に。作中ではこのあと、エロ写真モデルのヨッちゃんこと助川善枝についた、悪いヒモの魔手から逃れ、主人公はヨッちゃんと手に手をとって、東京へと落ち延びる。

かくて辿り着いた先の東京で、晴れて主人公は放送作家の鞄持ちとなるというのが本作の筋書きだが、なにせ私小説のこととてどこまでが嘘か本当かわからない。悪く言うなら口から出まかせ、よく言うなら虚実皮膜の綯い交ぜが野坂文学の真骨頂なので、あまり真に受けると大火傷することになるから、そのあたりは要注意である。

ともあれ野坂におけるエロティシズムの探求は、文学誌デビューのはるか以前、得体の知れぬエロ事師を生業にしていた時代に遡ることは確実。この作家においては生きていくための活計（たつき）を得る営みと文学的な目標、そしてエロティシズムが三位一体のものとしてあり、しかも往々にしてエロス＝生の縦糸に死の横糸が織り込まれて、さながらエロスと死の綴れ織の様相を見せる。

たとえば大正末から昭和初期にかけて活躍したエロ雑誌編集者、梅原北明をモデルとした野坂の小説『**好色の魂**』にしても、冒頭から死の匂いは濃厚である。北明は『変態資料』や『グロテスク』といったエログロ雑誌を刊行し、その大半が発禁となった編集者だ。

北明はイタリアを代表する艶笑文学の大作『デカメロン』の邦訳を刊行したほか、当時の売れっ子遊女、メリケンお浜こと関根イチと「性の決闘」、すなわち果てしなく性交してどちらが先に精魂尽き果てるかの勝負をするなど、実生活でも女色に淫しきった生活を送ったことで知られる。この性の権化のような人物をモデルとした小説を、野坂は主人公の死の直前、彼が発疹チフスを発症したその日から書き起こすのである。

物語は我らが主人公、梅原北明をモデルとする貝原北辰が、海辺にある自宅の窓から、釣り糸を垂らす場面から始まる。思い出すのは友人の葬儀、その鼻先を掠めるのは近くの墓場から漂う線香の煙。ふと悪寒を感じて窓を閉めるなり聞こえてくるのは、胸を病んだ後妻の空咳。そしてこのとき感じた悪寒こそ、十日ほどのちに北辰を死に導く発疹チフスによるものなのだ。息子と浜辺で相撲に打ち興じた際に激しい動悸に襲われた北辰、夕方から訪れた旧知の友人と花札に興じるも、来客が引き当てた手役は「四三」。同じ月の札が四枚と、やはり同じ月の札が三枚からなる役で、「しそう」と読めるところから一説に不吉の印とされる役である。

かように凶兆の見本市のようなエピソードを散りばめながら進んでいく同書は、だが繰り返し述べる通り、稀代のエログロ出版社社長、貝原北辰の物語である。書きようによっては滑稽珍無類の艶笑の人としておめでたく書くこともできるこの長編で、どういうわけか野坂は通奏低音のように、タナトスの調べを奏でるのだ。しかも彼はこの一編を、自らの自画像と重ねてみせる。岩波書店の文庫版で、放送作家の永六輔が指摘する通り、野坂はエロスに淫した自らの先達として、北辰の姿を描いている。いや、もっと言うなら自らの分身として、北辰を描いているようなのである。

士族の次男として生まれた北辰に対し、越前藩主の家臣を曽祖父に持ち、新潟県副知事を実父に持った野坂。医大に行くと言って上京するも、酒色三昧の放蕩生活を送った北辰に対して、早稲田仏文科に入学するも、酒浸りの毎日を送った野坂。長じてはエロスと文学の間を往還したところは両者とも全く同じ、そして何よりエログロ雑誌を刊行しては発禁を食らう繰り返しだった北辰の姿は『四畳半襖の下張』でわいせつ裁判を戦った野坂の姿と重なるところあまりある。

このほか常にタキシード姿だった北辰の着道楽と、白いスーツに黒いサングラスの野坂の男伊達ぶりも共通するし、イベント好き、結社好きのところも両者は重なる。やれ「変態二次会」だの「ジンギス汗の会」だの――これは羊との獣姦を試してみようという空恐ろしい集まりだったそうだが――を開催した北辰に対して、野坂は編集者や若手作家らと、酔って歩いて馬鹿をやらかすだけを目的とした「酔狂連」なる集団を結成。祭り好き嵩じて日劇再建の大役を担うに至る北辰の興行好きは、童謡「おもちゃのチャチャチャ」などの作詞を手がけたほか「黒の舟歌」で歌手デビューし、次々に大ヒットさせた野坂の芸能好きとダブって見える。

だが、そんな我が身の分身を、野坂はタナトスの色で染め上げて描く。そもそも本作の舞台となるのは昭和二十一年、つまりは終戦の翌年である。一般には言論出版の自由がついに訪れた時代と言えようが、見方を変えれば敗戦とは、北辰が生涯賭けて闘ってきた国家そのものの瓦解を意味し、したがって戦後とは国家が死してのちの、いわば「国家における死後の世界」だと言える。しかも北辰が病んだ発疹チフスとは、戦争や飢餓に見舞われた地域において多発する病であり、またの名を「戦争熱」と呼ばれるというのだから、話の平仄はぴたりと合う。

このように野坂は北辰を自らの分身のように描きつつ、その上にエロスとタナトスのまだら模様を重ね書きしていく。こうした性と死の縺れ合いは、野坂作品の随所で姿を見せるテーマだが、なかでも俳優で画家の**米倉斉加年**との共著による絵本『**マッチ売りの少女**』は、その白眉ではないかと思われる。

★性が生を焼き尽くす『マッチ売りの少女』

タイトルが『マッチ売りの少女』でしかも絵本となれば、おそらく誰しも思い出すのはアンデルセンの童話だろうが、野坂版『マッチ売りの少女』の主人公は、大阪、西成の公園で春を売る知恵遅れの街娼、いわゆる「たちんぼ」のお安こと安子である。アンデルセンの童話の少女はマッチそのものを箱で売るが、お安はマッチ一本を五円で売る。客に売ったマッチ一本が燃え尽きるまで、裾を開いて局部を見せる。いわばマッチ一本分の時間売り覗きショーである。

とはいえ、そのいでたちは並の街娼より数段ひどい。師走というのにタオルの寝間着に半纏一枚、素足に破れ草履だけ。衣服は泥と脂まみれ、素肌にはくっきり垢の縞が浮く。頭の右半分は虎刈りに刈られ、左半分は白髪混じりで伸び放題。当年二十四歳だが、どうみても五十がらみにしか見えないという化け物のような女である。

お安は父を早くに亡くし、母が後妻として入った森ノ宮の、大工の男の家で育つ。お安が男との交わりを知ったのは、中二の夏のことであった。飲む打つ買うの亭主に愛想を尽かした母が間男を引き入れ、この男に犯されたのが最初の経験。やがて間男の存在を知って怒り狂った養父は、お安の母に殴る蹴るの暴力を振るうが、そこで母親が叫んだ台詞が聞いて呆れる。

「あたしがわるい、かんにんや（略）、あたしのかわりに安子抱きなはれ（略）、安子抱いて気晴らししてぇな」。

傍目には目を覆いたくなるような性的虐待の連続としか見えないが、安子は男たちを嬉々として受け入れる。悲しいかな知恵の遅れた安子には、彼女を抱く中年の男たちの吐息や体臭が、名前すら知らぬ父の幻影と重なって感じられるのだ。「お父ちゃん、お父ちゃん」とささやき、男たちの腕の中でまどろむ安子。かくて彼女は三日に一度、大工の養父に抱かれて暮らすことになる。

そんな養父が喧嘩で刺されてあっけなく死ぬと、安子は母親をも殺害して出奔する。男のいなくなった家などもはや、もぬけの殻も同然。そんなふうに感じた安子は、喘息の発作を起こした母親に、薬と偽って睡眠薬を与えたのである。

もとより大工の夫の暴力で弱っていた母親だけに、喘息で死んでも誰一人疑うものはない。かくして安子は一路東京を目指すものの、そこで待っていたのは転落に次ぐ転落の人生である。東京駅でぼんやりしているところをスケコマシに言いくるめられ、輪姦された上に吉原のトルコ嬢として働かされるが、そもそも安子、輪姦されることの意味を理解していない。さらには本番なしのトルコ嬢になったというのに、カネも取らずに誰彼なしに、過剰なサービスを施してしまう。いっそこれなら最初から売春をさせた方がよかろうと、やがて安子は浅草のアパートの一室で、売春稼業に入らされる。

そのアパートが警察の手入れにあい、仕切っていた男たちが消えてしまうと、安子は浅草をあてもなくさまよい歩く。たまたま声をかけてきた酔っ払いの男に誘われるまま、今度は大阪でヌードモデルに。さらに安子は梅田の私娼窟を経て、そこで得体の知れない病気にかかる。こうなってはお客も取れぬが、安子は飢えや寒さよりも、男の肌を得られなくなるのが恐ろしい。伝手を辿ってどうにか潜り込んだ先が、大阪西成は釜ヶ崎。公園で客を取るようになるものの、やがて客にも病気がバレて、マッチ一本五円也の覗きショーをやりだしたのだ。

電池工場に勤めたこともあるが、せっかくの堅気の仕事を捨てて、男に抱かれる仕事を選んでしまう。若い恋人と一緒に住んだこともあるが、隣室の学生が物欲しそうにしているのを見て肌を許し、恋人の嫉妬と監禁、暴力にさらされて飛び出してしまう。安定した生活やかけがえのない恋愛感情よりも、安子は男を、いや「お父ちゃん」の幻に組み敷かれる快楽を選ぶのである。

かくて安子は釜ヶ崎で一人、春を売ることになるが、もはや身なりはホームレス同然。近くの駅の便所に寝泊まりしているようでは、日雇い人夫すら寄り付かない。かくて彼女は師走の寒さをマッチの温もりで凌ごうとするうち、全身火に包まれて焼死する。ここにあるのはまさに性と死の縺れ合い、いや、安子のなかの性のエネルギーが、燃え盛る業火となって彼女自身を焼き尽くすかのような光景である。性は基本的には生への扉であるはずだが、ここでは性と死が不可分に結びつき、生を焼き尽くしてしまうのだ。

そしてもう一つ見落とせないのは、お安が求めているのは単に男の肌というのでなく「お父ちゃん」のヒゲの肌触りや加齢臭であるということだ。つまりは近親相姦への欲望が語られているわけだが、実は野坂文学にはこの近親相姦にまつわるエピソードが、実に頻繁に登場してくる。たとえば冒頭に紹介した『エロ事師たち』に登場する若い衆「カボー」がそれである。この男は義理の母親に襲われて以来、性欲をいっさい抱かなくなったという人物なのだ。

すでに見たように『エロ事師たち』の主人公であるスブやんは、義理の娘に欲情して手を出そうとするものの、肝心のことに及ぼうとするとEDとなってしまう。いっぽうカボーは義理の母親に襲われてEDとなった人物であり、主人公とは幾何学的なまでに対称的な人物として設定されている。『マッチ売りの少女』におけるお安もまた、名前すら知らぬ幻の父を求めて転落への道を辿るわけで、野坂文学における近親相姦の重要性が伺える。

面白いことに『エロ事師たち』におけるカボーのエピソードには、のちに書かれる『火垂るの墓』を先取りでもするかのように、蛍のモチーフが登場する。なんでもこのカボー青年によれば「若い女は蛍のような臭いがする」のだという。カボー曰く、蛍というのは潰すと生臭い臭いがするのだそうだ。自分を犯そうとした義理の母からは、蛍を潰したときと同じ臭いがしたのだとカボーは言う。いや、義理の母だけではない。若い女からはすべからく、蛍を潰したときの臭いがすると彼は言うのだ。つまりここでは、蛍は女の性の隠喩として登場しているのである。野坂文学における蛍とは、清らかな光を放つ聖女としての外貌の下に、生臭い肉を持つ女のメタファーなのだ。

逆に『火垂るの墓』における蛍はといえば、主人公の清太の妹、節子の清純さを物語る、換喩的モチーフとして現れる。同作で主人公となるのは、中学三年生の清太と四歳の節子。二人の父は連合艦隊の一員として出征中、母は空襲にあって無残に焼死したため、二人は実質、天涯孤独の身の上となる。二人はいったん親戚の家に身を寄せるものの、食糧難の折から度重なる嫌がらせを受け、ついには村のはずれの山の横穴で、野宿生活をするに至る。たちまち食料も尽き、飢えに病み衰える二人を唯一慰めるのが蛍の光で、やがて節子は蛍に見守られながら昇天する。

『火垂るの墓』における蛍はいっけん、『エロ事師たち』のそれとは真逆の意味を帯びているかに見える。かたや『エロ事師たち』における、成熟した女の性の隠喩としての蛍。そしてもう一方は『火垂るの墓』における、清浄な童女のままで逝った節子の換喩としての蛍である。だが『火垂るの墓』を注意深く振り返るなら、こんな一文があるのに気づかされる。

「灯火管制にはなれていたが、夜の壕の闇はまさにぬりこめたようで（略）思わず二人体を寄せあって、節子のむき出しの脚を下腹部にだきしめ、ふとうずくような昂まりを清太は覚えて、さらにつよく抱くと『苦しいやん、兄ちゃん』節子が怯えていう」

右のセンテンスに気づいたとき、私は我が目を疑った。これは紛れもなく妹への近親相姦的欲望の告白ではないか。だとするなら『火垂るの墓』における蛍もまた、可憐な外貌の下に生臭い肉を秘めた、女のメタファーであると考えてよく、そうであるなら節子が蛍の墓を作ってやる有名な場面も、単に童女のがんぜない「お葬式ごっこ」の描写とは片付けられない。女としての喜び、性の歓喜を知らぬままに死なねばならない自らの運命を、節子が先取りして演じた場面として、この場面は読めてしまうのである。

これは野坂自身がよく語ることだが『火垂るの墓』の主人公の清太は、決して単なる妹思いの兄、戦争の犠牲者として描かれているわけではない。彼は皇国の勝利を愚かにも信じてやまぬ軍国少年である。連合艦隊に乗船する軍人を父に持つことに過剰なプライドを持ち、この高過ぎるプライドの故に親戚の家での待遇に耐えられず、野宿生活で妹を餓死させてしまう。実際に野坂は疎開先で妹を餓死させており、このことへの懺悔の念が『火垂るの墓』を野坂に書かせた大きな動機となっているのである。

だが、清太と節子が親戚の家を捨て、二人きりの野宿生活に踏み切った理由は、本当に清太のプライドのためだけなのか。そこには節子を自分だけのものにしておきたいという独占欲、清太の近親相姦的な欲望が動機として働いていたのではないか。そうであるなら『火垂るの墓』は、もはや単に戦争の悲劇を描いた作品というよりも、人類普遍の禁忌である、兄妹心中の道行を描いた作品ということになってくる。

さらに言うなら、野坂があれほどまでにポルノグラフィーを書き綴ったのも、性を知ることなく逝った妹への、ある意味での供養ではなかったかという気さえする。彼は果てしなく女を抱く性描写に淫する中で、いつか彼岸の妹との、不可能な合一を果たせると夢見ていたのではないか。ちょうど『マッチ売りの少女』のお安が、名前すら知らぬ父に抱かれることを夢見て、不毛な性の荒野に向かって死の道行を続けたように。

★『骨餓身峠死人葛』と禁断の快楽

野坂における近親相姦のモチーフは、短編集『骨餓身峠死人葛（ほねがみとうげほとけかずら）』の表題作にも姿を見せる。そこではいっけん清らかにも見える『火垂るの墓』の兄妹相姦とは逆に、死臭紛々たる爛れきった兄妹姦が、圧倒的な禍々しさをたたえながら描かれている。この二人の忌まわしい交わりは、次々に周囲の人々を狂わせていき、ついには九州地方の炭鉱集落を、丸ごと壊滅させてしまうのである。

同作の舞台となるのは戦前から戦後にかけて、おそらくは佐賀県の唐津炭田がモデルと思しき、小さな炭鉱のある集落である。主人公は兄の節夫と妹の「たかを」の兄妹だが、二人の父はこの集落にある小さな炭鉱を独力で切り拓いた炭鉱主である。なにぶん戦前の炭鉱のこととて労働条件は劣悪をきわめ、落盤事故や爆発は日常茶飯事。人が死ぬのはごく当前、子どもができれば間引くのが常識という有様。人が死ねば弔いこそするものの、埋葬は卒塔婆とは名ばかりの、棒杭一本を打って野に埋めるだけという、惨憺たる集落である。そんな村のはずれに咲くのが「死人葛」で、新しい屍を埋めた卒塔婆だけに絡みつき、骸の腐肉から養分を吸い、この世のものとは思えぬ美しさの花を咲かせる。

当然ながら死人葛は、この集落では禁忌とされるが、妹のたかをはこの花に魅せられ、兄の節夫に花を採ってくるよう、幾度となくせがんでやまない。とはいえ、屍の腐肉を食らって咲き乱れるという花だけに、卒塔婆から引き剥がして植え替えたとたん、見る影もなく枯れてしまう。やがて業を煮やした妹のたかをは、近くの妊産婦から間引く予定の新生児を譲り受け、死人葛の肥やしとすることを思いつく。さらには自ら死人葛のように兄の体にまとわりついてこれを篭絡、新たに死人葛を採取してくれと頼み、赤子の肥やしで花を咲かせるのであった。

この二人の忌まわしい交わりは、暴君的な父親の知るところとなり、兄の節夫は父によって監禁される。やがて節夫は胸の病で没するが、今際の際にたかをに向かい、自らをも死人葛の肥とするよう懇願、妹もこれを受け入れる。かくて次第に死人葛はこの集落一体に繁茂して咲き乱れることになるが、この花が集落一帯を、狂気と殺戮の渦へと引きずり込んでいくのである。

炭鉱集落で出た死者たちの、腐肉を食らって咲き誇る花は、忌まわしい関係を求めて兄に絡みつこうとする、たかをのメタファーとして機能している。だが同時にそれは大日本帝国のエネルギー政策や、戦争のメタファーともなっている。炭鉱集落に吸引される労働者たちは、外国人やアウトローなどの社会的弱者であり、戦前、戦後の炭鉱は、そうした弱者を文字通り使い捨ての労働力として用い、弊履のように打ち捨ててきた。これら社会的弱者の腐肉をすることで、戦前戦後の我が国のエネルギー政策は稼働していたのであり、その延長にあの太平洋戦争もあったのだ。戦場に開く弾薬の華は、これら弱者の屍肉を啜って咲いていたのである。

実際その大戦末期、炭鉱労働者の使い捨てはますます激しさを増し、食糧すらろくに与えられぬまま労働者がこき使われ、当然のように次々と死者が出たが、その屍肉を啜るようにして軍部は戦争を養い、玉砕に向けて狂奔した。屍肉を喰らって戦争が華開くその浅ましい姿が、同作では史実を踏まえながら活写されている。戦争とはまさに弱者の屍を貪る死人葛なのである。

それでは、そうした死人葛によって喩えられる、たかをとは一体どういう人間なのか。そして彼女によって演じられる、近親相姦とは何なのか。私たちはここで『火垂るの墓』の節子を思い出さなくてはならない。節子は兄の昂ぶる下半身から、すんでのところで身をかわし「苦しいやん、兄ちゃん」と訴えながら、戦争と飢えの中で死んでいった。たかをはこれとはまったく逆に、自ら兄を誘惑して交わるのみならず、禁断の交わりに病み衰えた兄の亡骸を死人葛の肥やしにし、その咲き誇る様を愛でる妖女なのだ。

たかをはやがて、死人葛の咲き乱れるこの炭鉱集落を率いる立場となり、ボロ雑巾のように人間を使い捨て採炭に狂奔し、ひいては戦争に協力する。そのいっぽうで労働者が死ねばこれを死人葛の肥として使い、戦争末期の食糧難の頃ともなれば、その実を粉にして飢えをしのいだ。つまりたかをとは人間的な倫理一切に頓着せず、他人の屍を食べてでも生き延び、快楽を得ようとする人間なのである。言い換えれば野坂における兄妹姦とは、人間が決して味わってはならぬ快楽であり、戦争と同じく人倫を踏みにじることで得られる、まさに禁断の快楽なのだ。野坂における近親相姦、兄妹姦とは、戦争と同等の罪なのである。

ちなみにこの兄妹姦を主題とする壮絶な作品は、やはり兄妹姦の主題を扱った中上健次の『岬』（一九七六）や『枯木灘』（一九七七）より早い、一九六九年に書かれている。私は中上を偉大な作家であると考えるし、本書でも第一章で取り上げているが、同じ兄弟姦を主題としつつ、近代社会の犠牲となった地方の村落の惨劇を描いている点や、またその句読点の異様に少ないご詠歌のような文体の面で、もしかすると中上は野坂のこの短編から大きな影響を受けたのではないかと思う。両者を比較して論じたものを、私は読んだことがないが、現在の中上健次の高い評価に比べると、野坂のこの作品はやや寂しい思いをしているように私には思える。心ある文学愛好者は、是非同書をご一読いただきたい。

★救済としてのインポテンツ

さて右に見たように、野坂における近親間の交わりは、禁断であるがゆえに至上であり、至上であるがゆえに禁忌とされる。だが彼の作品の多くでは、しばしば男性側の不能によって、近親相姦が阻まれる。野坂は幾度となくインポテンツ、すなわちEDを主題として取り上げてきたが、彼はさらに「インポテンツに憧れる」とまで公言している。仏文学者の澁澤龍彦が責任編集を手がけた雑誌『血と薔薇』の第三号に掲載された「愛しのペニスよ、さようなら」なる一文には、そうした彼の「インポ願望」が伺える（ちなみにこの雑誌『血と薔薇』は、現在では『血と薔薇コレクション』として文庫化されており、河出文庫版で読むことができる）。

中国の宦官を引き合いに、野坂ならではのインポ願望を縷々綴ったこのエッセイは、こうした背景を知らずに読めば、単に珍無類な戯作読み物に過ぎない。だが右に挙げたような彼独特の兄妹相姦への憧憬と、そうした人倫に悖る欲望を阻む「逆説的な天佑としてのインポテンツ」という、野坂特有の強迫観念を念頭に読むなら、そこに秘められた悲痛な思いを感じずにはいられない。

おそらく彼の中には押しとどめようもないほど、彼岸の妹への近親相姦的な願望があり、そうした外道の欲望から唯一彼を救ってくれるものが、インポテンツだったのではないだろうか。そもそも死後の妹を犯すのは不可能なはずなのだが、彼はそうした欲望を抱くことすら自分に許すことができず、インポテンツに憧れたのである。野坂昭如におけるエロスとは、一言で言えば不可能性のエロティシズムであり、欲望の途絶、廃棄を願うものだったのだと言えようか。

野坂作品における兄妹姦と戦争の並置や、果てしなく繰り返される性と死の同居に見られる通り、性は暴力のすぐ近傍にある存在だ。古くはオイディプス王の神話に始まり、ヘリオガバルス帝やジル・ド・レ公、さらにはサドのような暴君たち、近年では佐川一政のような犯罪者に至るまで、性と暴力がぴたりと一致してしまった人々の例には、歴史上事欠かない。川端や三島、中上のように、文学世界でそうした性と暴力の交点を描こうとした作家も数多い。次章で取り上げる村上春樹の『ねじまき鳥クロニクル』などは、そうした性と暴力の問題を、もっとも根底的に考え抜いた作品かと思う。

だが、こうした文学における「エロス＝タナトス」の問題系の中にあって、野坂文学の見せるエロティシズムは、インポテンツによる救済を夢見つつ、その不可能性を追い求めるという点で、きわめて特異な存在であるように思える。

不能性への憧れとは、言い換えるなら倫理性の中に踏みとどまることと言えるだろう。サングラス姿でCMに出演し、いかにも軽薄な戯作者を気取ってみせたこの作家は、だが同時に峻厳なまでに、倫理を追い求める作家でもあったのだ。その姿はいわば「禁欲的なエロスの求道者」とでも呼べようか。こうした矛盾した形容に頼らざるを得ないほど、野坂昭如の文学のエロスは、不可能性に満ち満ちている。『火垂るの墓』の作者として知られるばかりでは、野坂昭如はもったいない。再び、三たび読まれるべき作家、それが野坂昭如なのである。

★本章に登場する書物――――

金阜山人『四畳半襖の下張』（版元、刊行年不明）
野坂昭如『火垂るの墓・アメリカひじき』（新潮文庫、一九六八）
野坂昭如『エロ事師たち』（新潮文庫、一九七〇）
野坂昭如『マリリン・モンロー・ノー・リターン』（岩波現代文庫、二〇〇七）
野坂昭如『好色の魂』（岩波現代文庫、二〇〇七）
野坂昭如・米倉斉加年『マッチ売りの少女』（大和書房、一九七七）
野坂昭如『骨餓身峠死人葛』（岩波現代文庫、二〇〇八）
澁澤龍彦編『血と薔薇コレクション3』（河出文庫、二〇〇五）

第八室

鏡の中のエロス

★書物的ヰタ・セクスアリス

森鷗外の『**ヰタ・セクスアリス**』は、実に奇妙な小説である。なにせタイトルが「性的生活」なので、私は当初てっきりこの書物は、淫蕩と乱倫をきわめた背徳的な性生活を綴ったものとばかり思っていた。ところが本作の主人公の「金井君」は朴念仁を絵に描いたような男で、乱倫どころか女性にそもそもほとんど関心がなく、二十歳過ぎても童貞のままだったという哲学者で、昔風に言うならまるで「石部金吉」といった態の人物なのだ。いちおう廓に誘われて童貞を捨てるのだが、肝心の部分の描写は一行たりともない。床に入った、という一文のあとにすぐ「帰宅した」と書いてあるだけなのだ。鷗外はなぜこんな奇妙な小説を書いたのか。

この小説はメタフィクション的な構造を持っていて、主人公の金井君が書いた草稿「VITA SEXUALIS」が、そのまま全文掲載されているという態を取っている。ちょうど前章に紹介した『四畳半襖の下張』と似たような構成だが、『四畳半襖』では延々と全編を通じて描かれる濡れ場の描写が、こちらでは一行も書いていないのである。なんでこんなものに『ヰタ・セクスアリス』と題名をつけたか理解に苦しむほかないのだが、そもそも金井君がこの草稿を執筆しようと思い立ったきっかけが変わっている。

彼はそうした自身の性生活が、何か書くに値する特異なものと考えて、この短篇の執筆を始めたわけではない。当時流行していた自然主義の作家たちが、こぞって自らの性生活を書き、批評家がそれを人生の真実の表現であるかのように褒めそやすのを見て、金井君は書いてみようと思ったのだ。彼は自らの凡庸きわまりない性欲の歴史の記録を書いて、そこに価値があるかどうか見てみようと決心したのである。

金井君は自らの性生活が魅力的だとか、文学的価値があるとか考えて、この草稿を執筆したわけではないし、そもそもエロスというものに対して、なんら情熱のようなものも持ってはいない。世間で「性生活を書けばそこに人生が現れる」と言われているのを知り、表面的、形式的にそれをなぞってみただけである。彼は自分の奥底から湧き上がる劣情や肉欲に突き動かされて執筆したわけではなく、世間の流行を真似してみただけなのだ。要するにそこにあるのは、空っぽの形式的記録だけなのである。

当然そんなものが文学作品としての価値など持つはずもない。本作は金井君が草稿を書き上げたあと、本棚に投げ込んでしまうところで終わっている。性欲に対して何ら情熱を持ち得なかった金井君は、自らの性生活を綴ってみても、結局のところ何の文学的価値も持ち得ないことを発見したのである。劇中劇である金井君の草稿の「VITA SEXUALIS」には文学的な価値などないが、こうした逆説を示したという意味で、鷗外の『ヰタ・セクスアリス』は奇妙な傑作となり得ている。空っぽの人が何を書いても結局は空っぽのものしかできないこと。なかでも性欲について空っぽの人間が描けば、その空洞を描くことにしかならないこと。つまり逆説的にではあるが、エロスを書けばその人の核が現れることを、鴎外は本作で示したのである。

そんなわけでエロスにまつわる書物というのは、書く人、読む人の芯の部分を、見事に照らし出してしまう性質がある。文学において性を綴ったものが、書く人の心の底を映し出す性質を持つように、エロティックな蔵書というものもまた、持ち主の心理を反映するものである。エロスを綴った書物とは、いわば鏡のようなものなのだ。

本書で最後に入っていただくのは、そうした鏡張りの書物が並んだ部屋である。ここではどの書物のどのページを開いてみても、そのページは鏡張り。そこには持ち主の顔が映るばかりである。当然ながら筆者にも、人生の折々に忘れ難いエロティックな書物との出会いがある。この部屋に収蔵されているのは、そうした私自身が出会ってきたエロティックな書物である。つまりこの部屋で開陳されているのは、私の書物的ヰタ・セクスアリスなのだ。


私はそれほど膨大な量を読む読書家というわけではなく、おそらく読書量は人並みかそれ以下ではないかと思う。とはいえ、いちおうの本好きになった理由の一つは、まさにエロティックな書物との出会いにある。最初にそうした本を見つけてしまったのが学校の図書館だったのか、それとも近所の書店だったたか、もう記憶に定かではない。確か中学に上がった頃、たまたま手に取った本のなかに、**五木寛之**の『**我が憎しみのイカロス**』という短編集があり、これが私の書物的エロスの初体験となったのだ。

なんで私のような読書傾向の人間が、当時最大の流行作家であった五木寛之など読もうとしたのかと訝しく思われる人もいるかもしれないが、そこが読書ビギナーの中学生たる所以で、まったく無作為に選んだ文庫本がたまたまこの作品だったというだけだ。ところが、その表題作がとんでもないものだった。この作品の主人公、なんと「クルマに欲情する」という人物だったのである。

私自身はクルマに乗らないのでよくわからないが、なんでもクルマ好きの人のなかには、好きな異性とよく似たタイプの「顔」の車種を選ぶ人がいるらしい。実際クルマのフロント部分は人間の顔に似ているものだが、吊り目の異性を好む人は吊り目の車種を、パッチリした目の異性を好む人はパッチリ目タイプの車種を好きになることが多いのだそうだ。とはいえこの主人公の場合、そういう次元を超えている。人間の異性にはまったく何の興味もなく、クルマにしか欲情しないのである。この異常なクルマ愛は、やがて彼を予想外の悲劇に巻き込んでいくのだが、これ以降の物語はご自身でお読みいただきたい。

ちなみにアメリカのSF作家、J・G・バラードには『クラッシュ』という作品があって、こちらは交通事故に欲情するという、さらにトンデモない人々を描いた作品になっている。とはいえ『クラッシュ』の原著の刊行は一九七三年、『我が憎しみのイカロス』が刊行されたのは一九七二年で、こちらの方が一年早い。そういう意味でも文学史上大きな意義を持つ作品ではないかと私は思うが、私が『クラッシュ』を邦訳で読んだのはもっとずっとあとの話で、国境を越えた自動車愛のコインシデンスに興奮したから『イカロス』を読んだ、というわけではない。

そのとき私が衝撃を受けたのは、もっと素朴なことだった。要するに私を捉えたのは「こんな異常な性欲を描いた作品であっても何食わぬ顔をして町の本屋や学校の図書館に並び、それを読んでも誰にも怒られたり軽蔑されたりしないのか」という驚きだった。要するにテクストというものは、いったん本という体裁を取りさえすれば、不思議なことにどんなド変態な本でも危険な思想でも平等に遇され、知的な営為として尊ばれるのだという世の倣いを、私は『我が憎しみのイカロス』を通じて知ったのである。

遠藤周作の短編集『**白い人・黄色い人**』を読んだのも、それと相前後する頃だったと思う。同書を手に取ったのにはいちおう理由がある。私はキリスト教系の幼稚園に通っていた時期があって、このためキリスト教というものに対して漠然とした興味を持っていた。遠藤周作がクリスチャン作家だというのはどこかで見聞きして知っていて、それで彼の芥川賞受賞作であるこの短編集を手に取ったのだ……と思うが、なにせ中学生の頃の話なので、記憶がはっきりしない。ともあれ「白い人」と「黄色い人」の二編からなる、ちょっと変則的なこの短編集を通じて、私は本格的にエロスの文学に目覚めていくのだが、ここでは私が衝撃を受けた「白い人」の方を紹介しよう。

時は第二次大戦末期、ナチス・ドイツの実質的な占領下にあった、南仏のリヨンが舞台である。年若い読者のために申し添えておくと、この頃のフランスにかろうじて残っていた政府はヴィシー政権という対独協力的な政府である。フランス国内でもドイツ本国と同様かそれ以上のユダヤ人迫害や人権侵害が行われ、多くのユダヤ人が強制収容所に送り込まれた。物語はドイツが敗色濃厚となった一九四二年一月二十八日に始まるが、これは連合国軍がリヨンの目と鼻の先に迫り、恐慌をきたしたナチスの兵士が、街の至る所で強姦や略奪を繰り返していた頃である。

本作はフランス人でありながら、ゲシュタポつまりナチスの秘密警察の一員となり、同じフランス人に対して苛烈な拷問を加えてきた「私」の手記という形をとっている。主人公の父親は遊び好きの放蕩者で、これを憎んだ母親は厳格なピューリタンとなる。フランスは人口の約七割までがカソリック信者という国だが、そんな国で主人公の母はピューリタンに改宗し、厳格な性的規範を主人公に押しつけたのである。

だがそんな主人公は、ふとした偶然の成り行きから、性的サディズムに目覚めてしまう。彼は教会に掲げられた地獄の想像画、そこに描かれた拷問の場面に性的興奮を覚えたのである。彼は父の出張先のアラビアに帯同し、そこで密かに現地の少年を買い、拷問を加えるという経験をする。かくして「私」は無神論的サディストの少年に成長。権謀術数を使って周囲の人間を堕落させ、ついには「キリストの生涯は拷問によって完成した」という異端神学を胸に、ナチスの拷問による恐怖政治に加担していくのである。

おそらく遠藤周作は、自身の信仰とは真逆の人物を主人公に据えて、本作を綴っていったのだろう。再読してみると本作は、苦々しいながらも神の勝利を描いて終わっているようにも読める。だが私はこの物語を、文字通り悪の福音書のようにして読んだ。つまり「白い人」の主人公が、教会に掲げられた地獄絵図で性的興奮を得ていたように、私は文学作品の中に、異端的、背徳的なエロスを見つけて密かに愉しむという悪癖を身につけたのだ。

それから先は何をどういう順番で読んだか覚えていないが、とにかく「純文学と名がついたものを探せば、意外にエッチで不道徳な作品が読めるんだ」というのが、私が乏しい読書体験から実践的に学んだ、唯一無二の「文学理論」だった。要するにふつうの子どもがロックンロールやバイクの暴走で得る類いの快楽を、私は読書という手段を通じて、つまりは親や教師に余計なちょっかいを出されずに済む「合法的」な手段で得るようになっていったのである。

ちなみに併録されている「黄色い人」は戦時中の日本における棄教者たちの姿を描いたものだが、その舞台となっているのは大阪と神戸のちょうど間、つまり「阪神間」と呼ばれる地域である。作者の遠藤周作の出身地でもあるこの一帯は、神戸という港町に近い関係から教会が多く、したがってクリスチャンも多い。今回再読して驚いたのは、本作の中心的な舞台が阪神間にある仁川（にがわ）という小さな町、すなわち私の母校である関西学院大学のある町で、作中には幾度となく関学の名前が登場してくることだった。

初読当時の私は九州の博多の中学生で、仁川という地名には馴染みがなく、大学受験の頃には本書の存在自体すら、綺麗さっぱり忘れていた。だが私はもしかすると無意識にこの本に影響されて、進学先を決めてしまったのかもしれない。おまけに遠藤が受洗したカトリック夙川教会は、私の現在住む家から目と鼻の先にある。まさに奇縁と言うほかなく、子ども時代の読書の潜在的な影響力を改めて思い知った次第である。

閑話休題、そんなわけで本書に取り上げた作品の多くは、この時期に初めて読んだものが多い。中学から高校にかけての間は、そうして知った日本文学ばかりを読んでいたような気がする。漱石、鴎外、芥川、谷崎、太宰、川端、三島、大江、中上といった、いわゆる日本の純文学保守本流の名作のほか、安部公房の不条理文学や、いわゆる「ニューウェーブ」と呼ばれた時代の海外ＳＦ、つまりディックやバラードのものもパラパラと読んでいた。

筒井康隆などのSF作品に親しんだのもこの頃、栗本慎一郎の著作を通じてバタイユの存在を知ったのも、ほぼ同時期だったのではないかと思う。よく考えると自分の読書の傾向は、その頃からほとんど進歩していない。お恥ずかしい話だが、これはまあ事実なので致し方ない。ともあれそうして高校から大学に上がる頃、私の読書傾向は少しずつ変化を始め、文芸書から人文書へと舵を切っていったのである。

★澁澤龍彦のエロスの迷宮

大学進学以降に読んで思い出深い本と言えば、**澁澤龍彦**の文庫本だ。澁澤龍彦はエロスについての博物学的パノラマを楽しませてくれる、おそらく我が国最良の書き手ではないかと私は思う。私が最初に手に取った澁澤の本は、中公文庫版の『**少女コレクション序説**』だった。奥付を見返すと昭和六〇（一九八五）年三月発行とあるが、実際に私が手に取ったのは、その翌年の夏のことだ。当時私は大学に入学したての一年生で、発狂しそうに暑くて汚い、六畳一間の下宿でこの本を読んだ。澁澤はその頃の文学青年にとっては必読書だったが、私が手に取ったのは彼が晩年にさしかかった頃だったから、かなり遅い「澁澤デビュー」だったと言えるだろう。高価だった澁澤の書物が文庫に入り始めた頃に読み出した、いわゆる「文庫の澁澤世代」である。

同書は「球体状の思考」とでもいうべき、澁澤特有の循環するかのような思考の連なりが読み取れる書物であって、特に表題作の「少女コレクション序説」は、書物の形をした美少女博物館のようなエッセイとなっている。そこに収蔵されているのは童話の白雪姫やハンス・ベルメールの球体関節人形、ポーの描く死美人や、デカルトが夢想した機械仕掛けの少女人形といった、古今東西の美少女である。こうした澁澤式博物館の奇妙さは、取り上げる対象がなんであれ、そのパノラマがいわば回遊式になっていて、最後まで読むと元のところに戻ってくる点にある。

たとえば表題作のエッセイは、さんざん世界の美少女を経巡って『枕草子』の「もの尽くし」よろしく紹介した挙げ句、結局は「人形愛の情熱は自己愛だったのである」と綴ってみせる。「そもそも人形なんか生きちゃいないのだから、少女人形への愛なんかどのみち男の自己愛に過ぎないよ」、というわけだ。あの少女この人形と書き綴って「もの尽くし」を楽しんでみせるものの、結局は自意識の球体の中へと立ち戻る。いわば密室的な思考遊戯である。

こうした独特の密室性、さんざん遠くまで経巡ったかと思ったら結局のところもとの場所に帰ってきてしまう自閉性は、澁澤の多くのエッセイに共通する特質なのだが、当時の私には高尚すぎて、狐につままれたように感じられた。なにせ「東西春画考」と題されたエッセイなど、古今東西の春画をあれも良いこれも良いと紹介した挙げ句「春画に描かれた肛門がアスタリスクに似ていてカワイイ」などという、まったく無意味なパラグラフで終わる。春画の迷宮を愛撫するかのように経巡った挙げ句、最後は肛門に辿り着く、いわば思考による洒落なのである。

しかもこの『少女コレクション序説』という書物、既に刊行済みの澁澤の単行本から、少女とエロティシズムに関するものを抜き出して再編集した書物であって、最後まで読んでも特段の結論はない。要するに完全な思考遊戯なのだが、田舎者の朴念仁であった当時の私は「一体だからどうしたのか」と、なかば憤然、なかば茫然としながら読み終えたものだ。

とはいえ再読してみると、図らずも一貫している部分もある。たとえば近親相姦への憧憬とも畏怖ともつかぬ願望があることを、澁澤は本書で幾度となく告白している。子どもを持たないのもそのためで、近親相姦に走りそうで怖いからだ、というのだ。ドキッとするような告白で、いっけん冗談めかして書いてはいるものの、実は意外にこれは本音だったのではないかという気もする。自分自身を愛するか、自分の中から生れ出た分身を愛するかという世代間のズレがあるとは言え、結局のところエロスが他者に向かわずに自閉してしまうという意味において、この両者はどこか似ている。やはり澁澤のエロスは自閉のエロスだったのかもしれない。

ちなみに澁澤は本書では第七章に紹介した野坂昭如と、浅からぬ因縁がある。野坂の『エロ事師たち』の新潮文庫版の解説は澁澤が手がけているし、既に前章で述べた通り、澁澤が責任編集を手がけた雑誌『血と薔薇』第三号にも、野坂は「愛しのペニスよ、さようなら」なる一文を寄せている。また『**清談俗語——野坂昭如対談集**』では、両者の対談が収録されてもいる(もっともこれは、お互いわいせつ裁判をやった者同士の、なかば冗談めかした対談なのだが)。野坂の作品においても近親相姦が大きなモチーフになっているのは、既に前章で見た通りだ。澁澤龍彦と野坂昭如は、近親相姦的な自閉的エロスを追い求めるものどうし、どこか響き合うところがあったのかもしれない。

さて、話はここで私が澁澤を読んでいた、八〇年代当時へと戻る。ここで当時の思想的世相のようなものを紹介しておこう。七〇年安保闘争の敗退も遠く過ぎ去り、バブル景気に日本全体が沸いたこの時期には、真面目に物事を考えるという姿勢そのものが「ダサイ」ものとされる傾向があった。日本全体が経済発展の夢に浸るなかで、学生たちは俗流化されたポストモダニズムの描く、ユーフォリア的な生活に浸っていたのだ。微分的差異の戯れを無限に続けよと説くポストモダニズムの啓蒙書を手に取り、カフェ・バーでカクテルを啜りながらダーツやビリヤードに興じ、雑誌『ホットドッグ・プレス』の説く方法に従ってデートとセックスの手順を学ぶという、軽佻浮薄な時代である。

さて、そんな軽薄極まる一九八四年、澁澤が発表したエッセイに「リゾームについて」という文章がある（のち『都心ノ病院ニテ幻覚ヲ見タルコト』に所収）。「リゾーム」というのはフランス語で「根茎」の意味だが、実は同時に哲学上の概念を指す言葉でもある。この概念の提唱者はフランスの哲学者ジル・ドゥルーズと、精神分析家のフェリックス・ガタリの二人である。

「リゾーム」というのは平たく言えば、モダンな社会の限界を乗り越えるためのキーワードだ。「近代社会特有のツリー状に組織化された上意下達型の社会」から「上下左右に根を張って、どこが頭か尻尾かわからない地下茎（リゾーム）状の社会」へ転換しよう、という主張である。

たとえば会社というのは社長を頂点とするツリー状の社会であって、枝葉にあたる平社員は幹にあたる幹部社員のご機嫌を伺いながら、日々仕事をしなくてはならない。組合でも学校でもやはりツリー構造はあるし、中央と地方の政治経済的関係などにしても、やはりツリー状の中央集権構造になっている。ところが、こういう上意下達の組織のあり方というのは、得てして硬直しがちだし息苦しい。そこで二人が考えたモデルがリゾーム、つまり地下茎だった。

地下茎はどこか一カ所にセンターがあるわけではなく、四方八方に伸びていき、どこかで切断されれば再びそこがセンターとなり、縦横無尽に増殖する。こうしたリゾーム型の社会では、組織の構成員は至る所で勝手にユニット状に結びついて行動し、地域も中央に依存せずに自主的に活動を展開し、学問の諸領域も自由に交流しながら柔軟に思考を展開できる。ドゥルーズ＝ガタリがこの概念を通じて語ろうとしたのは、モダン社会特有の息苦しさを乗り越える、新しい思考の枠組みだったのである。

ところが澁澤の手になるエッセイ「リゾームについて」は、こうした哲学的概念としてのリゾームについて、最後までほとんど素通りしたまま終わってしまう。彼がここで書き綴ったのは、なんと文字通りのリゾーム＝根茎についての珍談、奇話ばかり。そこに出てくるのはタピオカやジャガイモ、おせちの黒豆の上に載るチョロギといった、文字通りの根茎の話だった。

日本人は昔からジャガイモやチョロギなどのリゾームが大好物だった、私もリゾームが大好きだ、というのがこの一文のエッセンスであり、哲学的概念としてのリゾームを期待して読み始めると、完全に肩すかしを食わされて終わる。要するに澁澤は、流行思想を一知半解の状態のまま振り回していた当時の読者たちを、例の如くの球体的思考遊戯でおちょくってみせたのである。

そんなわけで、ごく一部の優秀な頭脳の持ち主は、澁澤の不真面目きわまりないリゾーム論を読んで、怒髪天を突く勢いで怒ったかもしれない。だが大多数はおそらく私がそうであったように、ドゥルーズ＝ガタリの本も澁澤のものも、どちらも無造作に本棚に突っ込んでいただろう。場合によっては村上春樹さえもが同じ本棚に突っ込まれていたのではないかと思う。全ての知的刺激について微分的差異を味わいながら、どれにも結局肩入れせずに等距離に楽しむ。当時の俗流ポストモダニストはそんなものである。とはいえ、こうした俗流ポストモダニズムとは、澁澤は何の関係もなかった。彼はさらに徹底した、命がけの遊戯の人だったのである。

たとえば同書の表題作である「都心ノ病院ニテ幻覚ヲ見タルコト」は、咽頭ガンで入院した著者が、ほとんど麻薬に近い鎮痛薬を投与されたおかげで見た幻覚を綴ったものである。ふつうなら闘病記を書きたい心境になるところだろうが、ここで澁澤はそうしたお涙頂戴の雑文など、まったく書こうとしていない。それどころか彼はこの病床で見た幻覚と徹底的に戯れ、遊ぶ姿勢を示したのである。実際ここで澁澤が描く幻影の描写には、目を見張る鮮明さがある。天井にぴたりと張り付いた刺身皿、蛍光灯の枠に張り付いた桃色の「モンドリアン」の文字、舞楽の面そっくりに変化して伸びてくるスプリンクラー、などなど……。こうした奇怪な幻影が、ここでは一片の曖昧さもなく活写されているのだ。

しかも驚くべきことに澁澤によれば、目を開けたときの幻覚と閉じたときの幻覚とはまったく違う種類のもので、互いに混じりあうことがなかったという。目を開けたときの幻覚が静的なオブジェのようなものであったのに対して、目を閉じた時に見る幻影はグロテスクな群像劇ばかりであったらしい。奇怪な男女が交合していたり、ラクダのような動物がにやりと笑ったり、ヤクザどうしが男色に耽ったり。目を開けると刺身皿や舞楽面といった静的なモチーフ、目を閉じると笑うラクダや男色のヤクザという動的なモチーフが現れるというのは、どういう薬理現象によるものだったのだろうか。

だが、こうした幻影の鮮やかさもさることながら、私が驚嘆させられるのは、澁澤が自分自身の幻覚を対象にいつもの「もの尽くし」の思考遊戯を、きわめて冷静に展開してみせている点である。澁澤はこの一文が掲載されてからわずか四カ月後、一九八七年八月に世を去っている。彼は単に平時に軽やかな知的遊戯を演じてみせたにとどまらず、死の直前まで徹底して遊戯性を貫き通した人だったのだ。最初からモダンな主体など徹底的に拒否し、球体状のエロスの中で幼形成熟的に籠城した、命懸けのエピキュリアン。それが澁澤龍彥という人だったわけで、バブルの見せる多幸症的状態など、彼はハナから必要としてはいなかったのである。

★生まれながらのエロスの論じ手

さて、世間一般での澁澤のイメージと言えば、何をさておいても「サドの紹介者」ということになるだろう。澁澤はサドの著作の翻訳者として文壇に登場し、特異なエロスの語り手として認知されたが、次第に彼の語るエロティシズムは抽象度を高め、ついには抽象的な球体状のエロスの語り部へと変貌した、というのが世間大方の見立てではないか。実際、概ねそれには違いないのだろうが、澁澤における球体のイメージは、存外早い時期から登場している。

一九六二年に刊行された『**犬狼都市（キュノポリス）**』所収の「陽物神譚」などは、こうした球体状のエロスが描かれた比較的早い例かと思われるが、この書物の刊行は例のサド裁判が始まった翌年のことで、世間ではまだまだ「異端の澁澤、サドの澁澤」のイメージが強い頃だ。ところが同作の中では既に、例の球体状のエロスがはっきりと姿を現しているのである。

この書物については本書第二章でもさらりと触れたが、古代ローマの奇人皇帝、ヘリオガバルスに想を得た短編小説となっている。ヘリオガバルスの人物像については先述したが、澁澤版のヘリオガバルス帝が見せる性的逸脱と暴力行為は、本物のそれに勝るとも劣らない。なかでも同書の圧巻は、狂人たちを闘技場に放り込んで猛獣に食わせる儀式や、キュベーラ神の信者たちが自身の男根を切除する、集団去勢の場面だろう。

ただし澁澤版のヘリオガバルス帝は、本物のそれとは決定的に異なる点が一つある。本物のヘリオガバルス帝は男根状の巨大な隕石を崇拝し、その崇拝を臣民に強要したが、澁澤版のヘリオガバルス帝が信仰の対象とするのは、巨大なタマネギの彫像だ。澁澤版ヘリオガバルスの帝国は、残虐、淫蕩な儀式をあれこれと「もの尽くし」で用意するものの、結局はこのタマネギへとその信仰を収斂させる。なんで、どうしてタマネギが神なのか途方に暮れるが、ここには既に球体的自閉性への偏愛が感じられる。

しかも、である。澁澤版ヘリオガバルスの信奉するこの巨大タマネギは、単にその外見がタマネギ状であるに留まらず、その内部まで実際のタマネギ同様の多層構造となっており、純金と象牙と碧玉が幾重にも層をなした造りとなっている。万一、帝国に反逆者が現れて、この神像を破壊したとしても、破壊者は次々に現れる下部構造に辟易せざるを得ない仕掛けなのだ。しかも、この神像の中心には、わずか数ミリほどの空虚が用意されている。いかな破壊者が現れようと、この空虚を破壊することはできない。ヘリオガバルスはタマネギの神像を造ったかに見せて、実は空虚という名の神を作り出し、臣民に崇拝させていたのである。

どこまで剥いても多様な素材の表層が続く球体のイメージは、既に見た通り澁澤が幾度となくエッセイで多用してきたスタイルに重なる。それ自体は意味を持たない、だが魅力的なイメージの羅列が果てしなく続き、結局は自己愛の中に閉じてしまうのが澁澤エロス論の定型で、したがってタマネギへの信仰を強要するこの幼年皇帝は、いわば澁澤の自画像であると言ってもよい。しかもそのタマネギの中心が一個の空虚になっているという構造を、澁澤はこの物語の骨格に据えている。空虚ほど破壊しにくいものはなく、ナンセンスほど強いものはないという逆説を、ここで彼は示したのである。

現在の我々がこれを読んでただちに連想するのは、フランスの批評家、ロラン・バルトの手になる「空虚な中心」論だろう。バルトはフランスの文化使節として日本を訪れ、その印象をまとめたエッセイ『表徴の帝国』のなかで、東京には皇居という名の空虚な中心がある、と説いたことで知られている。こうした空虚な中心の周囲で展開される、無重力的なポストモダン文化の都市こそが、日本という国の正体なのだ、と。空虚な中心を抱える球体を帝国の信仰の頂点に据える「陽物神譚」の物語は、まさに空虚な中心論そのものの構図と言えよう。だがバルトが日本を訪れるのは一九六六〜六八年、『表徴の帝国』が書かれるのは一九七〇年。一九六二年に刊行された「陽物神譚」は、逆立ちしてもバルトの議論を参照し得ないのだ。

こうしたバルトの議論と澁澤の並行関係は、後代の我々が勝手に読み取ってしまった、いわば一種の錯覚であり、澁澤が仕込んだからくりではない。だが、我々自身が犯したアナクロニズム（時代錯誤）までもが、澁澤の技巧のなせるものであったかのように見えてしまうほど、澁澤はこの種の意図的錯誤を好んで用いた人であった。

たとえば「陽物神譚」の冒頭には、古代ローマの博物学者プリニウスによる、タマネギ崇拝者の目撃譚が出てくる。プリニウスが諸国を旅するうちにヘリオガバルス帝の奇怪なタマネギ崇拝を目撃してしまった、という見立てで書かれたこの一節は、だが実際には書かれようがない。なぜか。プリニウスとヘリオガバルスの生年没年は、次のようになっているからだ。

プリニウス　　　二三年生～七九年没
ヘリオガバルス　二〇三年生～二二二年没

つまりヘリオガバルスはプリニウスよりも百年以上も後の時代を生きた人物なのだ。したがって、もしヘリオガバルスがタマネギを信仰していたのだとしても、プリニウスがそれを目撃することは金輪際できっこない。実はプリニウスは澁澤が偏愛した博物学者であり、彼はのちに『**私のプリニウス**』と題したエッセイ集を刊行しているほどで、澁澤の頭の中には当然こうした前後関係も入っていたはずだ。つまりここで彼はあえて時代錯誤を犯しているのである。

時代錯誤、アナクロニズムとは時間軸を前後に自在に突き抜けることであり、いわば時間的なリゾーム構造である。なんのことはない、彼はのちにリゾームを揶揄するそぶりを見せながら、二十年も前にそれを先取りするような時間構造を持った小説を書いていたわけだ。時間も空間も入り乱れてどこにでもつながってしまうリゾーム構造の時空間のなかで、成熟を拒否して残忍さとエロスの「もの尽くし」と戯れ続ける。そんな幼年皇帝ヘリオガバルスの姿を、リゾーム論の流行より二〇年も前に、澁澤は既に書いていたのである。これではリゾーム論を多少おちょくりたくなるのも仕方がなかろう。

だが、それではそうした幼年皇帝が奉る、タマネギ状の構造の神とは何を意味するのか。やや無粋な気がしないでもないが、私はこれは単純に女性器の構造なのではないかと考えている。無数の皮と襞によって覆われており、それを剥いていったからといって何が出てくるわけでもなく、結局のところ空虚と出くわすほかない。本物のヘリオガバルスが男根状の巨大な隕石を崇拝したのに対して、澁澤の自画像たる幼年皇帝は、その真逆の女陰的構造を神として崇拝したのである。

そう捉えるとこの物語の骨格は、あっけないくらい単純なものとして現れる。つまり中心に空虚を宿したタマネギ状の構造、すなわち女陰的構造を擁しつつ、その周りにいつどことでも接続する、多型倒錯的エロスの時空を張り巡らせた世界。それが澁澤皇帝ヘリオガバルスの帝国なのである。

この構造は、既に幾度も述べた、澁澤のエロス論の特徴と一致する。彼のエロス論はしばしば時空を好き勝手に移動して、あのエロスこのエロスと多型倒錯的にさまざまな対象の表層を愛撫し、最終的に自体愛的かつ自閉的な球体構造、つまりは女陰的構造へと戻ってくる。要するに彼のエッセイは、その骨格自体がセックスの隠喩になっているのだ。

エロティックな対象を論じる批評は数あれど、その構造や文体そのものが性交の隠喩になりえている批評など、世にそうあるものではない。しかも驚かされるのは、彼が緻密な論理の組み立てによってそうした文体、話法を獲得したのではなく、おそらくは本能の赴くまま無邪気に自らの欲望機械をフル稼働させ、天然で創り上げた点にある。

澁澤はその晩年には評論や翻訳の世界を離れ、小説へと転じた。小説家としての澁澤が残した作品は少ないが、そのなかでも白眉となるのが遺作となった『**高丘親王航海記**』であることは、多くの論者の意見の一致するところだろう。

同作は平安時代初頭に実在した皇族、高岳親王(たかおか)(作中では高丘親王)をモデルとした物語である。高岳親王は出家して唐に渡り、のち天竺行きを決意。その旅の途上で消息を絶った人物である。澁澤はその生涯を描くにあたり、中国から東南アジアを経てインドへと巡る親王の旅を、例によってアナクロニズムで歪んだ多形倒錯的パノラマで埋め尽くしてみせるが、その旅の途上で浮かんでは消えるのが、親王の父、平城帝の愛人であった、藤原薬子(くすこ)のイメージである。

薬子は夫のある身でありながら平城帝に近づいて寵愛を受け、帝の威光を笠に着て専横をふるった女性である。薬子はさらに、いったん上皇に退いた平城帝に復位を唆し、平安京と平城京に二朝が並立する事態を引き起こした。これが世に知られる「薬子の変」であり、第二室で幾度となく紹介した「性的権力者」の典型のような人物である。薬子はいつか天竺に生まれ変わることを親王に予告したのち、政変に敗れて毒を仰ぎ自殺する。澁澤は高丘親王の天竺行きの動機の背景には、この日本史上屈指の悪女への思慕の念があったという大胆な着想によって、この物語を綴っている。

ふとした旅の合間や高丘親王の見る夢の中に、薬子は幾度となく立ち現れ、そのエロティックな導きによって、親王を果てしない旅路へと誘い、ついには死と転生の世界へと導いていく。薬子と親王は実の母子ではないが、親王にとっては父の愛人であり、どこか近親相姦的な色彩が伺える。そんな物語の結末を澁澤は次の一文で結んでいる。

「ずいぶんおおくの国おおくの海をへめぐったような気がするが、広州を出発してから一年にも満たない旅だった」

多形倒錯的でエロティックな世界を、ものづくしよろしく経巡って愛撫した挙句に起点へ戻り、薬子の生み出す近親相姦的なエロスの球体の中へと自閉していく。澁澤の自閉的エロティシズムは見事なまでに首尾一貫している。作中、親王は真珠を呑み込んで喉を病むが、澁澤は実際にこの頃、下咽頭癌に犯され、呑珠庵の号を名乗っていた。作品と人生が不可分となり、エロスの球体へと溶解していく。老化を止めてしまったように最後まで老け込むことなく亡くなった彼は、まさにエロティシズムの幼年皇帝であり「恐るべき子ども」であり続けたのだと思う。

★アンチ・オイディプス

ちなみに私は学生時代、右に書いたような澁澤的な密室のエロスにばかり淫していたわけではない。なんといっても時代は軽佻浮薄な八〇年代である。御多分に洩れず私もフランスのポストモダンな現代思想関連書を、一知半解のままパラパラめくるという日々を送っていた。そんななかで私のエロス観を多少なりとも広げてくれたのが、フランスの哲学者のジル・ドゥルーズと、精神分析医のフェリックス・ガタリが「**ドゥルーズ=ガタリ**」の連名で書いた『**アンチ・オイディプス**』という書物だった。同書はそのタイトルにはっきりと謳われている通り、俗流化したフロイトのオイディプス理論を、真っ向から批判した大著である。

既に第三章で見た通り、フロイトは弟子たちから激しい離反に曝される一方、その理論は一定の治療実績を挙げ、それにつれてオイディプスの物語はあらゆる人の心に潜む普遍的な神話であるとみなされるようになった。だが彼の理論はやがて一人歩きを始め、次第に一種の極論が主張されるようになっていく。誰のどんな行為であれ、その背後には必ずオイディプスの神話が隠されているのだ。……そんなふうにフロイトの後継者たちは主張しだしたのだ。

こうした俗流フロイト理論の主張は、やがて粗雑化の一途を辿っていく。たとえば子どもが遊ぶ機関車はパパの男根であり、機関車が入る駅舎はママの母胎である。したがって子どもが機関車遊びをしていれば、これはオイディプス神話の上演と解釈しなければならない、といった具合である。ドゥルーズ=ガタリの二人はこうした極論化したフロイト主義を、このように批判したのである。

フロイト一派は人間の精神を「パパ、ママ、私」の三人が演じる、三角形のホームドラマのなかに封じ込めたのだ、と。

実際には子どもが機関車遊びをするのは、機関車で象徴的なホームドラマを演じたいからではない。少なくともホームドラマを演じたいという願望「だけ」が、彼らが機関車遊びをする理由ではない。子どもが機関車遊びをするのは機関車そのものと戯れる快楽を、目や手を通じて味わいたいからだ。俗流化したフロイト理論は、この至極当たり前の事実を無視してしまう。いや、話は子どもに限らない。乳幼児であれ成人であれ、人は唇や肛門や性器ばかりでなく、手や目や肌などのあらゆる器官を通じて、多様な快楽を味わっている。俗流フロイト理論の性欲一元論は、こうした多種多様な快楽から、なぜか目をそらそうとするのである。

しかもこうした欲望の器官は、それ単体で完結するのではない。子どもの手が機関車のオモチャと結合して快楽を生むように、大人の性器は他人の性器や手や視線、さらには視線を媒介する多様なメディアなどと結合して快楽を生む。たとえば本稿の初出はいわゆる「エロ本」だが、こうしたエロメディアのコアユーザーたちは、性交時のようすを自ら写真に撮って雑誌に掲載するという行動を取る。彼らはパートナーの性器と結合するだけでは飽き足らず、見ず知らずの異性の性器や、性的玩具や撮影機材、そしてエロ雑誌やＷＥＢ上のエロメディアに至るまで、実に多彩なモノに自らの欲望を果てしなく結合させ、分裂させていくのである。

さらに彼らの欲望は、他の読者の視線に曝されて再接続され、より微細に枝分かれしていく。つまり日々あらゆるヒトやモノに向けて、欲望の器官を接続して暴走し続けているのだ。こうした無軌道な欲望の姿を、とうてい家族の物語の枠内に収めて語ることなどできないだろう。いや、話はエロティックな欲望に限らない。私たちの身体に接続の喜びを与えてくれるのは、性的な接触ばかりではないからだ。

現在私たちの目は各種の視覚メディアと、耳はiPodなどの聴覚メディアと、思考はネット上のＳＮＳと、手足はクルマや飛行機と接続し、時々刻々無数の器官で快楽を生産している。人間の身体のあらゆる器官が、日々外部のテクノロジーと果てしなく連結し、快楽を生み出し続ける。それが現代社会における欲望の姿なのである。かくて欲望は個人の体をはみ出し、街の境界や国境をも越えて、グローバルな欲望のネットワークを生み出し続けているのだと言える。

機械とも人間ともつかぬ欲望の接続体と成り果てたこうした姿を、ドゥルーズ＝ガタリはここで「欲望機械」と名づける。こうして膨れ上がった欲望を分裂病スレスレの状態で暴走させているのが、我々の生きる資本主義社会だ。もちろん全面肯定すべき状態ではないが、もはや全否定もできないほどに、こうした欲望機械は我々の肉体の奥深くまで、しっかりと根を下ろしている。そんな我々の心理状態を「パパ、ママ、私」の三人が演じるホームドラマの構図だけで、どうして説明できるだろうか（二人がこの本を書いたのは一九七二年だが、その議論はネット社会が世界を覆った現代においてこそ、その真価を発揮しようとしていると言えよう）。

ドゥルーズ＝ガタリはこうした多様な器官どうしの接続によって生産される、多数の快楽に目を向けよと迫る。そして事実ドゥルーズ＝ガタリもまた、二人の連名による共同作業でこの書物を執筆した。彼らは理論的にフロイトを批判したばかりでなく、実践面でもフロイトの理論を批判したのである。我々の抱える欲望は、無限に接続を繰り返して、多様な快楽を生み出している。だがフロイトという人は、そうした多様なエロスの姿を、なぜか見ようとしなかった。彼は常にオイディプスの神話を通じて、エロスを、心を理解しようとしたのである。

こうしたドゥルーズ＝ガタリのエロス観は、澁澤のそれと近接こそするものの、最終的には真逆の部分を持っている。確かに澁澤のエロス論は、時空を好き勝手に移動して、多型倒錯的にさまざまなエロスの表層を愛撫してみせるが、最終的に自体愛的かつ自閉的な球体構造、つまりは女陰的構造へと戻ってくる。オイディプスの神話が近親相姦という自閉的エロスの世界の禁忌を描いたものであったこと、そして澁澤が繰り返し近親相姦への欲望を語っていたことを思い返すなら、澁澤のエロス論は実はフロイト的なエロス観と、紙一重のものであることに気づかされる。ドゥルーズ＝ガタリのエロス論である『アンチ・オイディプス』は、そうした自閉性の外へと出ようとするものだったのだ。

もちろん右のような議論、つまり澁澤とドゥルーズ＝ガタリのエロス観の違いなど、大学生当時の私はまるで気づいていない。頭の中の本棚の全然違う場所に収められて、両者が結びつくことなど全くなかった。だが今にして両者の著作を眺めなおすと、やはりドゥルーズ＝ガタリのそれの方が、エロスというものが本来的に持っている怪物性を、よく捉えているのかな、と思う。そしてこの怪物性を誰よりも知っていたのは、ギリシャ神話の語り手たちではなかったか、と。

確かにオイディプスの物語は古くからギリシャ悲劇の傑作とされた、名作中の名作である。フロイトがこの物語に魅入られ、人間のエロスの秘密を見たように思ったのは無理からぬ話だろう。澁澤が自閉的エロスに溺れたのもまた然りである。だがいっぽうで第三章に述べたとおり、ギリシャ神話の大系にはオイディプス神話以外にも、無数のエロティックな神話が存在する。そこではあらゆるエロスのかたちが、これでもかとばかりに語られている。白鳥の姿となって王女を犯し、獣姦を強要した神、ゼウス。他者を見失うほどの自己愛に耽ったナルキッソス。人形愛に溺れたピュグマリオンなどがそれだ。

ギリシャ神話の登場人物たちは、その器官を獣に、神に、人に、人形に接続して、縦横無尽にエロスを生産してみせる。その姿はまさにドゥルーズ＝ガタリの説く欲望機械そのものとは言えまいか。ギリシャ神話のうちでオイディプスの物語だけを特権化して考え、人間のエロスの秘密を暴く唯一の鍵のように考えたフロイトを、ドゥルーズ＝ガタリは批判した。彼らは分裂病的に無限に広がる多型倒錯的なエロスの姿を描いたが、そうした多様なエロスの姿は、そもそもギリシャ神話のなかに最初から存在していたのだ。二人の指摘を待つまでもなく、ギリシャ神話は人間の中に潜む分裂病的な欲望の姿を、数千年前から知っていたのである。

法律どころか道徳や倫理すら整わない古代から語り伝えられた神話は、人間の無意識の大海から生まれた物語だ。神話は人間の抑圧されない無意識を、もっともよく反映する文化的産物なのである。我々は日々多様な文化を生み出しているように思っているが、その実そうした考えは、そもそも錯覚に過ぎないのかもしれない。私たちは単に神話の掌の上で、踊っているだけなのかもしれないのだ。

★ねじまき鳥エロティシズム

さて、お次はうってかわって**村上春樹**の小説を取り上げたいと思う。八〇年代の大学生はドゥルーズ＝ガタリの本も澁澤の本も、村上春樹のものさえ同じ本棚に突っ込んでいた、などと私は前節で書いたが、何を隠そうこの私こそ、そんな軽薄きわまりない大学生の典型だったということは、聡明な読者諸氏ならお見通しのことだろう。

村上春樹が毎年のようにノーベル賞候補にあがる大作家になった昨今、若い読者にとっては意外かもしれないが、私の学生時代には村上春樹と言えば、きわめて軽い小説を書く作家と目されていた。おかげで保守的な文壇からは、現在のライトノベルと同等の扱いを受けていたほどである。

実際、彼の小説の登場人物ときたら、個人的トラブルであれ政治的な闘争であれ、やっかいごとには「やれやれ」と首をすくめてやり過ごし、三島自決のような大ニュースも横目で眺めるだけ。あとは山の手の洗練された都市生活と恋愛を楽しむばかりなのである。ホテルで爪切りを借りながらビールを飲み、ナンパした女性とやたらセックスし、センスの良いバーでオムレツとサンドイッチを食べる、まあそんな生活である。彼の小説を読むことは当時、そうしたポストモダンな軽やかさを知的意匠として身にまとうことを意味したのである。

村上春樹の作風が大きく転換を遂げたのは、一九九四〜五年に刊行された三巻本の大長編『**ねじまき鳥クロニクル**』からだったというのは、作者自らが語る通りだろう。何が周囲に起こっても「やれやれ」と首をすくめてやり過ごす「デタッチメント（関わりのなさ）」の文学から、歴史的事件や政治状況に積極的に関わろうとする「コミットメント（関わり）」の文学へと、彼はその作風を転換させたのである。

実際この小説では、戦前に満州とモンゴルの国境で起こった軍事衝突事件である「ノモンハン事件」や、戦時下の満州で行われた動物の殺処分などについての血腥いエピソードが、虚実綯い交ぜで描かれている。ノンポリのポストモダニストだったはずの村上春樹が、歴史的事件を扱う政治的作家へと転換を遂げた作品という意味で、この作品は大きな注目を浴びたのだった。

だが本作を再読すると、この作品が徹頭徹尾エロティックな描写に満ちあふれていることに、否応なく気づかされる。確かに『ねじまき鳥クロニクル』は戦争の血腥いタナトスを描いた作品だが、それと同時に暗い粘液質のエロティシズムが、全編を通じて糸を引く作品でもあるのだ。

たとえば冒頭の数行目、聞き覚えのない声の女から、テレフォンセックスを求める電話が主人公の許にかかってくるところから、この小説は始まっている。このほか主人公の妻が生理前のイライラを主人公にぶつけるエピソードが、一章をわざわざ割いて描かれていたり、主人公が妻以外の女性と、偶然の成り行きから夜中の三時まで抱き合ったことが、やはり一章を割いて描かれていたりする。本書がノモンハン事件を扱ったものと思って読み始めた読者は、テレフォンセックスや生理前のイライラや婚外関係の描写に当惑するに違いない。

ここで本作の大まかな骨格を書いてしまうと、この小説は妻に出て行かれた主人公が、その妻を取り戻そうとする顛末を巡って書かれている。妻が出て行った明確な理由は中盤あたりまで示されないが、どうやら妻の兄、つまり主人公の義兄が妻を奪ってどこかに連れ去ったらしいということが、読み進めるうちにわかってくる。この義兄はもともと優秀な経済学者で、きわめて難解な経済理論を提唱して論壇のスターになったという人物だが、彼が提唱した理論はなんと「性的経済と排泄的経済」という二項対立をキーワードとするものなのである。なんとなく往時の栗本慎一郎のそれを彷彿とさせる理論だが、これがその年の流行語となることで、彼は討論番組のスターとなったのだった。

しかもこの義兄は実は、重大な性的トラブルを抱えた人物でもある。彼は大学生の頃、死んだ妹の服の匂いを嗅ぎながらマスターベーションに耽っているところを、妹、つまり主人公の妻に目撃されている。またこの人物は不能でありながら娼婦を買い、ヴァイブレータのようなものを使って疑似性交を行う性癖を持つが、同時に相手の娼婦が深刻なトラウマを抱えるほどの快楽を呼び覚ますことができる、異常なまでの性的テクニックを持っているのである。

この義兄、すなわち綿谷ノボルが表象するのは、一言で言えば性の暗いエネルギーである。近親相姦的な欲望を抱え持ち、不能でありながら破壊的トラウマを与えるほどの性的技巧を誇り、しかも性と排泄を二大原理とする経済理論を打ち立て、国会議員になっていくのだから。つまり綿谷ノボルとは、性の暗い怨念のような力とその理論をエネルギー源として、国家権力の一端を手中に収めようとしている人物なのである。

興味深いのは主人公の妻が、この人物の自慰行為を目撃していたということである。つまり彼女は綿谷ノボルのエネルギーの源泉とも言うべき暗い性の現場を目撃しているわけだが、ここに描かれているシチュエーションは、本書の第五章、メリュジーヌの節で触れた「見るなのタブー」そのものである。ただし多くの「見るなのタブー」の物語は、富をもたらす女性の性的秘密を、夫が見てしまうという形で語られる。それに対して本作では、性的秘密を見られるのが女性でなく男性、しかも人に富をもたらす女性でなく、忌まわしい性的災厄をもたらす男なのだ。いわば二重に反転した「見るなのタブー」である。

綿谷ノボルが政治家へ転身することになったのは、彼個人のカリスマ的な魅力も手伝ってはいるものの、その伯父の地盤を引き継いだからだ。ところがこの伯父という人物、実は戦時中に満州国で対ソ戦のシミュレーションにあたっていた元官僚であり、したがって間接的ながらノモンハン事件――ソ連・蒙古の連合軍と、日本・満州の連合軍が、不毛な荒野を巡って衝突し、数多くの死傷者を出した事件――とつながっている。つまり綿谷ノボルとは、こうした戦前の政治的暗部と性的な暗部をエネルギー源として、政界へ駆け上がろうとしている人物なのだ。本書第二章で縷々述べた通り、権力とエロスが結びつくと大体ロクなことにならないものだが、綿谷ノボルはまさにそうした権力とエロスの結合した怪物なのである。

対する我らが主人公は、少々情けないステータスにある人物として描かれている。もともと彼は法律事務所にこそ勤めてはいたものの、法律関係の資格は一切持たず、しかもその事務所も辞めてしまって、妻の稼ぎで食っている。妻はＰＲ誌の編集者として働く傍らフリーランスのイラストレーターとしても働いており、かなりの収入を得ているが、主人公はいわゆるヒモ状態の、失業保険で食いつないでいる三十路の男なのである。政治家への転身を図ろうとするカリスマ経済学者ならずとも、妹の結婚相手としてはちょっとどうかな、と思わざるを得ない。

とはいえ綿谷ノボルは自分の意思で主人公の妻を拉致したわけではないし、強引な手段で監禁しているわけでもない。主人公の妻はあくまで自発的に家を出て行ったのである。妻が家を出て行った理由は、実は自らの不貞行為にあり、その相手は仕事の取引先の男である。とはいえ彼女がその相手と通常の不倫関係を結んだのかというと、実は少々ニュアンスが違う。

彼女は不倫相手を愛したことなどまったくないし、単に欲情のはけ口でしかなかったと認めてさえいる。もはや彼女は不倫相手のことを、どうでもいい人物だとまで思っているのである。しかも彼女は失踪と同時にＰＲ誌編集の勤務を辞めてしまっている。単に「新しい男に乗り換えたい」と思っただけなら勤務先まで辞める必要はないし、第一その男との関係は既に切れているのだ。一体何が彼女の身に起こったのか。

彼女が家を出て行ったのは、自らの不貞行為に自責の念を感じたからである。より正確に言うならば、そうした関係のために彼女は夫に平然と嘘をついて、しかもどうでもいいような異性を相手に激しい性行為に耽ったこと、そしてそうした行動を自分にとらせた、理不尽なまでに激しい自分の性衝動に対する自罰的感情から、彼女は主人公の許を去ったのである。一言で言えば彼女はいわゆるセックス依存の状態に陥り、自らその状態に嫌悪の念を感じて——そしておそらくはその病状を治癒するために、主人公や職場の人間関係から離れたのだ。

しばしば誤解されているが、セックス依存とはセックスの回数の多い、少ないとは関係がない。特定のパートナーと合意の上で性行為を楽しむなら、いくら多くても別に依存ではない。問題はそうした性衝動に歯止めが利かなくなり、パートナーや周囲との人間関係を破壊するところにある。

たとえば不特定の異性との関係を持つようになったり、よく知りもしない相手との性交渉を持ったりするのはその典型だ。こうした人々はセックスへの衝動を抑えられず、性に関する秘密が次第に増え、ついにはセックスのためにパートナーや家族、職場での上司や同僚、取引先などにまで平気で嘘をついて、秘密裏にセックスに耽りだす。こうして嘘を重ねるうちに周囲との人間関係は破壊され、性病や犯罪に巻き込まれて落命するのである。

こうしたセックス依存のプロセスは、アルコールや薬物への依存など、ほかの依存症のそれときわめて似ている。彼らはしばしば周囲に嘘をついて白昼から隠れ飲みをしたり、重要な打ち合わせに酒気を帯びて現れたり、過度の飲酒ですっぽかしたりするうちに、仕事や社会的信用、友人や家族などの人間関係を失っていく。これがさらなるアルコールや薬物への依存に拍車をかけ、ついには臓器に異常を来して死に至るのだ。

セックスと薬物は別物なのに、どうしてここまで病状の進行が似ているのか。答えは簡単、性交時の脳内ではモルヒネに酷似した物質が分泌され、セックス依存はこの脳内物質への中毒症状として起こるからである。なんのことはないセックス依存とは「脳内で分泌される麻薬への薬物依存」なのだ。

主人公の妻が職場まで辞めてしまうのは、不倫相手と仕事を通じて出会っていたからであり、いわばセックス依存による人間関係の破壊を、自ら先取りして清算したのだと言える。主人公の妻が失踪を遂げるのは、こうした性の暗い薬物中毒のような一面に触れてしまったためなのだ。したがって彼女は直接的には綿谷ノボルの手によって拉致、監禁されたわけではないものの、綿谷ノボルの依って立つ力の源泉と同じもの、つまり性の暗いエネルギーによって人間関係を断ち切られたのだと言える。その意味で彼女はやはり、綿谷ノボルの性的な罠の手中に落ちたのだと解釈できるだろう。綿谷ノボルとはそうした性の怪物なのである。

さて、そんな性の怪物たる綿谷ノボルに立ち向かうのは、我らが無一文の主人公なのだが、この主人公は綿谷ノボルを尾行して妻の居場所を探すといった、現実的な手段を取ろうとしない。替わりに彼は何をするのか。主人公は家の近所にある枯れた古井戸、その中に下りていくのである。当然ながらそんなところに潜っても妻がいるわけではない。なんと非現実的な対抗手段かと悲しくなるが、主人公はこの井戸の中で妻とのなれそめを思い出し、妻が子どもを堕胎した日のことを思い出す。つまりは真っ暗な井戸での回想の中で、彼は妻の記憶と再会するのである。

しかも興味深いことにこの井戸もまた、戦前の中国大陸との因縁で結ばれている。この井戸のある空き屋は次々に持ち主が不幸に見舞われるので有名な家であり、その最初の持ち主は、旧帝国陸軍のトップエリートだったのだ。この人物は戦時中に北支戦線で、かなり非道なふるまいをした人物として描かれている。つまり綿谷ノボルの権力の源泉の一つである「戦前的暗部」に、この井戸は象徴的に通じているのである。

主人公はそんな戦前の暗部に通じるこの井戸を降下して、妻の記憶と巡りあう。つまりこの井戸は消えた妻のいるはずの冥府へと通じる、魔界への出入り口なのである。ここにあるのは亡くなった妻を求めての冥府巡り、つまりオルフェウス型神話と同型の物語なのだ。しかもこうしたオルフェウス型神話の多くは「見るなのタブー」との関わりを持つ。イザナギは妻の腐乱した姿を見たがために、エウリュディケーの場合はよろけた妻の様子を振り返って見たがために、妻が地上に戻れなくなる物語だ。本作にもまた反転した形で「見るなのタブー」が組み込まれているのは先述した通り。本作とオルフェウス型神話の相同性は、いよいよもって強いのである。

そしてもう一つこの小説には重要なモチーフとして、近所の井戸とはまったく別の、ノモンハンの井戸が登場する。本作発表当時に話題になったのは、このもう一つの井戸を巡る物語である。見渡す限り何もない、満州とモンゴルの国境付近の砂漠にあるこの井戸は、戦時中に日本軍のスパイが拷問を受けて殺害され、一緒にいた兵士も生きたまま井戸に投げ込まれて、生死の境をさまよった場所として描かれている。日本軍のスパイを拷問するのはモンゴル軍の兵士だが、遊牧民族である彼らは獣の皮を剥ぐ技術に長けている。彼らはその技術を使って日本軍のスパイの皮膚を、まるで「桃の皮でも剥ぐように」剥がしていくのである。

このノモンハンの井戸にまつわるエピソードは、本筋とは何の接点もない。この話を主人公に聞かせる老人は、かつて井戸に投げ込まれた旧日本軍の元兵士だが、この話を主人公に語り終えると同時に、本筋にはなんら関与せぬまま物語から消えていく。通常の物語を読む感覚に照らせば、まったく不要なエピソードだ。だが私がこの挿話から思い出すのは、またもや日本神話におけるイザナギ、イザナミの物語なのである。

夫のイザナギは落命した妻を尋ねて冥界へ行くが、そこで既に魔物となったイザナミと出会う。この魔物から逃れるために、夫のイザナギは葡萄や桃などの食物を投げ与え、魔物がそれを食べている間に逃げようとする。本作に登場するノモンハンの井戸は「桃の皮でも剥ぐように」人間の皮膚を剥ぎ取り、飲み込んでしまう。私はこの両者の間にどうしても通底するイメージを見て取ってしまうのである。いずれにせよ本作における井戸は、冥界への入り口であると同時に戦前の暗部とつながっており、しかも神話的な不吉さを漂わせている。ノモンハンの井戸は本筋と関わりこそないものの、本作における「井戸のイメージ」を確立させる上で不可欠のモチーフなのだ。

★不吉な井戸の亡霊のエロス

しかしそれにしてもなぜ本作では、井戸が冥界への通路として描かれているのだろうか。実は村上春樹が井戸の話を書くのはこれが初めてのことではなく、彼は再三に渡ってその作品に井戸を登場させており、その多くはしばしば不吉なものと関わっている。たとえば井戸のエピソードは、彼のデビュー作『**風の歌を聴け**』にも登場する。

この作品で登場するのは、何十億年も未来の宇宙に通じる火星の井戸だ。この話は作中に登場する架空の作家、デレク・ハートフィールドの筆による短編小説、つまり劇中劇として描かれている。火星の井戸をくぐり抜けた宇宙飛行士は、そこで見た広大無辺な宇宙の無常さに打ちのめされ、絶望して自殺してしまう。SF仕立てのこの挿話は、この作家の井戸への恐怖が作家生活のスタートと同時だったことを物語るものとして興味深い。

続く二作目の『1973年のピンボール』でも、彼は列車に轢かれて死んだ井戸掘り職人の物語を登場させているし、映画化もされた大ヒット作『ノルウェイの森』でも、野原のあちこちに潜む野井戸の話を、かなり唐突に登場させている。この話をするのは主人公の恋人で、彼女は精神を病んで山奥深くの精神病院にいるという設定だ。彼女はほとんど何の前触れもなく、野井戸に人が落ちる話を主人公に向かって訥々と話しだす。村上春樹における井戸は、このようにしばしば病や死と深く関わっているのである。しかしそれにしても、なぜ井戸なのだろう。なぜ村上春樹は洞穴でも鍾乳洞でもなく、井戸を不吉なものとして描くのだろう。

不吉な井戸、と言われて私が真っ先に思い出すのは、映画「リング」に登場する亡霊の貞子である。彼女は井戸から這い出してくるシーンで有名な亡霊だが、こうした井戸をめぐる女性の亡霊には、さらに古い先行作品が存在している。「皿屋敷譚」と呼ばれる怪談がそれである。皿屋敷譚というのは皿を数える幽霊が、井戸端に出るというタイプの物語だ。この種の物語としては江戸の「番長皿屋敷」や姫路の「播州皿屋敷」などが有名だが、いずれも「皿を割った」と言いがかりをつけられた女中が、井戸に身を投げて幽霊になるという筋立てである。

幽霊は無実の罪を着せられたのを嘆き、夜な夜な井戸で皿を数えて「足りない」と嘆く。同様の話は江戸や姫路ばかりでなく、岩手から鹿児島まで全国津々浦々にあるという。濡れ衣を着せた雇い主の家が、亡霊によって次第に衰亡していくのもほぼ共通の筋書きだ。こうした井戸への恐怖の感覚は現代にも残っているようで、井戸を埋めたら祟りがあったという類いの話は、いまも無数の場所でささやかれている。井戸というモチーフは日本人の恐怖心を直撃するトリガーとして、いまもなお根付いているのだ。

日本人のこうした「井戸フォビア」は、相当古くからあるもののようだ。たとえば京都市下京区の路地の奥には「鉄輪の井戸」と呼ばれる井戸がある。この井戸はその昔、ある女が自分を捨てた夫を恨み、丑の刻参りをした挙げ句に精根尽き果てて死んだとされている場所で、この井戸が「鉄輪の井戸」と呼ばれている理由も丑の刻参りのいでたちに由来する。

鉄輪の井戸の女が丑の刻参りをしていたのは、京の都の真北を守る貴船神社である。この神社は今に至るも丑の刻参りで有名で、肝試しに行ったら白装束の女がいた、といった噂が後を絶たない。そんな貴船の御神体は清流の水源そのもので「貴船」という名前もそれに由来する。つまり鉄輪の鬼女は水の神である貴船神社にお参りして男を呪い、井戸のほとりで息絶えたのである。つまりこの物語には二重の意味で、水源の存在が関わっているわけだ。

貴船神社と丑の刻参りの結びつきは、さらに古くまで遡ることができる。渡辺綱という侍が、一条戻橋に現れた鬼の腕を斬り落としたという、有名な逸話がそれである。この鬼は貴船への丑の刻参りで鬼と化した「宇治の橋姫」という鬼女で、彼女は貴船神社に丑の刻参りに詣でただけではなく、宇治川で三週間に渡って水垢離をして鬼になったという。この話は嵯峨天皇の御代のことというから、九世紀頃の話である。

このほか、やはり京都にある六道珍皇寺というお寺の、地獄に通じると言われる井戸をここで思い出しても良いかもしれない。この井戸は平安時代の公卿であった小野篁という人物が、地獄に通ったという言い伝えを持つところである。小野篁は昼には朝廷に仕え、夜には井戸を通って地獄へと赴き、閻魔大王に仕えたとされる人物だ。ちなみに小野篁が仕えた主人というのは、またしても嵯峨天皇である。

このように井戸をめぐる故事を振り返ってみると、どうやら日本人は嵯峨天皇の頃から井戸を恐れてきたらしいということがわかる。古くは小野篁の地獄通いの井戸から、近年では貞子や村上春樹に至るまで、日本人は千二百年もの歳月に渡り、井戸の恐怖を描き続けてきたのである。

ちなみに「井戸」という日本語は、偶然にもラテン語の「イド（id）」と読みが似ている。イドは英語でいう「it」と同根の言葉だが、精神分析の世界で用いられた場合には、意識の底に潜む無意識のかたまり、性衝動や死の欲動が渦巻く衝動のたまり場のことを指す。こうしたイドの存在は、良心や道徳といったスーパーエゴ（上位自我）によって抑圧され、日常では注意深く隠されている。私たち日本人にとって井戸とはイドに通じる穴、開けてはならない冥界への通路なのである。

そこでは井戸から現れた亡霊によって、不誠実な人物が呪われることになる。つまりこれらの物語は「水辺の霊が悪を裁き、正義を回復する物語」として解釈できるのだ。井戸の水底では抑圧された無意識が堆積し、悪を裁く霊力を湧き出させている。村上春樹の一連の作品に見られる不吉な井戸は、こうした日本人の井戸フォビアを継承するものだと言えるのかもしれない。

ただし、こうした「正義を実現する水辺の聖霊の物語」は、日本ばかりでなく世界中に存在する。たとえば有名なイソップ童話の「金の斧と銀の斧」はその代表例で、泉のほとりで正しい行いをした者には金の斧が与えられ、正しくない行いをしたものには何も与えられずに終わる。グリム童話における「ホレおばさん」や、スコットランド民話の「世界の果ての井戸」など、井戸や湖、川などの水辺が舞台となる信賞必罰の報恩譚は、西洋には数多く存在している。民話的想像力の世界では、水辺は「勧善懲悪を実現する霊力を持つ場所」なのである。

この種の物語では主人公が水辺の異界へと迷い込み、主人公が正しい行いをして幸運のアイテムを手に入れるというのが定石だ。実は『ねじまき鳥クロニクル』の主人公もまた、妻を取り戻すために井戸の底に赴いて、そこで神秘的なアイテムを手に入れる。主人公は井戸の底で見た夢の中で、妻の記憶と巡り会うばかりでなく、冒頭部分でテレフォンセックスを求めてきた謎の女とも出会い、彼女からの接吻を受け、右頬の上に青い痣ができてしまうのである。

この痣にはエロティックな霊力が備わっており、主人公はこの痣の能力を活かして富裕層の女性相手にエロティックなサービスを開始。売春婦ならぬ「売春夫」となって巨万の富を稼ぎだし、これを元手に井戸のある空き屋を買い取ってしまう。つまり妻のいる魔界への入り口の井戸の所有権を、彼は井戸の底で得た青い痣という聖痕、キーアイテムによって手にするのである。まさに水辺の報恩譚の定石通りではないか。

民話的世界における井戸は、しばしば女性とそのエロスに深く結びついている。特に日本の亡霊譚ではこれが顕著で、宇治の橋姫から鉄輪の井戸の鬼女、さらには皿屋敷や貞子の物語に至るまで、日本の井戸のほとりに佇むのはたいていが女性の亡霊、もしくは鬼女ばかりである。『ねじまき鳥クロニクル』の主人公は、井戸の底で「テレフォンセックスを求めてきた謎の女」と「接吻を交わす」ことで聖痕を得るし、彼はそうしたエロティックな聖痕の力で売春を行い、冥府への鍵を手に入れる。ちょっと偶然とは思えないほどの構造的類似とは言えまいか。

「呪いの井戸」のモチーフが民話のなかで育まれてきた背景には、もともと渾々と生命の水を湧き出させる穴、つまりは女性の秘部の隠喩としての井戸があり、そうした女性的な力を恐れよという無意識的メッセージがあったのではないかと思う。すべての生命を生み出す女性への畏怖を、民話的想像力は物語の奥深くに、井戸のモチーフで組み込んで伝えてきた。『ねじまき鳥クロニクル』における井戸は、こうした日本のエロティックな井戸の、いわば末裔なのである。

★エロスという名の毒＝薬

このように『ねじまき鳥クロニクル』には至る所に性的なモチーフが散りばめられているが、同書に見られるエロティックな要素はそればかりではない。この主人公はひどく女性にモテる人物で、何か困ったことがあると必ず都合の良い女性が現れ、助言をくれたりセックスしてくれたり大金を払ってくれたりする。その経緯を全て紹介していたらそれだけで数ページはかかりそうなほどで、主人公でさえもがしばしば「自分の周りには女性が多すぎる」とこぼすほどだ。もはや同作は徹頭徹尾、エロスの原理によって貫かれていると言っても過言ではない。

テレフォンセックスを求める電話に始まり、セックス依存となって出奔する妻、暗い性衝動を武器に権力の中枢へと駆け上がる経済学者、井戸の底で得た聖痕による売春、そして多彩な女性たちによるエロティックな助力と、そこでは実にエロティックな挿話ばかりが展開される。それにしてもなぜ村上春樹は、ここまで性愛の色の濃厚な物語を書かねばならなかったのだろう。そしてそうしたエロティシズムの暗部を、ノモンハン事件のような戦前的暗部と、なぜ直結するかのように描かねばならなかったのだろう。

伝え聞くところによると、村上春樹ははっきりした構想を持たずに書き進め、いわば行き当たりばったりに物語を作っていくのだという。したがって「作者の意図」のようなものを聞き出したとしても、ひょっとすると作者本人でさえ、正確な意図はわからないのかもしれない。だが本作を振り返って私が強く感じるのは、エロスには禍々しい破壊的な一面があるということ、そして同時にそうした性愛の暗い面に立ち向かうためには、やはりエロスの力を借りなければならないという、村上春樹の一種独特なエロス観である。そして彼が本作で語るこのようなエロス哲学は、これまで百数十冊の書物を論じてきた私の思うエロス観とも一致するのだ。

ここで私が思い出すのは「パルマコン」という古代ギリシャ語である。パルマコンは英語の「pharmacy（薬）」の語源となった言葉だが、一語で「毒」と「薬」の両方を意味するものなのだそうだ。煎じ詰めて言えばエロスとはこのパルマコンのように、恐るべき毒物にもなれば人を救済する秘薬にもなる、不思議な二面性を持つものなのである。めくるめく快楽は何よりも愛情の伝達手段であり、子孫を残す生殖行為に甘美な色合いを添えるが、いっぽうでその激烈な快楽は麻薬にも似ていて、かえって夫婦関係や人間関係を破壊することもある。エロスとはそうしたパルマコン、つまりは毒＝薬なのである。

そしてもう一つ、ここで興味深いことがある。性交時に脳内で分泌される物質がモルヒネに酷似した成分を持つことは既に述べたが、モルヒネは阿片から合成される生成物だ。実は戦前の中国・関東州や満州などを支配していた関東軍は、この阿片を厳禁することなく、漸禁政策を採っていた。それどころか戦前の軍部はこれらの地域での阿片製造を黙認し、犯罪組織と結んで特務機関による阿片やモルヒネの密売を行い、その利益を関東軍の資金源にしていたのだ。本作中にはまったく言及はないものの、戦前の暗部とエロスの暗部は、モルヒネという毒＝薬を通じて、実は密かにつながっていたのである。

もっとも、こうした戦前の因縁話を持ち出すまでもなく、戦争や暴力が一種の快楽を伴うことは、私たちの誰もが経験的に知る事実である。敵を倒す快感、他者を踏みにじる快感、拷問で叫び声を上げさせる快感。そうした不道徳な快楽は、性的苦悶によってパートナーに悲鳴を上げさせる快楽と、私たちの脳内のどこかでつながっている。

こうしたタナトス的快楽に飲み込まれてしまえば、本書中でしばしば取り上げてきた、サディスティックな性的地獄に陥るほかない。それではどうすれば私たちは、こうした地獄から抜け出せるのか。矛盾するようだが、やはりエロスの力に縋るよりほかにない、というのが私の考えだ。つまり「毒」にもなりうるエロスのパルマコンを、愛の秘薬へと転ずること。そこにしか救済はないのである。

エロスというものが簡単にタナトスに反転しうるということは、本書の至る所で縷々述べてきた通りである。だが「逆もまた真なり」で、タナトスもまた容易にエロスに転じうる。つまりエロスという存在は、私たちがタナトスの快楽に飲み込まれそうなとき、最期の反撃の足場となる、相撲の徳俵のようなものなのだ。

『ねじまき鳥クロニクル』に描かれるのはそうした性愛の二重性、毒にも薬にもなりうる二面性なのである。『ねじまき鳥クロニクル』の主人公は、数々の女性のもたらすエロスの力によって、冥府の性的怪物たる綿谷ノボルと闘い、最終的にはやはりエロスの力によって救済されることになる。本作中に頻出する、粘液質で薄暗くどろどろとしたエロスとはまったく正反対の、無垢で清廉なエロスによる救済は、そうした最終的なエロスの秘儀を指し示すものなのだろうと私は思う。

この場面は私には、いささかセンチメンタルで甘い結末のように思えないでもないが、そうした「甘さ」のなかに踏みとどまることが、エロスの秘め持つ激烈な「毒」から身を守る、おそらくは唯一の手段なのではないか。「毒」と「薬」の両方になりうるエロスの秘薬による救済劇。村上春樹の長編『ねじまき鳥クロニクル』に秘められているのは、そうしたエロスの陰陽二元論的世界観なのである。

★エロスと文学と無頭人

さて、本書で最後に紹介したいのは、幾多のエロティックな書物の中でも、私がもっとも忘れ難いものと思う書物、作家の**高橋源一郎**の手になる『**あ・だ・る・と**』という中編小説である。本書はAV、つまりアダルトビデオの現場を舞台にした小説で、こうしたAVの撮影現場のルポルタージュとしては幾つかのものが出版されているが、本作はあくまで小説である。

とはいえ、まったくのフィクションでもない。作者の高橋源一郎はふだんから数多くのアダルトビデオを渉猟し、さらにはAV好きが高じてAVに友情出演までしたという経歴の持ち主である。「愛しちゃったのよ　金沢文子」（宇宙企画、一九九八）というのがそのタイトルだ。そんな作者の手掛ける本書は、いわば本邦初の「アダルト純文学」となっており、その執筆にあたっても、撮影現場への訪問やインタビューを行ったようだ。

だが本作を紹介しようとしたとたん、筆者は途方に暮れざるを得ない。本作には一般にいう「物語」というものがほとんど見当たらない、あるいはきわめて希薄にしか存在しないからだ。

ふつう「物語」というものは、何らかの主人公が登場し、何らかの目的に沿って行動し、その行動の途中で出くわす困難を描いていくのが相場である。最終的に主人公の行動が、失敗に終わったり成功を収めたりして物語は終わる。つまり物語というものは、主人公が行動する「動機」がなくては始まらないのだ。ところが第一章に登場する主人公、AV監督の「ピン」には、この動機というものが、きわめて希薄なのである。

いちおう「アダルトビデオを撮る」という目標はあるのだが、特に何か強い思い入れがあって、彼はその目標に邁進しているわけではない。次から次に行き当たりばったり、彼は果てしなくAVを撮り続けるだけなのだ。むろんAVといってもエンタテインメントの娯楽映像作品なので、企画があり脚本があり、オーディションがあって演出があって撮影が始まる。出てくる女優もいちおうはプロダクションに所属していて、マネージャーもついている。つまり一般の芸能人を使った劇映画と仕組みは同じわけだが、その一つひとつが奇妙にグダグダなのである。

たとえばＡＶの撮影は民家を借りて行われるが、一般の民家に大量の照明や撮影機材を持ち込むため、ブレーカーがとんで撮影が中断してしまうことがしばしばだ。すると我らが主人公のピンは、すぐさま私物のハンディカメラを持ち出して女優を誘い、別室でフェラチオさせてしまう。「最初からこういう設定だったんだよ」と言い含めて、だ。まったく行き当たりばったりで、普通の映画監督が女優に裏でフェラチオさせたら明らかにパワハラの犯罪だが、ＡＶの場合そうして撮影されたシーンも作品の一部として編集され、世に出てしまうことになる。一体どこからが現実でどこからが演出なのか、何をめざして撮っているのかわからない。

「よくわからない」のは出演する女優も同じだ。たとえば作中に登場する「ヒラッカさん」と名乗る女優は、結婚して出産したあと「なんとなく」バイト先の社長と不倫関係になり、ＳＭ趣味のある社長から「なんとなく」浣腸されたり吊るされたりし、やはり「なんとなく」別れて今度は「なんとなく」街でナンパしてきた男とつきあい、ついには「なんとなく」アダルトビデオの面接を受ける。出演の動機を尋ねても、彼女は「なんとなく」としか言わない。どこに向かっているのかよくわからない、こうした女優たちのセックスを、成り行き任せで撮り続ける。それがピンの行動なのである。

事前に決められたシナリオを逸脱したり、自分の出演動機さえよくわからない女優を撮ったりするピンの行動は、作品から作為性を排除しようとしているかのように見える。実際、モデルのように美しい女優たちが、リゾートホテルのベッドで優雅に悶えるといった光景には、ピンはまるで興味がない。おそらくそこに、彼は作為や虚構性を感じてしまうのだろう。逆に彼が興味を抱くのは、葛飾か越谷の団地の主婦が見せる、リアリティー溢れるセックスなのだ。

そもそもこの人物は、通常のセックスは演技だとさえ考えている。誰でもセックスの最中には「好きだ」とか「愛してる」とかいった台詞を吐いたり、感じてないのに感じているフリをしたりする。だがピンが求めるのは、そうした演技的セックスではない。いっさいの欺瞞を剥ぎ取った、真実のセックスの光景を、彼は撮ろうとしているのだ。つまりピンにとってAVとは、一種のドキュメンタリー作品であり、シネマ・ヴェリテ＝真実の映画なのである。

こう書くと「なんだ、主人公に明快な目的意識があるじゃないか」と思う読者もおられるかもしれない。だが、ピンは特に理由があってAV業界に入ったわけではなく、AVでモチーフにしているることもなく、単に仕事としてAVを撮っているだけだ。いわば「そこにセックスがあるからセックスを撮っている」だけなのである。AV業界に入って八年、撮ったビデオは百本を超えてから本数さえ数えることすらやめてしまい、撮った女優も誰がどれやら、曖昧な記憶の彼方に霞んでいる。こうした無数の「奥さんたち」、しかもその多くは「なんとなく」AVに出演してしまう人々のセックスをただ見つめ、記録していく。これが主人公の行動なのである。

それどころか本作では、誰が主人公なのかも曖昧になっていく。第一章ではかろうじてピンが主人公として描かれているが、第二章はピンの元同僚が語り手のインタビューとなり、しかも語り手は匿名の「ぼく」のままで、結局その名前すらわからない。さらに第三章ではピンの仕事仲間の「シンフォニー上尾」なる監督が主人公の一人称となり、最後のエピローグでやっとピンの三人称に戻ってくるものの、そこで描かれるのは先輩監督のタカスギと名乗る男との対話であり、実質的な主人公はタカスギなのだ。

つまり本書では章ごとに主人公が入れ替わり立ち替わり現れており、誰が主人公か明確でない上に、こうした主人公たちはピンと同様、誰も彼もが単に唯物的に、あるがままのセックスの姿を追い求めるだけなのである。世間的な美しさや情愛の仮面をかなぐり捨てた、赤裸々なセックスを追い続ける「監督たち」。読み進めるうちにその姿は読者の脳裏で混じりあって、誰がどれともつかぬほど溶解していく。あとに残るのは無数の「監督たち」の入り混じった残像ばかりである。

冒頭の章でもご紹介した通り、フランスの思想家**ジョルジュ・バタイユ**は、その著書『**エロティシズム**』のなかで、エロスの重要な性質の一つに「溶解」を挙げている。人間は性交時にはしばしば着衣を脱ぎ捨てて裸になり、それぞれの個体性を象徴的な意味で脱ぎ捨てて、相手と「溶解」しようとする。ここで描かれている「奥さんたち」や「監督たち」の姿は、まさにそうした「溶解」の産物である。誰が誰だかもはや判別不可能なその姿は、まさにバタイユの描く「溶解」のエロティシズムそのものなのだ。

もう一つ、バタイユの思想と本作の共通項を挙げておこう。バタイユは専制君主やキリスト教道徳、マルクス主義などの「頭」による支配を退け、頭を持たずに身体の欲望の赴くままに生きる人間、すなわち「無頭人＝アセファル」こそが究極の人間像であるとした。バタイユはこの無頭人をシンボルマークに掲げて秘密結社を組織するが、このアセファルの理念はそのまま本作における「監督たち」や「奥さんたち」の行動に通じているように、私には思えてしまうのである。

バタイユほかの共著『**無頭人（アセファル）**』は、そんな秘密結社アセファルの機関誌として刊行された同名の雑誌『アセファル』を合本したものだが、同書によると彼らのシンボルは頭部を失った巨人の像である。この巨人の腹部には穴が開いていて腸が覗き、股間には髑髏となった頭部を持っている。つまり脳味噌はいっさい持たず、そのくせ消化器官だけは持ち、股間でモノを考える人間たち。ただひたすら食って寝て、あとは股間の衝動の赴くまま生きる人間。そうした存在をバタイユたちは活動理念に据えたのだ。『あ・だ・る・と』の登場人物たちの行動は、その無目的ぶり、無頭ぶりにおいて、まさにアセファル、無頭人そのものなのである。

そんな『あ・だ・る・と』の最終章には、タカスギと名乗る監督が登場する。この人物もまた理性や道徳といった「頭」を捨て去り、互いが互いに溶解しあうセックスの赤裸々な姿を求めて、次第に深みにはまっていく「監督たち」の一人である。タカスギは次から次に撮影をエスカレートさせ、ついには非合法な未成年との撮影にまで手を出ししてしまい、最終的にはいずことも知れぬ地の果てへと旅立っていくのだ。

だが、タカスギからの音信も途絶えたと誰もが思ったある日のこと、ピンたちの許にタカスギからのビデオが届く。地の果てから送られてきたビデオに映っていたものは何だったのか？　この部分は是非ご自身でお読みいただきたい。中上健次を思わせる呪詛のような文体で綴られるこのエピローグには圧倒的な迫力があり、慄然とさせられること請け合いである。

私は冒頭で本作には「物語」が希薄だと書いた。だが小説、つまり「novel」というジャンルは、もともと「新しい話」という意味を持つイタリア語の「novella」から来ていて、現在でも英語で形容詞として「novel」という語を使うと「新しい、新規な、奇抜な」という意味になる。「novel」の反対は「romance」、つまりは騎士道物語や恋愛物語のように、明確な骨格を持った物語だ。これに対して「novel」とは、明確な骨格や枠組みを持たず、長さも形式も文体も自由なジャンルを指す。つまり新奇で奇抜な文学形式、十八世紀の英国で生まれた新興文学の一群こそが「novel」という文学だったのだ。

このように小説という文学ジャンルには、物語のように明確な骨格や登場人物の目的意識、言い換えるなら「頭」が存在しない。小説とは文学における無頭人、アセファルなのだ。本作の終盤が圧巻なのは、そうした「小説」というジャンルそのものが持つ宿命のようなものが、見事なまでに凝縮されているからだろう。文体も叙述様式も登場人物の目標も捨て去り、頭を持たない人間のように、無明の闇に去っていく。その姿はエロスと文学という二人のアセファルが、手に手を取って果てしない闇に踏み出していく光景のように見えるのである。

★終わりなきエロスの旅路

私はここまで百二十冊の本を読みながら、エロスとは何だろう、それはどこから来てどこへ行くのだろうと考えてきた。初めてエロティックな文学を手に取った頃、それはロックンロールやバイクと同じような「悪」の輝きを放つものとして、私の前に現れた。それは親や地域社会や学校の窮屈な道徳から私を解放してくれる、ある種の魔法の杖だったのだ。やがて澁澤の著作などに親しむうち、それは次第にロックやバイクのような単純な「反権力」的なものを離れ、多型倒錯的な多様性の煌めきを見せはじめた。私はエロスが多種多様な文化を生み出すさまを、多くの書物を通じて目撃したのである。

それは古代の祭儀や神話、物語を生み、のちにエロスが次第に宗教的タブーの中に包囲されるようになったのちも、決して死に絶えることはなかった。それはあるときは魔女集会として、あるときは貴族の起源説話として、あるいは異端的教義やホラー文学などの姿をとって復活し、我が国では遊里での歌舞音曲などの「遊び」を育み、演劇や文学、美術のなかに受け継がれ、さらには精神分析やバタイユらの思想を生むに至ったのである。エロスは人間の文化の源の一つであることを、私は理解していったのだ。

だがいっぽうで私はこの書物を記しながら、エロスという存在がしばしば政治や経済などの権力機構と結びつき、暴力となって立ち現れるさまを見てきた。それは個人の暴力と結びつけば食人行為や快楽殺人などの過激に歪んだ性愛の形をとり、政治権力と結びつけば権力者の権謀術数の一つとして組み入れられ、天下大乱の原因となった。

また逆にエロスの過剰な抑圧もまた、魔女狩りの暴力やカタリ派の集団自殺、モルモン原理主義者の神権的ペドファイルに見られるような、歪んだ暴力へとつながることを私は知った。さらにエロスが売買される場では、時としてエロスを媒介とする文化が育まれる半面、しばしば資本による暴力的な性の搾取が行われ、悲惨きわまりない事態を惹き起こすことを私は学んだ。エロスは時に政治的、経済的権力の抑圧機構にもなる可能性を持つ、諸刃の剣だったのである。

こうして多様なエロスの姿を経巡った挙げ句、結局のところ私が辿り着いたのは、ひどく凡庸で中庸な結論、すなわち「過ぎたれば及ばざるがごとし」というものだった。百二十冊も読んで結論はそれかと我ながら呆れるほかないのだが、エロスについて考えれば考えるほど、私の結論はこの至極穏当で凡庸なものに収斂していったのだ。

実際、エロスの過度の抑圧は文化を死滅させ、魔女狩りのような集団ヒステリー状況を生む。だが同時にエロスの無制限の解放をめざせば、ヘリオガバルスや後醍醐帝などのように天下の大乱を招いたり、『ねじまき鳥クロニクル』の主人公の妻のようにセックス依存に陥ったりして、やがて現世には居場所がなくなる。エロスは毒にもなれば薬にもなる二重性を秘めたパルマコンであり、医薬に正しい用法用量があるのと同じく、結局は「ほどほど」をわきまえて、その功罪両面とつきあっていくほかないのである。

エロスには毒と薬の両面があり、ひとたび扱いを誤れば、愛の源であるはずのそれは、致命的な毒薬となる。これはひとえにエロスという存在が、ひどく曖昧で謎めいた部分を持っているからである。それはアセファルのように頭を持たず、多種多様な欲望とリゾーム状に接続し、千変万化の変異を遂げる存在なのだ。そうであるなら本書は性愛という名の氷山の、ほんの一角に触れたに過ぎない。この世にはさらに広大無辺なエロスの世界が、果てしなく広がっているのである。

だいいち私はヘテロセクシュアルの日本人男性であって、そうした視点から見えない性愛の形は、この世にいくらでも存在している。女性の感じるエロス、ゲイやレズビアンの思うエロス、中東やアジアの人々の夢見るエロス、そして未来のまだ見ぬエロス……。エロスとは闇夜に瞬くオーロラのように、変幻自在の存在なのである。

その姿を書物の中に見定めようとする行為は、夜空を彩るオーロラを書物に挟み、標本にしようとするに等しい愚行であるのかもしれない。しかもエロスとは「理解すれば終わり」の学問的な知とは違って、実践を伴ってこそ初めてその意味を持ちうる。したがって私たちは、いまやこの図書館の扉を開け放ち、広大な性愛の世界に旅立たなくてはならないのである。

黄泉路にも似た性愛の果てしなき旅路の果て、輝けるエロスのオーロラの彼方。そこに広がっているのは一体どんな光景だろうか。そしてそこで私たちは、一体どんな性愛の秘儀を実践するだろうか。エロスへの旅に果てはなく、浜の真砂は尽きるとも、性愛を語る書物は世に尽きない。七色に輝く夜空の下、まだ見ぬエロスの実践の旅路へ、いま私たちは踏み出そうとしているのである。

★本章に登場する書物――

森鷗外『ヰタ・セクスアリス』(新潮文庫、一九九三)
五木寛之『我が憎しみのイカロス』(文藝春秋、一九七二)
遠藤周作『白い人・黄色い人』(新潮文庫、一九六〇)
澁澤龍彦『少女コレクション序説』(中公文庫、一九八五)
野坂昭如ほか『清談俗語――野坂昭如対談集』(朝日新聞社、一九七四)

澁澤龍彦『都心ノ病院ニテ幻覚ヲ見タルコト』(学研M文庫、二〇〇二)
澁澤龍彦『犬狼都市(キュノポリス)』(福武文庫、一九八六)
澁澤龍彦『私のプリニウス』(河出文庫、一九九六)
澁澤龍彦『高丘親王航海記』(文春文庫、一九九〇)
ドゥルーズ＝ガタリ『アンチ・オイディプス』(河出書房新社、一九八六)
村上春樹『ねじまき鳥クロニクル』(1〜3)(新潮文庫、一九九七)
村上春樹『風の歌を聴け』(講談社文庫、一九八二)
村上春樹『1973年のピンボール』(講談社文庫、一九八三)
村上春樹『ノルウェイの森(上・下)』(講談社、一九八七)
高橋源一郎『あ・だ・る・と』(主婦と生活社、一九九九)
バタイユほか共著『無頭人(アセファル)』(現代思潮社、一九九九)

終章

エロスの指紋

怪談を一晩で立て続けに百話聞くと、聞く人の身に怪異が起こる、らしい。

本書は何らかの意味でエロティックな書物についてのレビューを、百二十冊分集めたものだ。怪談ではないから、たぶん怪異は起きないだろうが、その替わり急にモテモテになったり良縁があったり、子宝に恵まれたりするかもしれない。いわゆる「艶福」というやつが訪れるわけである。

とはいえ読者の中には既に家庭をお持ちの方もあるだろうし、それぞれ家族計画もお持ちだろうから、特に不要な艶福に急に恵まれだしたりしたら、それはそれで困ったことになる。また、本書には怪談の百物語よりも二割増し多い、百二十冊分の話が収められている。しかも私の趣味の偏りのため、若干毒気の強い書物が多く、そのぶん副作用も強いかもしれない。

よって毒消しのためのおまじないとして、最後の一冊は強烈な書物をご紹介したい。最後は単行本ではなく雑誌である。その名を『**投稿ニャン2倶楽部Z**』といって、正真正銘のアダルト雑誌なのだが、実はこの雑誌こそ本書の初出掲載誌なのだ。

この本の構想は、ひょんなことから始まった。二〇〇八年暮れのこと、元『美術手帖』の編集者だった阿部謙一氏が、私に人を紹介したいと申し出てくださったのが、この書物の出発点だ。阿部氏は私が『美術手帖』に書いていた頃にお世話になった方だが（ちなみに当時の私の本職はサブカルチャーと美術の評論で、仕事の大方はその方面が占めていた）、氏は同社を離れたあとも何かにつけては私の世話を焼いてくださっており、このときの集まりもその一環だった。そんな阿部氏がセッティングしてくださった待ち合わせ場所が、東京都港区のギャラリー「山本現代」だったのだ。

当然ながら阿部氏は私の嗜好をよくご存じで、通り一遍の作家の展覧会場を待ち合わせ場所に選んだりはしない。そのときそこで開催されていたのは、全裸での流血パフォーマンスで有名なオーストリアのアーティスト、ヘルマン・ニッチェの展覧会だった。ニッチェは全裸の集団を率いて、牛を解体した血肉にまみれつつ自家製ワインを鯨飲馬食し、自身も全裸で臓物をニッチャラニッチャラ揉みながら、数日間にも渡るパフォーマンスを行うという作家である。私たちは彼の手になる映像作品をそこで見たあと、ちょっとした宴席を持ったのだった。

当然そこに同席したのも通り一遍の人ではない。頭にねじを埋め込んだり舌を切ったりする「身体改造」の第一人者として知られるケロッピー前田氏、そしてのちにこの連載の編集を担当するコアマガジンの辻陽介氏、このほか幾人かの編集者がお見えになっていた。この集まりに来ていた辻氏がコアマガジンで担当していたのが『投稿ニャン2倶楽部Z』という雑誌だったのだ。

この雑誌はかなりハードコアな雑誌で、登場するモデルは全て素人さんである。つまりポルノ俳優でもなんでもない善男善女が、自身の性交の場面を撮って投稿する写真によって、この雑誌は成り立っているのだ。しかも一〇〇%ヤラセなし、正真正銘の投稿写真と、投稿者からの依頼による編集部撮影ばかり。「女性側が羞恥と苦痛に顔を歪め云々」という態のキャプションがついているが、実際の現場はノリノリだという。

当然ながらこの雑誌はかなりハードな性交場面のオンパレードで、しかも被写体はアダルトビデオのようにプロの女優さんというわけではない。本書第八章で紹介した小説『あ・だ・る・と』に出てくるＡＶ監督、ピンが追い求めるがごとき、リアリティー漲る裸体の群れが、これでもかとばかりに無数のバリエーションの痴態を見せながら交合している。公道で全裸になるわ乱交するわ放尿するわ自分の妻をわざわざ他人と性交させるわ、もう滅茶苦茶な有様である。この広い世の中には銭カネのためでなく純粋な気持ちから「自分たちの性交の場面を見て欲しい」と望む、奇特な人々が実在するのだ。

『ニャン2』の辻氏は非常に礼儀正しい人ではあるが、そんな一癖も二癖もある雑誌を編集しているし、ほかの面々もクセの強いことにかけては人後に落ちない人ばかりである。しかも強烈な展示を見た帰りだし、話はあちらこちらへと縦横に飛んだ。そんな席上、辻氏は唐突に『ニャン2』で書評をやりたいと言い出した。辻氏曰く、世の中にはエロティックな書物は山ほどある。性の理論を綴ったものも、エロティックな異端文学もあれば、性の歴史を綴ったものもある。そうした古今東西の書物を紹介する書評コーナーを作りたいのだ、と。

のちに聞いた話によると、なんでも辻氏は本書でも幾度となく触れた思想家、ジョルジュ・バタイユの愛読者であるとの由。エロスと思想の融合を夢見てやまぬ氏は、エロスをめぐる書評の必要性を、熱く論じて倦まなかったのである。で、酒席にいたどなたかが「それじゃ連載のタイトルはどうするのか」と聞いた。そこで辻氏が即答したのが、このタイトルだったのである。

「ソドムの百二十冊」

電流が走る、というのはこういう瞬間のことを言うのだろう。このタイトルを聞いたとたん、この企画は成った、と私は思った。サドの『ソドム百二十日』にひっかけて、百二十冊のエロティックな書物を紹介しようという企画であることは一目瞭然。確かその席上では私だけではなく、阿部謙一氏とケロッピー前田氏の三人持ち回りで原稿を書こうという話になっていた。とはいえ、この酒席での話を一〇〇%真に受けて、論じたい書籍のリストを辻氏の許に送ったのは、私一人であったらしい。

そんなわけで結局この連載は私一人のコーナーとなった。こうして『投稿ニャン2倶楽部Z』誌上のモノクロ見開き二ページを毎号いただいて、連載「ソドムの百二十冊」がスタートした。とはいえ、雑誌を買ってくださるお客様は私の記事が読みたくて同誌を買うわけでなく、あくまで主役は性交写真で、私の記事は刺身のツマだ。にもかかわらず私の記事はご覧の通り、なんとも生硬かつブッキッシュで、これが酒池肉林の性交写真の間に唐突に割り込んでくるのだから、こんな無茶な企画もあるまい。

連載を企画してくださった辻氏への感謝はもちろんだが、当方の無理を聞いて連載を続けてくださったコアマガジンの皆さん、そしてそれを許容してくださった読者諸氏、投稿者諸氏には、なんとお礼を申し上げて良いかわからない。エロスに賭けるその異様なまでの情熱を目にしていなければ、おそらく私は本書の執筆を、途中で放り出していたに違いない。いわば投稿者の皆さんの情熱が、私にこの本を書かせたのである。

ちなみにこの雑誌に記事を執筆していたのは私ばかりではない。先述したケロッピー前田氏や、評論家の切通理作氏は、同誌に連載記事をお持ちだった。このほか編集の辻氏も自らインタビュー記事の取材・構成を行って、数多くの著名人、文化人を登場させていた。俳優でイラストレーターのリリー・フランキー氏。社会学者の宮台真司氏。ホリエモンこと堀江隆文氏。映画監督の柴田剛氏。マンガ家でコラムニストの辛酸なめ子氏……。単に知名度が高いというだけでなく、アナーキーなセンスが伺える顔並びである。

私も含めた人々のこうした記事が掲載されていたのは、冊子の真ん中あたりに綴じられたモノクロページだったが、実は同誌に限らずアダルト雑誌のモノクロページは、しばしばこうしたエッジの効いた書き手の発表の場になることが多い。実際、私はこの雑誌以前にもアダルト雑誌で連載したことがあるが、そこにはスポーツライターの二宮清順氏をはじめ、マンガ家の西原理恵子氏、フリーライターの今一生氏など、多士済々の面々が執筆していたものだ。

こうした状況をお読みになって、読者は何か思い出さないだろうか。そう、本書の遊郭の章で論じた、引手茶屋の状況である。遊郭では引手茶屋を主な舞台として、歌や踊り、俳諧や囲碁といった「遊び」の文化が華開き、そこには歌舞伎役者をはじめとする人々が行き交って、独自の文化を育んでいた。つまり遊郭というエロスの場は、同時に文化の揺りかごでもあったのだ。

それと同様、アダルト雑誌のモノクロページというのは、若い書き手や新奇な文化の、一種のインキュベーション装置だったのである。エロスの現場はしばしば社会的に低い評価を与えられるが、そこからは実にさまざまな文化が生まれる。本書もまたその産物の一つだったのだ。

とはいえ、ここで「だった」と過去形で書くのにはわけがある。アダルト以外の一般雑誌と同じく、ネットメディアの台頭や雑誌離れ、書店数の減少や長引く不況といった様々な要因によって、こうした売上に直結しない「遊び」の部分を担ってきたモノクロページが、次第に苦境に立たされるようになってきたのだ。そんなわけで二〇〇九年五月号から開始されたこの連載も、二〇一〇年一二月号で、いったん打ち切りとなってしまった。残念ではあったが業界全体の動向なので、こればかりは致し方ない。もはやこれまで、という状況だった。

ところが編集担当の辻氏と私とは、どうやら資質的に似ているところがあるらしい。私は連載が終わったあともこの原稿の続きを一人で書き続け、その間に辻氏は自分個人の持ち出しで、WEBマガジンの立ち上げ準備を進めていたのだった。二人の間には特に打ち合わせがあったわけではなく、二人が二人とも勝手に往生際悪く、この仕事をひたすら続けていただけである。だが結果この連載は、コアマガジン公認のWEBサイト『VOBO』に場所を移し、二〇一二年一月から連載を再開。二〇一三年十一月まで継続し、見事完結したのだった。

しかも辻氏の尽力はそればかりではない。当初この連載はコアマガジンから単行本として刊行される予定だったのだが、諸般の事情でそれが叶わぬとなったあと、同氏は単行本化を引き受けてくれる版元をまったくのボランティアで探し、東奔西走してくださったのである。結果的にはほかのご縁から、この企画は青土社の佐藤洋輔氏の知るところとなり、青土社から単行本化されることが決まったのだが、辻氏への感謝はどう申し上げて良いやらわからない。また同時に、アダルト雑誌の連載記事だった本稿に、単行本化の芽があると見抜いた佐藤氏の慧眼にも、まったくもって恐れ入るほかない。

佐藤氏には『ＶＯＢＯ』に移ってからの原稿には連載中から目を通していただき、単行本化にあたっても手を煩わせた。なにせ連載開始から五年に渡った記事であり、しかも途中から掲載媒体も変わったため、その文体は最初と最後でまったく違うものになっていた。また話の都合上、幾つか連載時にはなかった本を付け足した部分もあれば、逆に削った本もある。さらに七章と八章は連載時にはなかった書きおろし部分だ。こうした調整作業に思った以上に手間取ってしまい、佐藤氏にはさんざんご迷惑をかけた。

しかも修正作業にぐずぐず時間をかけているうち、残念ながら同氏は大学へと戻られ、学業に専念されることになってしまった。そのご尽力がなければ本書の刊行はなかっただけに、青土社での在職中に完成できなかったことが悔やまれる。この場を借りて感謝とお詫びを申し上げたい。

その後、本書の編集は青土社の菱沼達也氏に引き継がれた。菱沼氏は人文系の名門出版社の編集とは思えぬ体育会系のさわやかな外貌の裏に、実は熱心なバタイユ読者という一面を秘めた、二重底、三重底のような人である。今度こそはすぐ出すぞ、と勢い込んだ私だったが、新たな障害が立ちふさがった。なんとその後、私は評論家からギャラリストに華麗なる転身を遂げてしまい、途中でほとんどこの本の原稿に、手をつけられなくなってしまったのだ。

ギャラリーというのは本当に途方もないくらいの量の雑用が果てしなく発生する仕事場で、しかもうちの場合ほぼ毎週展示が変わるため、いわば週刊誌の編集をするような慌ただしさだ。おかげで「もうすぐ原稿入れます」と申し上げてから、なんと一年が経ってしまった。こうした苦難を乗り越えられたのは、ひとえに菱沼氏のパワフルな励ましと笑顔のおかげである。

かように本書は四人の編集者の手から手へ、まるで聖火リレーのように受け渡されて成立した。最初に飲み会を設定してくださった元『美術手帖』の阿部謙一氏、『投稿ニャン２倶楽部Ｚ』で連載を担当してくださった辻陽介氏、そして青土社の佐藤洋輔氏、同じく青土社の菱沼達也氏。こんなに多くの編集者に祝福されて一冊の本を書けるなど、書き手冥利に尽きると言うほかない。

また、本書の成立にあたっては、一人の書き手に大きなものを負っている。第七章で取り上げた、作家の野坂昭如氏である。

実は本書はほぼ一年前に既に原稿がほぼ揃っていたのだが、最後のところで何か物足りない気がしてならない。簡単な手直しを毎日ぐずぐず続けるばかりで、作業がいっこうにはかどらないという状況にあった。ところがある日胸騒ぎがして「そうだ、野坂さんのことを書かなければ」と思い立ち、立て続けに古書店に注文を出して野坂氏の作品を買い求めたのが二〇一五年十一月上旬。そこから一気にこの章を書き上げて、そのぶん幾つかの本の紹介を削り、原稿を完成させた。野坂氏の章が出来上がった途端、どういうわけか「できた！」という確信が湧いた。完全原稿を送稿したのは、同じ月の下旬のこと。野坂氏の訃報を新聞紙上で知ったのは、それから二週間ほど経った十二月九日、ゲラの上がりを待っている最中だった。

単に偶然と言われればそれまでだが、私はこの経緯を振り返るにつけ、何か野坂氏が今際の際に、不思議な力で私の背中を押してくださったような気がしてならない。氏のご冥福をお祈りするとともに、エロスの世界の大先達の導きで本書を完成させられたことを、特筆大書して感謝の意を表したい。野坂さん、ありがとうございました。

そしてもう一つ、この本は実に美しい装丁をまとって世に出せることになった。表紙の装画を担当してくださったのは、京都市立芸術大学の博士課程に在学する、谷原菜摘子氏である。彼女の作品はその多くが性と暴力を主題にしていて、それだけでも本書には願ったり叶ったりなのだが、谷原氏の絵画は実は真っ黒い天鵞絨(ビロード)、つまりベルベットに油彩で描かれている。黒く輝く艶やかなベルベットの毛並みを暴力的に油絵の具で塗り潰しながら描かれる極彩色の幻影は、まさに暗黒の中にエロスの華開くさまを辿った本書にこそ似つかわしい。作品の使用を許諾してくださった谷原氏、作品使用の許諾関係を仲介してくださったギャラリー16(京都)、そしてこの作品を所蔵するコレクター氏には、心から御礼申し上げたい。

なお、本書は書評として明示した分以外にも、多数の書物やWEBサイトなどを参照、参考にしているが、これらをすべてカウントすると百二十冊を超えてしまう。本書はあくまで気軽なエッセイであって学術書ではないし、せっかく『ソドムの百二十冊』と銘打っているのに、それを超えるのも興を殺ぐ。書名、著者名は本書中には記さないが、文中に挙げた以外にも、実に多くの書物やWEBサイトなどの影響、示唆を受けて、本書は執筆されている。多くのテクストとその書き手の皆さんに、ここで感謝を申し上げたい。

このほか神戸のロックバー「アビョーン plus ONE」では、刊行前に前書き部分のみを朗読するという機会をいただいた。この催しは前著の刊行記念イベントだったのだが、席上では美術作家の榎忠氏に祝砲を撃っていただいたほか、仏文学者の鈴木創士氏から「樋口君は助平なんやなあ」というお言葉まで頂戴した。本書で幾度となく言及したバタイユの訳業で知られる、生田耕作氏の直弟子からいただいた「助平」という言葉は、まさに値千金というほかない。そして執筆を支え続けてくれた妻、早和子にも、末筆ではあるが感謝を申し上げたい。ありがとう。

一説によると有性生殖を行った最初の動物は、五億年前に生きていた管状の無脊椎動物だったらしい。当然、彼らには手足もなければ頭もない。消化器官と生殖器だけがあるような微生物である。逆に言うなら我々人間という生き物は、もともとこうした消化器官と生殖器だけの、いわばアセファル的な状態から出発し、そこに手が生え足がつき、最後に脳味噌を発達させたのである。頭脳や思考など畢竟は、消化器官や生殖器のオマケに過ぎないのだ。

人間は思想や文化や芸術を、往々にして自分の頭で考えたつもりになっている。だが実際はその逆で、消化器官や生殖器が頭脳に向かって「よりよい生殖のために役立つものを何か考えろ！」と指令を出し、その結果生まれてくるのが文化というものなのではあるまいか。実際、本書で扱った百二十冊の書物には、どれもこれも実にくっきりと「エロスの指紋」が残されている。反エロスとミソジニーの傾向が強いキリスト教文化ですらも、人間の小さな頭脳を占領しようとする、強大なエロスとの闘いの産物であると言えるかもしれない。我々が思考と呼ぶものは、実はエロスという巨大な掌の上で踊る、実に非力な存在に過ぎないのだ。

本書で取り上げた百二十冊などは、いわば氷山の一角に過ぎず、エロスをめぐる書物はまだまだ広大無辺に存在している。その広がりを一望に収め、すべてのエロティックな書物を収蔵する図書館など、いかに架空の図書館といえども建設不可能に違いない。いわんや百二十冊など、実物の本棚に収めてしまえば一竿分にも満たないほどだ。本書中では広大な建造物のように綴ってきたこの図書館も、結局は夢とうつつの狭間に建つ、ささやかな空中楼閣に過ぎないのだろう。

ここで一つ種明かしをしておくと、本書冒頭の献辞にある「レティシア・アルバレス・デ・トレード」という人物は、実はアルゼンチンの幻想文学作家、J・L・ボルヘスの短篇「バベルの図書館」(『伝奇集』所収)に登場する、おそらくは架空の人物である。本書が誰かに捧げられるとするなら、この虚構の書誌学者ほどふさわしい人物もまたといまい。そんな妄想めいた虚構の図書館ではあるが、読者がエロスの広大かつ深遠な広がりを垣間見ていただく一助としていただけるのなら、これに勝る幸いはない。

ちなみに本書には姉妹編がある。『真夜中の博物館　美と幻想のヴンダーカンマー』(アトリエサード、二〇一四)というのがそのタイトルだ。本書が図書館として構想されたのに対して、姉妹編の方はサブカルチャーも現代美術もごた混ぜの、こちらは博物館として構想されている。エロスとタナトスの色が濃いのは本書に同じ。幻想文学やロリータ映画、球体関節人形や呪術的美術がこれでもかとばかりに詰め込まれた奇妙な博物館となっているので、本書を読んで面白く感じられた読者は、是非手にとってご覧いただきたい。両方を通読した方だけにわかる仕掛けも施されているのだけれど、そこは読んだ方だけのお楽しみとしておこう。

さて、そろそろ空も白んできたようだ。小鳥がさえずり朝日の差すこの時間は、当館の閉館時刻である。百物語ならぬ百二十冊の書物を読むたびに吹き消してきた、蝋燭の灯も消え果てた。所詮[illegible]夢幻[illegible]の図書館に過ぎず、昼の光の中では存在できないものなのだろう。次もまた真夜中の街のどこかで、読者諸氏と再会できれば幸いである。それまでしばしの間、ごきげんよう。

著者　樋口ヒロユキ（ひぐち・ひろゆき）
1967年福岡県生まれ。サブカルチャー／美術評論家。ＳＵＮＡＢＡギャラリー代表。神戸学院大学で非常勤。関西学院大学文学部美学科卒業後、ＰＲ会社勤務を経て2000年より評論活動開始。著書に『死想の血統――ゴシック・ロリータの系譜学』（冬弓舎、2007)、『真夜中の博物館――美と幻想のヴンダーカンマー』（アトリエサード、2014)、共著に『絵金』（パルコ出版、2009)、『寺山修司の迷宮世界』（洋泉社、2013)、など。

ソドムの百二十冊
エロティシズムの図書館

2016年5月25日　第1刷印刷
2016年6月10日　第1刷発行

著者――樋口ヒロユキ

発行人――清水一人
発行所――青土社
〒101-0051　東京都千代田区神田神保町1-29　市瀬ビル
［電話］03-3291-9831（編集）　03-3294-7829（営業）
［振替］00190-7-192955

印刷所――ディグ（本文）
方英社（カバー・表紙・扉）
製本――小泉製本

装幀――ミルキィ・イソベ

装画――谷原菜摘子

Printed in Japan
ISBN978-4-7917-6929-2　C0090